Karl-Markus Gauß

Abenteuerliche Reise
durch mein Zimmer

AF176931

## Zu diesem Buch

Der Reichtum der Welt liegt in den Dingen des Alltags: Das Bett, der Schreibtisch, das handgeschriebene Kochbuch der Großmutter, der alte Überseekoffer mit den eisernen Beschlägen oder der Brieföffner des mährischen Industriellen – sie alle erzählen von tapferen und merkwürdigen Menschen, von entlegenen Regionen, unbekannten Nationalitäten und persönlichen Vorlieben. Abenteuer suchen viele in der Ferne, Karl-Markus Gauß findet sie in nächster Nähe: im Reich der Gegenstände. Er nimmt uns mit auf eine Expedition durch verschiedene Zeiten, ferne Länder und in das unbekannte Gelände des Privaten – auf eine abenteuerliche Reise durch sein Zimmer.

»Gauß zu lesen, bedeutet nicht nur den schönsten intellektuellen Gewinn – seine Zimmerreise erlaubt auch die ›einfühlende‹ Lektüre: Melancholie und Empathie.« *Berliner Zeitung*

»An Ort und Stelle verharrend, erforscht Gauß eine ganze Welt. Er lässt die in den Zimmern herumliegenden Gegenstände erzählen, und das kann hinausführen in andere Länder, in die eigene Familiengeschichte, in die Vergangenheit schlechthin. Zu reden wäre noch von der feinen, eleganten, zuweilen ironischen Sprache dieses Stilisten. Alleine die lohnt jede Reise, auf die der heitere Gelehrte einen mitnimmt – ob sie durch Osteuropa führt, durch seine Lektüren oder eben sein Zimmer. Entdecken lässt sich überall etwas.« *MDR*

## Der Autor

Karl-Markus Gauß (*1954 in Salzburg) ist Autor und Journalist. Er studierte Germanistik und Geschichte und veröffentlicht Essays, Reportagen, kritische Kommentare und Reiseberichte. Seit 1991 ist er Herausgeber der Zeitschrift *Literatur und Kritik*. Für sein Werk wurde er u. a. 2014 mit dem Österreichischen Kunstpreis für Literatur, dem Jean-Améry-Preis für europäische Essayistik und dem Leipziger Buchpreis zur Europäischen Verständigung ausgezeichnet.

Mehr über den Autor und sein Werk auf *www.unionsverlag.com*

# Karl-Markus Gauß

# Abenteuerliche Reise durch mein Zimmer

Unionsverlag

Die Originalausgabe erschien 2019 im Paul Zsolnay Verlag, Wien

*Im Internet*
Aktuelle Informationen, Dokumente und Materialien
zu Karl-Markus Gauß und diesem Buch
*www.unionsverlag.com*

Unionsverlag Taschenbuch 898
Lizenzausgabe mit Genehmigung des Paul Zsolnay Verlages, Wien
© by Paul Zsolnay Verlag Ges.m.b.H., Wien 2019
© by Unionsverlag 2020
Neptunstrasse 20, CH-8032 Zürich
˙ Telefon +41 44 283 20 00
mail@unionsverlag.ch
. Alle Rechte vorbehalten
Der Verlag behält sich das Recht des Text- und Data-Minings an diesem Werk
vor, was hiermit Dritten ohne Zustimmung des Verlags untersagt ist.
Reihengestaltung: Heinz Unternährer
Umschlagmotive: Globus – Unsplash; Bilder, Sessel,
Teppich – Alamy Stock Photo
Umschlaggestaltung: Peter Löffelholz
Druck und Bindung: CPI – Clausen & Bosse, Leck
www.unionsverlag.com/produktsicherheit
ISBN 978-3-293-20898-8
3. Auflage, Februar 2026

Der Unionsverlag wird vom Bundesamt für Kultur mit einem
Verlagsförderungs-Strukturbeitrag für die Jahre 2026–2028 unterstützt.

»Man möge mir nicht vorwerfen, ich verlöre mich in Einzelheiten; Reisende machen das so.«

Xavier de Maistre:
Die Reise um mein Zimmer (1795)

## I

Das Siegmundstor, das von den Salzburgern seit jeher Neutor genannt wird, ist ein Tunnel, der im 18. Jahrhundert durch den Stadtberg geschlagen wurde und die Altstadt mit den Bezirken im Süden und Westen verbindet. Fünfzig Meter hinter dem Neutor zweigt eine Straße nach rechts ab, die entlang des Mönchsberges in drei sanften Kurven stadtauswärts führt, und auf halber Höhe zwischen der ersten und der zweiten Biegung steht ein Haus, das mir von Kindheit her bekannt war. An der Hand der Eltern bin ich oft an ihm vorbeigezogen, weil wir in einer weiter draußen gelegenen Siedlung lebten und durch diese Straße in die Altstadt spazierten, um ins Kino oder in ein Gasthaus zu gehen.

Das Haus wurde 1896 erbaut, und 98 Jahre später bezog ich in dieser ruhigen Wohngegend mit meiner Frau und den damals noch kleinen Kindern eine geräumige Wohnung, nachdem wir davor in einer zu eng gewordenen an einer lauten Ausfallstraße am anderen Ende der Stadt gelebt hatten. Das Haus mit der gelben, reichlich mit Stuck und Ornamenten verzierten Fassade hat über dem hoch gelegenen Parterre zwei Stockwerke und ist ein Werk von Jakob Ceconi, der einer Dynastie von Architekten und Baumeistern aus dem Friaul entstammte. Sein Vater Valentin war 1857 aus Gemona nach Salzburg gekommen und hatte seine eigene Partie von Maurern, Tischlern, Spenglern in jene Stadt mitgebracht, deren Bild er selbst, sein Sohn Jakob und dessen unglücklicher Sohn Karl mit 200 Gebäuden, die sie innerhalb von drei Generationen errichteten, bis heute prägen. Wir hatten so viel Geld gespart, wie uns nur möglich war, von einem generösen älteren Künstlerpaar eine gleich hohe Summe vorgestreckt bekommen und uns für mehr als zwei Jahrzehnte verschuldet, damit wir in einer Wohnung leben konnten, die genügend Platz für alle bieten würde: für die Kinder, für uns und die Dinge, die uns wichtig waren, für mich, der ich meinen Arbeitsplatz immer zu Hause hatte.

Die Wohnung hat zwei Etagen und ist ein umgekipptes Schiff. Die Vorbesitzerin hatte den Dachboden des Hauses ausgebaut, er verjüngt sich spitz nach oben, ist vollständig mit Holz verschalt und empfängt durch lukenartig kleine Fenster nur wenig Licht, sodass man sich in ihm wie im Bauch eines Schiffes fühlt. Blicken wir in wolkenlosen Nächten durch die oberste Luke in den Himmel, sehen wir am Grunde des Meeres die Sterne blinken. Hier oben im Unterdeck befinden sich ein Bad und zwei Zimmer von mittlerer Größe. Das untere Stockwerk bildet hingegen das luftige Oberdeck, durch hohe Fenster fällt Licht in helle Räume, in die kleine Arbeitsküche, in ein winziges Kabinett, gleich hoch wie breit und lang, und in den einen außergewöhnlich großen Raum, der vermutlich entstanden ist, als bei einem der vielen Umbauten das Ess- und das Wohnzimmer zu einer Art von Salon vereint wurden.

Ist man durch das Stiegenhaus, vorbei an den Wohnungen fünf anderer Parteien, bis zu der unseren im obersten Stock hinaufgelangt, betritt man diese durch eine Tür aus hellbraunem, dünn lackiertem Holz, das viele Dellen, Kratzer, abgeschabte Stellen hat. Der Vorraum ist klein, aber breit und um die Ecke gebaut, sodass er weder einen Empfangsraum noch eine Garderobe abgibt, sondern in seinen merkwürdigen Proportionen etwas zugleich Amputiertes und Aufgequollenes hat. Tatsächlich hat er seine heutige Form lange vor unserer Zeit erhalten. Zuerst wurde offenbar die große Küche verkleinert, das nächste Mal dem so gewonnenen herrschaftlichen Entree wieder Platz für ein Kabinett weggenommen, in dem einst vielleicht das Dienstmädchen untergebracht war, sodass Besucher, die ihn zum ersten Mal betreten, den Eindruck gewinnen, entweder in einen zu großen oder zu kleinen Raum geraten zu sein. Sie wissen nicht recht, ob sie sich hier umsehen dürfen und etwas Interessantes entdecken könnten oder diese Zwischenwelt nur dazu da sei, dass sie ihren Mantel ablegen und mit wenigen Schritten von draußen nach drinnen, aus der großen Welt in die unsere gelangen.

Die Wohnung hat etwas Extrovertiertes und etwas Introvertiertes, und stärker als in den verschiedenen Zimmern, von denen ein jedes vielfältig mit der Ferne verbunden ist, spürt man das Introvertierte hier, wo die Außenwelt gerade erst mit dem Schließen der Eingangstür zu dieser wurde. Unsere längst erwachsenen Kinder beginnen, wenn sie uns besuchen, beim Eintreten zu schnuppern, als würden sie ihre Kindheitswohnung gerade im Vorzimmer an ihrem Geruch erkennen, den auf ewig nur diese eine Wohnung in der Welt für sie haben wird.

Vom Vorzimmer geht es nach links in die Küche, geradeaus ist eine Tür wie aus dem massiven weißen Einbaukasten herausgeschnitten, hinter der das würfelartige Kabinett liegt. Auf der rechten Seite aber befindet sich eine stilistisch unpassend mit einem Rundbogen ausgestattete Tür, hinter der die Wohnung erst wirklich beginnt. Hier betritt man jenes Zimmer, das fast so groß ist wie alle anderen zusammen und in dem sich unsere Hauptbibliothek, der lange Esstisch, viele unserer Bilder und Devotionalien der Familie befinden. Gleich hinter der Tür führt rechts eine wuchtige Holztreppe in zwei Kehren hinauf in den dunklen Bauch des Schiffes. An einem Freitag lichtete ich dort die Anker, dachte an die Abenteuer, die auf mich warteten, und begab mich hinunter auf das Oberdeck.

## 2

Es gibt Dinge, die braucht man nicht, und deswegen kommt man ohne sie nicht aus. Der Brieföffner war immer schon im Haus, und meine Frau und ich wissen beide nicht, wann wir ihn erstanden oder von wem wir ihn erhielten. Er war und ist einfach da, und obwohl man ihn zum Öffnen der Briefe nicht benötigt, käme keiner von uns auf die Idee, ihn nicht zu verwenden, wenn es Werbesendungen, Rechnungen, Amtspost oder Nachrichten von irgendwem zu öffnen gilt. Er liegt auf der massiven Kommode im Wohnzimmer mit allerlei anderem Zeug auf einem schwarz verfärbten, abgestoßenen Silbertablett, wie man es früher in besseren Gasthäusern zum Auflegen der Zuspeisen verwendet hat.

Der Brieföffner ist aus einem stumpfen, an den beiden Schneiden im Laufe der Jahrzehnte abgerundeten Stahl, die Klinge hat eine Länge von vierzehn Zentimetern, ehe sie in einem acht Zentimeter langen und zwei Zentimeter breiten

Griff aus Messing verschwindet. Griff und Klinge, bronze-farben und silbern, haben etwas Filigranes, ein Brieföffner ist kein Schlachtermesser. Den Griff zieren am oberen und unteren Rand Ornamente nach Art des Jugendstils, und in der Mitte findet sich auf beiden Seiten ein schwarzes, mit bronzenen Schriftzügen beschriebenes Einlegeplätt-chen. Auf der einen Seite steht: »Eternit-Schiefer – Patent Hatschek«, auf der anderen »Beste Bedachung – Reparatur-los-Sturmsicher-Vornehm«. Es handelte sich also um das Geschenk oder die Werbegabe einer Firma Hatschek, die Dächer aus Eternit-Schiefer herstellte, und dies zu einer Zeit, da dieser Baustoff noch mit dem Attribut vornehm ver-bunden wurde.

Lange Zeit habe ich den Brieföffner verwendet, ohne auf die Schriftzüge am Griff zu achten oder mich zu fragen, was diese mit dem Werkzeug zu tun haben. Dann hat es mich doch zu interessieren begonnen, und was ich herausfand, war dies: Der Name Eternit selbst ging auf den Gründervater der Dynastie zurück, einen findigen, welterfahrenen Mann namens Ludwig Hatschek, der 1856 im mährischen Těšetice geboren wurde, mit seinen Eltern nach Oberösterreich über-siedelte, der Arbeit in der elterlichen Bierbrauerei bald ent-rann, die englischen Industrieregionen bereiste und sich beständig mit allerlei Experimenten technischer und che-mischer Art beschäftigte. Er war es, der ein marodes Fabrik-gebäude bei Vöcklabruck erstand und in dessen Werkshallen nach ungeduldigen Versuchen einen neuen Stoff erfand, der das Bauwesen in aller Welt modernisierte, über ein paar Ge-nerationen prägte und freilich auch enorm schädliche Wir-kungen zeitigte, denn dass Asbest, einer der Bestandteile des von Hatschek erfundenen Baustoffs, giftig war, wusste man lange nicht.

Der Mährer Hatschek wurde binnen wenigen Jahren zu einem der erfolgreichsten Großindustriellen der Donaumonarchie. 1901 hatte er auf das aus Fasern, Zement, Wasser, Zellstoff und Luft in einem bestimmten Mischungsverhältnis hergestellte Eternit das Patent angemeldet. Sein Baustoff war feuerfest, wasserundurchlässig und leichter als jeder andere, der bis dahin beim Bau verwendet wurde. Auf den Namen Eternit kam er in Anlehnung an aeternitas, das lateinische Wort für Ewigkeit, und ist selbst das Eternit kein Stoff für die Ewigkeit, so doch einer, der lange haltbar bleibt, und hielt sich auch das Familienunternehmen Hatschek nicht ewig, so doch über drei Generationen. Erst im 21. Jahrhundert hat eine global agierende Schweizer Firma die Eternit-Werke in Vöcklabruck aufgekauft und ihrem Konzern eingegliedert.

Auf den wenigen Bildern, die es von Ludwig Hatschek gibt, sieht man einen kräftigen Mann mit dunklem Haar und einem in mächtige Kräusel auslaufenden Schnurrbart, der offenbar nach dem Vorbild des Thronfolgers Franz Ferdinand gebürstet wurde. Hatschek hat methodisch ein Imperium aufgebaut, Zementfabriken erstanden, Lizenzen in alle Welt verkauft und in Linz aus einer riesigen Sandgrube einen Park gemacht, den er der Stadt schenkte und in dem er auch sein eigenes Wohnhaus, die Hatschek-Villa, errichten ließ. Die Faser, die dem Eternit seine einzigartige Qualität verlieh, war aus dem Mineralstoff Asbest gewonnen; der Erfinder des Eternits ist selbst in seinen besten Jahren von einer quälenden Krankheit ergriffen worden, die vermutlich vom Asbest verursacht war. Er war keine sechzig, als er am 15. Juli 1914 starb, zwei Wochen nach dem Thronfolger, zwei Wochen vor dem Ausbruch des Ersten Weltkriegs.

Sein Sohn Hans hat das weltweit tätige Unternehmen weitergeführt und das Fabrikleben in der Zwischenkriegszeit mit sozialem Paternalismus zu organisieren gewusst. Legendär wurden seine Arbeitersiedlungen in Vöcklabruck, in denen die Belegschaft in Wohnungen und Häusern untergebracht war, die nach den Gegebenheiten der Zeit großzügig waren, sie aber auf Gedeih und Verderb an die Firma banden, zumal jene, die ihre Stellung verloren, auch ohne Wohnung dastanden. In kleinerem Maßstab hat Hatschek in Vöcklabruck konzipiert, was in der Heimat seiner Vorfahren die Brüder Bat'a in Zlín verwirklichten, die Bildung einer eigenen Arbeiterschaft, die zugleich privilegiert und abhängig war und am Ort des Arbeitens in einer für sie entwickelten Siedlungsform lebte.

Über Zlín hatte ich bereits einige Studien gelesen und manch Wundersames gehört, bis ich mich vor einiger Zeit auf den Weg nach Tschechien machte, um diese erste Stadt der Welt, die vollständig nach den architektonischen Prinzipien des Funktionalismus errichtet worden war, mit eigenen Augen zu sehen. Als ich im Septemberregen die Weißen Karpaten erreichte und nahe der slowakischen Grenze die Silhouette von Zlín erblickte, stockte mir der Atem. Zwei so geniale wie rücksichtslose Kapitalisten hatten hier eine historische Ansiedlung von den besten Architekten ihrer Zeit mit einer Musterstadt überbauen lassen und diese immer wieder modernisiert, bis die Utopie einer Industriestadt Realität geworden war, in der alles urbane Leben seinem vorbestimmten Zweck diente: dass Schuhe in so großer Zahl zu einem so günstigen Preis hergestellt werden wie nirgends sonst und die zehntausend Arbeiter, die dafür vonnöten waren, sich in einen wohlversorgten Zustand der Unmündigkeit fügten.

Als ich auf Zlín zufuhr, sah ich zahllose würfelartige Häuschen, die in strenger geometrischer Ordnung auf die Hügel gesetzt waren, alle gleich klein, alle aus roten Ziegeln, alle mit einem Gärtchen. Die Arbeiter von Zlín hatten es viel besser und schlechter zugleich als ihre Klassengenossen, wo immer diese in der ersten Hälfte des zwanzigsten Jahrhunderts lebten. Besser, weil jeder von ihnen sein kleines Eigenheim bewohnte, in Betriebskantinen gesund und preiswert essen, das größte Kino Mitteleuropas besuchen und etliche Kultur- und Sporteinrichtungen nutzen konnte. Schlechter, weil das Leben genormt war, architektonisch auf dem hohen Standard, den ein Architektenteam um František Gahura und Vladimír Karfík anlegte, als es die Siedlungen der Arbeiter baute und die Fabrik- und Bürogebäude an der Hauptstraße viele Stockwerke hochzog. Und sozial genormt, weil die privilegierten Arbeiter von Zlín keine Gewerkschaft gründen durften und verpflichtet waren, sich auch feiertags zum Glück zu bekennen, in der »Stadt des Neuen Menschen« zu leben. Die Auftraggeber der Architekten, die Patriarchen ihrer Arbeiterfamilie, waren die Brüder Tomáš und Jan Baťa, die ihre erste Schuhfabrik vor der Jahrhundertwende gegründet hatten, im Ersten Weltkrieg Millionen Stiefel für die Soldaten der habsburgischen Armee erzeugten und in den zwanziger Jahren das Arbeiten und Leben in ihrer Stadt diktatorisch so funktional organisierten, dass es nachgerade surreale Folgen zeitigte.

Am Nachmittag besuchte ich das einstige Bürogebäude auf Nummer 21 der Hauptstraße, begleitet von einem misstrauischen weiblichen Feldwebel, der in den leeren Gängen des menschenverlassenen Gebäudes nach einer feindlichen Truppe Ausschau hielt, für deren Späher er mich hielt. Das Haus war mit einem riesigen gläsernen Lift ausgestattet, der einst als fahrbares Büro samt Schreibtisch, Telefon, Sitzgruppe mit Tomáš Baťa vom einen zum anderen Stockwerk fuhr, damit er seine Angestellten unentwegt überwachen konnte. Sein Bruder Jan grübelte derweil über dem Plan, wie sich die gesamte tschechoslowakische Bevölkerung nach Brasilien übersiedeln ließe; er berechnete, wie viel Geld vonnöten wäre, um für zehn Millionen Mitteleuropäer im Urwald Brasiliens so und so viele Industriestädte errichten zu lassen, und er kam zum Schluss, dass er die Summe dafür würde auftreiben können. Tatsächlich hat er immerhin zwei brasilianische Kopien von Zlín erbaut, Batayoporã und Bataguassu, in denen er ab den vierziger Jahren Schuhe für den Weltmarkt herstellen ließ.

Die Tausenden Arbeiterhäuschen prägen noch heute das Stadtbild von Zlín, wie auch die gläsernen Hochhäuser der Verwaltung und die großen Fabrikanlagen; in einigen von ihnen werden mittlerweile wieder Schuhe produziert. In der Nähe des Fußballplatzes, an dem an diesem Samstag ein ordentlicher Krawall gemacht wurde, weil die Herbstsaison mit einem Match des heimischen FC gegen die Mannschaft von Sigma Olomouc eröffnet wurde, entdeckte ich ein Hotel, dessen Name so anziehend auf mich wirkte, dass ich bei der

Rezeptionistin, einer freundlichen jungen Frau in Uniform, um ein Zimmer fragte. Erst nach und nach bemerkte ich, dass das Hotel Saloon selbst ein funktionalistisches Meisterwerk war. Als ich mein Zimmer bezog, erhielt ich einen Extraschlüssel für eine Tür aus dickem schusssicheren Glas, die den Gang im ersten Stock teilte: Links, hinter der Tür, lagen die Zimmer für die wenigen Touristen, rechts, wie mir bald auffiel, die stundenweise vermieteten Zimmer für die Prostituierten und ihre Freier. Abends wurde in der saloonartig eingerichteten Gaststube deftige tschechische Kost für Familien serviert, ein paar Stunden später schien das halbe Fußballstadion biertrinkend den Heimsieg des FC Zlín zu feiern, vor Mitternacht stieg die am Nachmittag unanfechtbar seriöse Rezeptionistin auf eine Art Billardtisch, um an einer Poledancestange zu strippen, und am Morgen danach reichte deren liebenswürdige Oma im geblümten Kittel der Landfrau den Hotelgästen das rustikale Bauernfrühstück. Sehr familiär, dachte ich, sehr funktional.

Das Fabrikgelände mit seinen Arbeitersiedlungen in Vöcklabruck war mit dem eine ganze Stadt beherrschenden Ensemble Zlíns nicht zu vergleichen, aber es waren der gleiche Geist und Wille, die hier einen Unternehmer ähnlichen Schlages tätig werden ließen. Hans Hatschek galt auch deswegen als Inbild des sozialen Firmenpatriarchen, weil er in Vöcklabruck nicht nur die Arbeitersiedlung, sondern mit seinem Privatvermögen auch ein Krankenhaus errichten ließ, in dem viele seiner an Asbestose leidenden Arbeiter behandelt wurden; nach ein paar Jahrzehnten musste es gesprengt werden, weil wegen des verwendeten Asbests die Patienten dort nicht gesundeten, dafür aber die Krankenschwestern und Ärzte erkrankten. Hans Hatschek, der in der Region bis heute im Nachruhm des Wohltäters steht, ist wie sein Vater nicht alt geworden, umso älter dafür sein Sohn Fritz, ein studierter Chemiker und passionierter Liebhaber des Autorennsports. In dessen Ära wurde die Firma von der weltweiten Krise der Asbestindustrie erfasst, denn der Stoff, der den leichtesten und beständigsten Beton hergab, war endlich als todbringend erkannt worden.

Fritz Hatschek hatte schon länger nach einer alternativen Faser gesucht und die Produktion seit den achtziger Jahren auf diese umgestellt. Eigentlich wussten die Kundigen schon viel früher, dass Asbest eine Anzahl schwerer Krankheiten, namentlich der Lunge, verursachte. Aber die Klagen von Arbeitern und Gewerkschaften wurden von den Gerichten stets abgewiesen, und erst 2005 wurde der Gebrauch von Asbest in Europa verboten, nur in Europa … Unter den vielen Unternehmern, die sich der Notwendigkeit bewusst waren, vom Asbest loszukommen, tat sich der Schweizer Stephan Schmidheiny hervor, der als charismatischer Vordenker einer umweltbewussten Großindustrie galt, aber gleichwohl als Hauptaktionär der Firma Eternit Italia bis 1986 auf den tödlichen Stoff setzte. In Abwesenheit wurde der Milliardär in Rom für den Tod von mehr als 2000 Arbeitern zu achtzehn Jahren Gefängnis verurteilt, ein Urteil, das später wegen Verjährung aufgehoben wurde und immer noch anhängig ist.

Das Eternit hatte die Welt von der oberösterreichischen Kleinstadt Vöcklabruck aus erobert und war in meine kleine Welt zurückgekehrt, nicht mit Dach, Fassade, Gartenmobiliar oder mit Wohlstand und Tod, sondern mit dem Brieföffner, der aus der Frühzeit des Unternehmens stammen muss, denn auf seinem Einlageplättchen prangt der habsburgische Doppeladler. Ich habe keine Ahnung, wie viele Briefe ich mit seiner Klinge geöffnet habe, heute waren es der Bettelbrief eines karitativen Vereins, die Einladung einer Galerie, eine Rechnung der Hausverwaltung, zwei Kataloge deutscher Verlage.

3

Die mir einst regelmäßig Briefe schrieben, sind tot, verstummt, von mir enttäuscht oder nach und nach aus der Wirklichkeit der persönlichen Wörter in die digitale Welt der vorgegebenen desertiert. Echte Briefe, diese Dokumente der Freundschaft oder Feindschaft, Zeugnisse von Zuwendung, Aufmerksamkeit, Abneigung, bringen mir die Briefträger nur mehr selten ins Haus. Wie ich viel weniger Briefe als früher erhalte, bin ich selbst nachlässig geworden, mich regelmäßig in der Achtsamkeit des Briefschreibers zu üben. Nach ehrlos kurzer Verweigerung habe ich mich der Kommunikationsform des E-Mails ergeben, dank der ich alles so viel schneller erledigen kann, dass ich immer mehr Zeit dafür aufzuwenden habe.

Das E-Mail ist keine zeitgemäß veränderte Form des Briefes, sondern dessen digitale Verneinung, die ihn seines Wesens entkernt: dass man sich nämlich die Zeit nimmt, ihn zu schreiben, und sich dabei, so wie man ihn schreibt und sich in ihm zeigt, an einen ganz bestimmten Menschen wendet, dem man eine besondere Facette seiner Persönlichkeit enthüllt. Wer Briefe liest, die er in früheren Zeiten seines Lebens erhielt, wird staunen, wie viele verschiedene Töne darin angeschlagen wurden, so wie man umgekehrt selbst seinen eigenen Stil, die Haltung, mit der man ans Schreiben eines Briefes ging, veränderte, je nachdem, wen man als Empfänger beim Schreiben vor sich sah. Das war das wahre Briefgeheimnis, dass wir uns von dem, an den wir uns wandten, ein Bildnis machten, das prägend auf den Brief einwirkte, den wir gerade schrieben, und dass wir ihm umgekehrt auch ein bestimmtes Bild von uns selbst zu geben trachteten. Jean Améry hat dies die »Selbstkonstitution« beim Schreiben von Briefen genannt und freilich schon Jahrzehnte, ehe der Brief technologisch verdrängt wurde, den Niedergang der Briefkultur beklagt.

Das Zeichen, das heute vielen E-Mails und SMS angehängt wird, kommt aus dem stetig wachsenden Reservoir der Emojis und hat nichts mit jenem doppelten Bild zu tun, das wir uns vom Empfänger machten und bei diesem von uns hinterlassen wollten. Es ist ein formalisiertes Zeichen, das gesetzt wird, um die Stimmung, in der sich die hastig Formulierenden vorgeblich befinden, etwa auf eine ewig grinsende, im Grinsen eingefrorene Fratze zu bringen und mit dieser zu beglaubigen, dass sich die Verfasser beim Schreiben guter Laune erfreuten. Wer nicht über die Bereitschaft, die Zeit, die rhetorischen Mittel verfügt, sich sprachlich in seiner Individualität mitzuteilen, kann sich aus dem Reservoir greifen, was ihm gerade passend erscheint: einen Tränen verspritzenden Dolm der Trauer, einen in gutgelauntem Infantilismus gefangenen Dolm der Neugier und so weiter und weiter, denn bei der formalisierten Abbildung von Gemütsregungen sind die Erfinder neuer Emojis erstaunlich einfallsreich. Freilich werden die Gemütsregungen dadurch selbst vollständig formalisiert, entpersönlicht, abgetötet, sind sie doch alle aus dem gleichen virtuellen Baukasten zusammengesetzt, und wie fleißig in der Industrie der Ideogramme auch geschuftet wird, niemals wird ein Subjekt sichtbar werden, das sich in den albernen Rundköpfen spiegelt, die vielmehr das Individuum zu Zeiten seiner Selbstabschaffung repräsentieren.

Vor vielen Jahren entdeckte ich eines Abends mit Befremden, dass ich mich tagsüber schreibend drei Leuten in ganz verschiedenem Licht gezeigt hatte. Im ersten Brief legte ich mein Anliegen gedanklich präzise dar, im zweiten habe ich mich an einen Freund wie aus tiefer Verzweiflung heraus gewandt, im dritten geradezu höhnisch über die akuten Kalamitäten meines Daseins gespottet. Der Sachverhalt kam mir verdächtig vor, bis ich begriff, dass ich keineswegs nur einmal die Wahrheit gesagt und zweimal gelogen oder die Empfänger über mein wahres Befinden getäuscht hatte; es waren nur eben drei verschiedene Menschen, zu denen ich nicht dasselbe Verhältnis unterhielt und von denen ich daher auch nicht wollte, dass ich ihnen dreimal als der Nämliche entgegentrat.

Ich war schon über dreißig, als ich begann, Briefe und Karten, die mir geschickt wurden, auch aufzuheben. Vorher pflegte ich die Post ein paar Wochen oder Monate, nachdem ich sie erhalten hatte, achtlos wegzuwerfen. Eine große Zeitspanne meines Lebens kann ich deswegen nicht anhand dieser Quellen studieren, die doch auch von diesem zeugten. Aber auch die zahlreichen Ordner, in denen ich die Korrespondenz seither ablege, hebe ich nur auf, um sie in dem kastenartigen Koffer, in dem ich sie verstaue, zu vergessen. In der Enge dieses aus dunklem Holz gefertigten großen Umzugskoffers aus einer fernen Zeit müssen sich jene Briefe, die einander widersprechen, ergänzen oder bestätigen, selber finden und knisternd beraten, was sie voneinander und denen, die sie einst verfassten, halten sollen. Auf mich können sie nicht zählen, seit Jahren bleibt der Deckel des Koffers geschlossen, denn ich verschiebe die Lektüre der archivierten Briefe stets auf später, bis es zu spät sein wird. Immer warte ich ja auf etwas, auf das Wochenende, die Sommerferien, das nächste Buch, die Tage, frei von Verpflichtungen, die nie kommen werden, immerzu warte ich, auch so vergeht die Zeit, die einmal die meine gewesen sein wird.

## 4

Exkurs: Kleine Phänomenologie des Wartens

»Warten auf die Barbaren« heißt eines der großen Gedichte Europas, verfasst von Konstantinos Kavafis. Es spricht von der Angst und der Sehnsucht in spätantiker Zeit, als die alte Herrschaft brüchig geworden ist und Nachricht kommt, dass sich irgendwo im Norden die Barbaren auf ihren Weg gemacht haben. Sie werden erwartet, voller Furcht, denn keine gute Kunde eilt ihnen voraus, aber zugleich empfinden viele eine eigentümliche Sehnsucht nach ihnen: Die Barbaren kommen, und sie werden dreinhauen, bis unsere morsche Ordnung endlich niederkracht, und alles ist besser als die unerträgliche Agonie, das ewige Warten auf den Untergang. Nicht anders als mit diesem Aktivismus ist die europäische Jugend in den Ersten Weltkrieg ausgeritten, in der hysterischen Hoffnung, dass, was immer kommen möge, jedenfalls besser sein werde als die langweilige Sekurität des Friedens. Und gerade so erwarten wir heute den Barbaren, den großen Dreinhauer, der alles, was wir hassen und woran wir leiden, in Stücke schlagen und dann mit dem eisernen Besen in den Kehricht wischen wird. Danach werden wir anfangen, uns zu grämen um all das, was er, von uns ersehnt und ermächtigt, zertrümmert hat, dass keiner es mehr ganz machen kann.

Das Warten, typologisch

Das erzwungene Warten (des Untergebenen auf den Vorgesetzten; des Gefangenen auf die Entlassung). Das vegetative Warten (das Dahindämmern unter lauter Dahindämmernden am Gate des Flughafens.) Das ungeduldige Warten (in der Schlange, die sich vor der Kassa bildet). Das erduldende Warten (die Roma, die ich in ihren Slums warten sah, auf nichts als darauf, dass es Mittag, Abend werde. Die Ereignislosigkeit erduldeten sie als soziale Strafe, die sie täglich erniedrigte und erschöpfte). Das grimmig abgestumpfte Warten (im Morgenstau des Berufsverkehrs). Das panische Warten (vor der Prüfung). Die Regionen des Wartens (die abgehängten Peripherien – »wir warten auf Europa«; die Gruppen wartender Jugendlicher zwischen den Wohnblöcken der Vorstadt). Das christliche Warten (der Advent; der Messias wird kommen; das Jüngste Gericht). Das zielgerichtete Warten (darauf, dass eine Arbeit vollendet werde). Das ziellose Warten (das auf nichts mehr gerichtet ist und von dem die, die ihm verfallen sind, gar nicht mehr zu sagen wüssten, woraus es bestünde). Das leuchtende Warten (während das Kind im Bauch der Mutter wächst). Das herzzerreißende Warten (im Krankenhaus, später, wenn das Kind vom Rad gefallen ist und operiert wird).

Und, nicht zu vergessen, nicht zu unterschätzen, die Schlager des Wartens: Ein Schiff wird kommen. So prägnant weiß es kein Philosoph zu sagen: dass der wartende Mensch auf etwas bezogen ist, das eintreten muss, um sein Warten nachträglich zu rechtfertigen, diesem die Richtung zu weisen.

Was zu er-warten wäre: dass die Wartenden in Apathie, in eine existentielle Schläfrigkeit gerieten. Was hingegen zu beobachten ist: dass sie in eine Form von Raserei des Nichtstuns geraten und es das Warten ist, das ihren inneren Motor aufheulen lässt. Sie wischen auf dem Smartphone herum, rauchen wie wild in sich hinein, gehen auf und ab, zappeln auf dem Stuhl, blättern in beliebigen Zeitschriften, fahren sich mit der Hand das zehnte Mal durch das Haar. Das Warten ist ihnen eine enorme Anstrengung, und alle Selbstbeherrschung müssen sie dafür aufwenden, nicht aufzuspringen, den Tisch umzuwerfen, dem Nächsten an die Gurgel zu gehen.

Am stärksten ist die Vereinzelung der Wartenden dort, wo sie auf Verkehrsmittel warten, also paradoxerweise zum Bleiben gezwungen sind, um sich fortbewegen zu können. Sie warten in Massen, doch jeder wartet für sich allein. Sie warten auf den Bus, die Metro, den Zug, das Flugzeug, in kleineren, größeren, riesigen Gruppen, aber da ist kaum einer, der jetzt im einsamen Vollzug des Wartens gestört werden wollte.

Mein Erschrecken, als ich einmal eine große Gruppe sah, die dem Warten im gemeinschaftlichen Gebet Sinn und Tiefe, ja eine Richtung gab! Es war auf dem Flughafen Wien-Schwechat, dass ich, schläfrig unter lauter Schläfrigen, die darauf warteten, dass ihr Flugzeug aufgerufen werde, vielleicht fünfzig Meter von mir entfernt das Auf und Ab einer schwarz und weiß bewegten Masse sah. Ich näherte mich und sah, wie sich wohl hundert schwarzgekleidete Frauen und gleich viele Männer, die fast allesamt wallende weiße Gewänder trugen, kniend in dieselbe Richtung verneigten, sodass ich nun endlich wusste, wo Mekka lag, und sich dann halb wieder aufrichteten, um sich noch ein paarmal zum frommen Gebet zu verneigen. Als sie sich mit einem Rauschen, das ihre langen Gewänder erzeugten, erhoben, schauten sie, mit den Lippen stumme Formeln des Gebets sprechend, eine Weile in ihre geöffneten Hände. Die Manifestation des gemeinsamen Glaubens erschütterte mich, hier zeigten 200 Menschen, dass sie fest in ihrem Glauben zusammengeschlossen und auch durch das stundenlange Warten nicht aus der frommen Ruhe zu bringen waren. Und dort saßen, lungerten wir, die wir uns in den Halbschlaf unserer eigenen Träume oder hinter eine Zeitung zurückgezogen hatten. Stirbt es sich leichter, wenn man mit einer gottergebenen, schicksalsgläubigen Gruppe abstürzt, als wenn man als Einzelner, umgeben von lauter Einzelnen, in das kalte Meer hinuntersaust? Ich weiß noch, ich fühlte mich diesen Glaubensfesten unterlegen und überlegen zugleich, ihre Stärke und ihre Zuversicht speiste sich aus der Inbrunst eines Glaubens, und beides war mir fremd, diese Inbrunst, dieser Glaube. Und doch verspürte ich angesichts dieser geradezu auftrumpfenden und mich damit abstoßenden religiösen Gewissheit so etwas wie ein »religiöses Heimweh«, wie es Mircea Eliade genannt hat, eine Art von »ontologischem Durst«, den die Aufklärung nicht aus der Welt gebracht hat und der mit deren Rationalismus nicht gestillt werden kann.

Als ich dann im Flughafen herumstreunte, damit die Zeit vergehe und weil ich mich nicht weiter von solchen öffentlichen Manifestationen der Frömmigkeit belästigen lassen wollte, hatte der Flughafen ein noch größeres Erschrecken für mich bereit. Als ich bei dem kleinen interkonfessionellen Gebetsraum vorbeikam, wie sich heute auf vielen Flughäfen einer findet, trat aus ihm ein rothaariger, drahtiger Mann heraus, vielleicht ein Ire aus dem Bilderbuch der Nationen, er schob ein kleines Köfferchen vor sich her, trug die dunkelblaue Uniform der Mitarbeiter von British Airways, und die Streifen der Uniform und die Mütze verrieten, dass es sich nicht um einen Steward handelte. Lächelnd verließ er den Gebetsraum, geradezu versonnen nickte er mir zu. Es ist beunruhigend, einen Piloten oder Bordingenieur aus dem Gebetsraum treten zu sehen, verrät er uns damit doch, dass selbst er davon überzeugt ist, nicht sein Geschick und Können, die perfekte Konstruktion und achtsame Wartung des Flugzeugs, sondern erst Gottes Wille und Beistand werden den Flug gelingen lassen.

Als meine Tochter nach einem längeren Aufenthalt in Ghana zurückkehrte, erzählte sie, dass sie dort an der anderen Form des Wartens manchmal schier verzweifelt war. Wenn der Bus, der um neun Uhr abfahren soll, um zehn noch nicht da ist, hocken sich die Leute vom Land auf die eigenen Fersen und schalten ab, oder sie beginnen sich in Gruppen zu unterhalten, zu debattieren, zu tanzen. Kommt der Bus um vierzehn Uhr endlich an, hat der Fahrer mit keinerlei Beschwerden zu rechnen. Und ist das Material für die Ausbesserung des Daches nicht wie bestellt am Montag eingetroffen, beginnen die Bauleute eben eine Woche später mit ihrer Arbeit.

Diese Geduld ist den Europäern eine stete Quelle des Verdrusses, man braucht sie aber bloß deswegen noch nicht zur Lebenskunst zu verklären. Es ist die Erfahrung, dass ihre eigenen Absichten und Pläne nichts zählen, die die Leute lehrt, sich nicht über Dinge aufzuregen, an denen sie nichts ändern können.

Im Deutsch des Mittelalters hatte »warten« auch die Bedeutung von: seine Aufmerksamkeit auf etwas richten. Achtgeben. Aufpassen. Sogar: jemandem auflauern. Ich warte auf ihn – ich lauere ihm auf, ich passe ihn ab: »Na warte!«

In der Dienstleistungsgesellschaft müssen wir immer häufiger warten, weil es immer mehr Dienste gibt, die in Anspruch zu nehmen wir uns in Warteschleifen begeben müssen. (Was für ein zärtliches Wort für einen schwer erträglichen Zustand: sich in der Schleife des Wartens befinden.) Zugleich dehnt sich uns noch die kürzeste Frist zum

zerrüttenden Erlebnis von Dauer. Den Computer, der fünfzehn Sekunden benötigt, um mir alle seine Programme zu
öffnen, herrsche ich an: Jetzt tu endlich weiter!

Der Vorgesetzte lässt warten, der Untergebene hat zu warten. Konzerte mit klassischer Musik, üblicherweise verdäch-
tigt, bürgerliche Veranstaltungen zu sein, beginnen in der
Regel auf die Minute genau, die Masse der Zuhörer, die sich
versammelt hat, lässt noch der arroganteste Dirigent nicht
warten. Wie anders die Popkonzerte, auf denen die Stars,
die sich als unseresgleichen ausgaben, oft zwei, drei Stunden
zu spät auf der Bühne erschienen, den Tausenden, die sie
warten hatten lassen, gutgelaunt die Frage zuriefen, ob sie
okay wären, worauf wir Untertanen aus tausend Kehlen
zurückbrüllten: Yeah. Wollt ihr das totale Warten? Dieses
Wartenlassen war zu meiner Zeit schlichter Brauch bei Popveranstaltungen, und je populärer die Band war, umso länger ließ sie auf sich warten – ein Trick, um die Stimmung in
dankbare Euphorie kippen zu lassen, wenn die lange War-
terei doch noch endete. Dieser regelmäßig wiederholte Trick
war es, der mich noch vor der Matura aus der Jubelmasse
treten und erkennen ließ, dass es im Pop nicht um die Feier
von Gleichen, sondern die rücksichtslose Inszenierung von
lustvoll erlebter Ungleichheit ging. Keine Konzertbesucher
mit Krawatte oder im Abendkleid hätten sich je solch dras-
tische Ungleichheit gefallen lassen wie wir, die wir uns den
Millionären da oben von Gleich zu Gleich verbunden wähn-
ten.

Das Warten ist die unmerkliche Bewegung des Todes. Immer warten wir auf etwas, auf die Mittagspause, das Wochenende, den Besuch der Kinder, die Beförderung, den Urlaub, das Ende des Urlaubs, die Pensionierung, und darüber werden wir alt und sterben wir.

## 5

Manchmal knistert es aus dem Kasten, in dem ich meine Briefordner verstaut und den ich unter die Treppe geschoben habe, die vom Oberdeck hinauf ins Unterdeck führt; es ist ein besonderes, ein belebtes Knistern, das fast wie ein Wispern klingt, als befände es sich auf halbem Weg vom Geräusch zum Klang, von den Dingen zu den Lebewesen. Es sind die Briefe, die sich in der Dunkelheit ihres Aufenthaltsortes unterhalten, sie streiten eifersüchtig miteinander und klagen einträchtig über mich, der ich sie so selten aus ihrem Verlies hole. Genau besehen, handelt es sich beim Kasten um einen Koffer, auch wenn er seit den achtziger Jahren des 19. Jahrhunderts, in denen er erzeugt wurde, nicht oft als solcher diente, ein sogenannter Überseekoffer, in dem viel Zeug verstaut werden konnte, das die Reisenden, die es sich leisten und überall Gepäckträger engagieren konnten, sogar bei einer Schiffsreise übers Meer nicht entbehren wollten. Der massive Koffer ist aus Holz gearbeitet, mit einem dunklen, doch geradezu leuchtenden Blau angestrichen, und über seine Kanten führen breite, mit zahllosen Nägeln beschlagene Metallstreben zu den Ecken. Er ist über einen Meter lang, halb so hoch und breit, und damit man ihn verschließen kann, sind auf dem Deckel und der Vorderseite drei große Metallbeschläge angebracht, von denen im mittleren vermutlich schon seit Jahrzehnten ein kleiner Schlüssel steckt.

Mit diesem Koffer ging mein Schwiegervater am 21. April 1941, einen Tag nach seinem zwölften Geburtstag, mit seinem um drei Jahre jüngeren Bruder auf eine Reise, die ihn, wie er später sagte, aus der Sonne in den Regen führte. Sie ging von Meran, wo er geboren wurde, seine ersten Jahre verbrachte und die Kinderlähmung überstand, nach Salzburg, wohin seine Eltern und älteren Geschwister bereits in den Monaten davor übersiedelt waren. In den ersten Wochen hatte er den Eindruck, er wäre aus einer Weltstadt in die Provinz geraten, er dachte, Meran wäre größer als Salzburg, was es nie war, und jedenfalls lebendiger und moderner. In dem Hotel, das seine Eltern in Meran besaßen, hatte es mehrere Telefonapparate gegeben, der Gasthof, der zum berühmten Stift St. Peter gehörte, den sie nun als Pächter übernahmen, verfügte noch über keinen einzigen. Die langen Gänge im Hotel in Südtirol waren hell gewesen, und abends lagen vor den Zimmern die schmutzigen Schuhe der Gäste, die frühmorgens geputzt in akkurater Ordnung auf ihre weitgereisten Besitzer aus Rom, Budapest, Oslo warteten; im Gasthaus grölten spätabends manchmal die betrunkenen Honoratioren von Salzburg, und zur Wohnung im selben Gebäude ging man zwar über alte Marmorböden, aber die Gänge waren düster wie die Zimmer, die die Familie bezog. Schaute man in der Früh in Meran aus dem Zimmer, blitzte über den Bergesgipfeln die Sonne, in Salzburg aber schoss der Regen aus den grauen Wolken.

Die Familie hatte gleichsam schon immer in Südtirol gelebt, kein Vorfahr war bekannt, der nicht schon dort aufgewachsen wäre. Nach dem Ersten Weltkrieg war Südtirol
an Italien gefallen, das ab 1921 einen stupiden, vom faschistischen Wahn der einförmigen Staatsnation befeuerten
Kampf gegen die deutschsprachigen Bewohner der Region
und für deren vollzählige und vollständige Italienisierung
führte. Einem Spinner, der für einen großen Gelehrten galt,
war die historische Mission übertragen, für all die alten
deutschen Orts- und Flurnamen, die Seen und Bäche, die
Berge und ihre Gipfel neue italienische Namen zu finden,
wobei Ettore Tolomei es manchmal ganz billig gab und
manchmal kurios verstiegene Entsprechungen fand. Bei dem
alten Meran fiel ihm nicht mehr ein, als dass er ihm ein
vermeintlich italienisches o anfügte, die Dreiherrnspitze
übersetzte er brav zu Picco dei Tre Signori, aber aus Bruneck
wollte er im Überschwang seiner Begeisterung für die An-
tike, die er im Faschismus wiedergeboren wähnte, ein Bruno-
polis machen.

Als das nationalsozialistische Deutschland zum Verbündeten des faschistischen Italien wurde, konnte der Kampf
gegen die Südtiroler, die zuvor als fremdvölkische Feinde
identifiziert worden waren, nicht mehr mit der gleichen
Strategie fortgesetzt werden. Die Nationalsozialisten betrieben gegenüber jenen deutschsprachigen Gruppen, die seit
Jahrhunderten in verschiedenen Regionen Europas lebten,
eine rundweg opportunistische Politik, die nur dann, wenn
es sich für sie rechnete, tatsächlich deutschnational war. Die
Tschechoslowakei wurde mit der Begründung überfallen, die
sudetendeutschen Volksgenossen würden dort darben und

leiden und müssten endlich aus ihrer slawischen Gefangenschaft erlöst werden; die Gebiete der Südtiroler hingegen wurden dem italienischen Bündnisgenossen überlassen und die Südtiroler vor die Wahl gestellt, entweder in der Heimat zu bleiben und sich dem welschen Feind von gestern zu assimilieren oder ihr Zeug zu packen und sich irgendwo im Großdeutschen Reich, wenn nicht gar in den gerade eroberten Gebieten im Osten Europas ansiedeln zu lassen. Diese Zwangsalternative wurde »Option« genannt, und wie viel die Historiker mittlerweile auch darüber geforscht und geschrieben haben, immer noch sind nicht nur Details, sondern manche Grundtatsachen dieser Übereinkunft zwischen dem faschistischen und dem nationalsozialistischen Staat ungeklärt. Stammte der Plan, dass die deutschsprachige Volksgruppe ihr italienisches Siedlungsgebiet verlassen oder ihre Sprache, ihre Nationalität aufgeben müsse, von Köpfen, die in den schwarzen, oder von denen, die in braunen Hemden steckten? Unbestritten ist, dass 210 000 Südtiroler, also rund 85 Prozent für die Aussiedlung stimmten, aber nur etwa 75 000 das Land bereits verlassen hatten, als 1943 die Wehrmacht das Regiment in Italien übernahm und die Migration zum Stehen kam.

Die Familienüberlieferung besagt, dass die angesehenen Meraner Hoteliers Pechlaner von der faschistischen Ortskommandantur selbst den Rat erhielten, sich mit Sack und Pack ins Reich zu verfügen, weil sie sonst ihres Hotels enteignet und mit einem gastronomischen Betrieb in Süditalien abgefunden würden. Es gibt zwar Historiker, die behaupten, solche Geschichten von Enteignung in Südtirol und Verschickung nach Süditalien wären Gräuelpropaganda gewesen, aber als wir einmal in Apulien unterwegs waren, haben meine Frau und ich gestaunt, dass wir immer wieder auf Hotels stießen, deren Besitzer Emilio Hellrigl e fratelli hießen oder andere aus dem Deutschen verballhornte italienische Namen trugen. Die Eltern meines Schwiegervaters haben sich jedenfalls dem Rat der lokalen Obrigkeit gebeugt, ihren Betrieb dem faschistischen Staat übertragen und sich auf nach Salzburg gemacht. Sie sind nach dem Krieg nicht nach Meran zurückgekehrt, wie sie das Land, aus dem sie stammten, überhaupt nie wieder besuchten.

6

Wir besitzen zwölf weiße, in ihrer Eleganz fadenscheinig gewordene Servietten, denen das Monogramm HK eingenäht ist. Und wiewohl sie an einzelnen Stellen ausgewaschene Flecken haben, verwenden wir zu besonderen Anlässen immer noch zwei helle, große Tischtücher, die das Monogramm IP tragen. Manchmal, wenn Besuch angesagt ist und wir uns einen Spaß auf die familiären Wechselfälle der Weltgeschichte machen wollen, legen wir auf das Tischtuch von IP, das über den großen Tisch gebreitet ist, die Servietten von HK und freuen uns, dass sie heute so friedlich miteinander auskommen und so gut zueinanderpassen.

Die Ururgroßeltern meiner Kinder hatten ihr Hotel um 1900 gegründet, in einer Zeit, als aus Meran einer der renommiertesten Kurorte Europas geworden war, in den die Leute von weit her zum Leben und viele auch zum Sterben kamen. Lungenkranke aus ganz Europa waren darunter, denn die Winter waren trocken und milde, und die Luft an der Kurpromenade, entlang des kühl dahinschießenden Flusses Passer, galt für heilbringend. So sehr wurde auf die Lungenkranken geachtet, dass die »Meraner Promenadenordnung« ausdrücklich sogar »das Aufwirbeln von Staub durch nicht fußfreie Kleider der Damen« untersagte, vom Rauchen in den Wandelbahnen der Kuranlagen gar nicht zu reden. Der evangelische Friedhof, der die Grabstätte all derer wurde, die in Meran nicht gesundeten, sondern verstarben und denen als Juden, Orthodoxen, Protestanten keine dauerhafte Bleibe auf dem katholischen Friedhof gewährt wurde, zeugte von vielen begrabenen Hoffnungen: Hier lagen die Gebeine russischer Gräfinnen, britischer Aristokraten, deutscher Fabrikanten, internationaler Hochstapler und Hungerkünstler, die in Meran leben, überleben, besser leben wollten und doch den Tod erlitten.

In dieser Stadt errichtete ein unternehmender Mann ein Hotel in bester Lage der Altstadt, eine Reihe hinter der Kurpromenade, gewissermaßen in Luftweite zur erfrischenden Passer. Von ihm ist nur ein einziges Foto überliefert, es ist unscharf auf einer nahezu gelb gewordenen Seite der »Gastgewerbezeitung« vom 15. Jänner 1922, dem »Alleinigen offiziellen Organ des Hoteliers- und Gastwirte-Verbandes in Südtirol«, abgedruckt und dem Nekrolog auf ihn, den Vereinspräsidenten, beigefügt. Es zeigt einen kleinen, korpulenten Mann mit weichen Gesichtszügen, er trägt Fliege und schwarzen Anzug, das dunkle Haar ist straff über den Schädel gekämmt, und über der Oberlippe sitzt ein kleiner schwarzer Schnurrbart – in seiner ganzen Erscheinung gibt er das Gegenbild zu seinem Enkel, meinem Schwiegervater, ab, der groß und schlank blieb bis ins hohe Alter und eine wehende weiße Mähne schon in der Mitte seiner Jahre hatte. Der Nachruf hebt mit gravitätischer Wucht an: »Wie ein Blitz aus heiterem Himmel drang am 22. Dezember 1921 die Kunde zu uns, dass der Gründer und Führer unserer Gastwirteorganisation, Hotelier Paul Pechlaner, tags zuvor in Neapel jäh und unerwartet durch den unerbittlichen Tod mitten aus seiner Wirksamkeit abberufen wurde. Ein schwerer und kaum ersetzbarer Verlust für den Südtiroler Gastgewerbe-Verband im allgemeinen und für die Meraner Gastwirte-Genossenschaft im besonderen, ein schmerzlicher Verlust für alle, die diesen für das Wohl seiner Berufsgenossen begeisterten, hingebungsvollen und unbeugsamen Manne in seinem Arbeitsfleiß und seiner bewundernswerten Schaffensfreudigkeit kennen und schätzen gelernt hatten.«

Ja, so schrieben die Südtiroler Gewerbetreibenden vor hundert Jahren, wenn sie einen der ihren angemessen würdigen wollten. Ein Schlagfluss hatte den renommierten Mann gefällt, zwanzig Jahre nachdem er sein Hotel, einen gründerzeitlich inspirierten Bau, in der repräsentativen Habsburger Straße erbauen ließ; da war es naheliegend gewesen, auch mit dem Namen des Hotels dem Kaiserhaus die Reverenz zu erweisen und es als »Hotel Kronprinz« zu eröffnen, zur Erinnerung an den unglücklichen Thronfolger Rudolf, der der Monarchie eine liberale Fassung geben wollte, im Unterschied zu den meisten Liberalen seiner Zeit aber leidenschaftlich für eine reale, nicht nur staatsmythologisch behauptete Gleichberechtigung der vielen Völker wirkte.

Nach dem Ersten Weltkrieg, als die Donaumonarchie auseinanderbrach und Südtirol zu Italien fiel, erhielt das Hotel unter seinen alten Besitzern einen neuen Namen, der in gewissem Sinne doch der alte war, nämlich: »Il Principe«. Zweimal Kronprinz: Der historische Witz dabei ist, dass die Besitzer mit dem Principe ohne Namen den alten habsburgischen Kronprinzen identifizierten, während die italienische Obrigkeit ihn als Tribut an den italienischen Prinzen Umberto eingefordert hatte, dem zu Ehren auch die alte Habsburger Straße umgewidmet wurde, die ab 1919 Corso Principe Umberto hieß. Diesem Umberto, der nicht sein Leben lang Kronprinz blieb, sondern 22 Jahre lang als König Italiens regierte, sind bis heute im ganzen Land zahllose Straßen, Plätze, Trattorien, Schiffe geweiht. Das berühmteste davon war ein Ozeankreuzer, der 1916, während des Krieges, von der österreichischen Marine auf Grund gesetzt wurde, mit mehr als 1700 Zivilisten an Bord.

1941 verließen die Südtiroler Besitzer des aus dem Hotel Kronprinz hervorgegangenen Hotels Principe das Land, und ihr Unternehmen wurde einer italienischen Dynastie von Gastronomen und Hoteliers zugeteilt. Vier Jahre später war die faschistische Herrschaft über Italien beendet, also die Zeit gekommen, die Straßen neuerlich umzubenennen. Aus dem Corso Principe Umberto wurde der Corso Libertà, der im Italien von heute, das den deutschsprachigen Südtirolern eine Autonomie zugesteht, wie sie nirgendwo sonst in Europa so weit gefasst wird, gleichberechtigt auch Freiheitsstraße heißt.

Mein Schwiegervater, der ein großer Reisender wurde und sich im Urlaub meist irgendwo im Süden, am liebsten in Rom und Neapel oder auf Sizilien herumtrieb, hat so wie seine Eltern Südtirol und seinen Geburtsort nie mehr besucht. Bis 1994, als ihn seine Töchter drängten, ihnen und ihren Kindern doch endlich seine alte Heimat zu zeigen. So fuhren zu seinem 65. Geburtstag zehn Personen in drei Wagen südwärts, und er ärgerte sich schon nach einer halben Stunde in Meran, dass er sich so schlecht in jener Stadt zurechtfand, in der er sich in seinen bildhaften Erinnerungen als Kind zwischen Hotel, Schule, Spielplätzen, Kurpromenade, den Laubengängen wie in seinem eigenen Reich bewegte. Er hat die ganze Reise ungerührt überstanden, sich weder von Bitternis noch von Wehmut übermannen lassen, doch als wir vor dem Haus seiner Kindheit standen, schien er ratlos zu sein. Das Gebäude war so oft erweitert, zurückgebaut, erneuert, vergrößert worden, dass er es zuerst gar nicht erkannte. Er stand vor diesem merkwürdigen Klotz, in dessen oberen Stockwerken Büros untergebracht waren, während sich im Erdgeschoß jetzt ein geräumiges Restaurant befand: die beliebte Pizzeria Principe. Was ihn erschütterte, das war die Erfahrung der Differenz, die jeder macht, der sich zu den Orten der Kindheit begibt: So klein, wiederholte er fassungslos, das ist ja alles so klein! Er hatte das Haus der Eltern viel imposanter in Erinnerung, dabei war es groß, wie wir anderen sahen, die wir es nicht gesehen hatten, als wir selbst noch klein gewesen waren.

## 7

Seit Tagen ging mir der übergeschnappte Geographielehrer nicht aus dem Sinn. Ich wusste einiges über ihn, aber ich wusste nicht mehr, woher ich es wusste. Mit Ettore Tolomei, der seit seiner Jugend davon besessen war, alle nichtitalienischen Namen bis zum Alpenhauptkamm auszutilgen, hatte ich mich vor Jahren schon einmal beschäftigt. Aber in welchen Zusammenhängen, und warum? Ein Gräuel waren ihm nicht nur die deutschsprachigen Südtiroler, die er für Abkömmlinge der Barbaren hielt; nicht nur die Zimbern, deren Vorfahren vor 800 oder 1000 Jahren ins Land gezogen waren und die in ihren abgelegenen Gemeinden hoch über Verona und Vicenza die einzige Form des Althochdeutschen hüteten, die sich über das frühe Mittelalter hinaus in die Neuzeit und bis in unsere Tage erhalten hat. Auch die Ladiner, die mit ihrer romanischen Sprache den Italienern näher standen, waren ihm als Fremdlinge zuwider, die in seinem völkischen Staat nichts verloren hatten. Das Blut der antiken Römer hatte dank Mussolini, dem Erwecker, in den Italienern wieder kräftig zu rauschen begonnen, es durfte nicht verdünnt, vermischt, verunreinigt werden. Darum verkündete Tolomei 1936, als die italienischen Truppen Abessinien überfielen, Hunderttausende massakrierten und Mussolini eine faschistische Kolonie in Ostafrika proklamierte, einen aberwitzigen Plan. Sie alle, die Ladiner, Südtiroler, Zimbern, sollten nach Abessinien verpflanzt werden und im fernen Afrika die italienische Herrschaft sichern helfen, gewissermaßen als italienisches Dienstvolk, das sich dafür an den Afrikanern als deutsches Herrenvolk würde schadlos halten dürfen. Für solche Verdienste um die heilige Nation wurde Ettore Tolomei von Mussolini als Conte della Vetta mit höchstem faschistischen Adel ausgestattet.

Ich war mit anderen Dingen beschäftigt, aber meine Gedanken kehrten, ohne dass ich es wollte, häufig zu dieser sinistren Gestalt zurück, bis mir unversehens der Name Stiller in den Sinn kam. Klaus Stiller, das war es: Er hatte mich einst auf Tolomei gebracht! Im selben Moment wurde mir bewusst, dass ich von diesem Autor schon seit Jahren nichts mehr gehört hatte. Ich holte die Bibliotheksleiter hinter dem Kasten im Wohnzimmer hervor und stieg bis zur vorletzten Sprosse hinauf, sodass ich die zwei Bücherbretter erreichte, die über der breiten Öffnung zwischen dem einstigen Ess- und dem früheren Wohnzimmer gleichsam in die Wand eingehängt waren. Dort fand ich sie exakt an der richtigen Stelle, die beiden Bücher, die ich einst so gerne gelesen und die ich doch inzwischen vergessen hatte, und das, obwohl ich sie bei jeder Übersiedlung in Schachteln verstaute, mitnahm und in der neuen Wohnung wieder auspackte und in ein neues Regal stellte. »Tagebuch eines Weihbischofs« hieß das eine Buch, der erratische Titel des zweiten lautete: »Die Faschisten. Italienische Novellen«. Mit diesem stieg ich hinunter, ließ die Leiter stehen, wo sie war, und begann sogleich auf dem Sofa darin zu lesen.

Wie es mir mit Büchern so geht, die mir nach Jahren wieder in die Hände fallen, wurde ich auch von diesem gleich in jene Zeit zurückversetzt, da ich es zum ersten Mal gelesen hatte. Das war in einem kleinen Zimmer in der Salzburger Vorstadt Lehen gewesen, wo ich meine Tage mit konzentrierter wie beglückender Lektüre verbrachte, endlich befreit vom öden Reglement der Schule, jener glücklichen Generation von Studenten zugehörig, der selbst die strengsten Professoren versicherten, nicht nur die ausdauernde, sondern auch die planlose Lektüre wäre eine der achtbaren Tätigkeiten, zu denen man die Studienjahre nützen solle. Damals ein Autor Mitte dreißig, schrieb Stiller Bücher, die vielerlei Dokumente aufbieten, zueinander in Beziehung setzen, gegeneinander ausspielen und mit sarkastischem Witz aufdecken, was hinter deren bürokratischer Sprache verborgen wird. In »Die Faschisten« forscht er vier exemplarischen Lebensläufen von Faschisten nach, für die dieser Name eine Ehrenbezeichnung bedeutete, und einer von ihnen war Ettore Tolomei. Stiller zeigt den jungen Tolomei, wie er mit einigen Gefährten durch die Alpen zieht, stets empört, dass er auf so viele »cisalpine Germanen« stößt. Einmal heißt es über ihn: »Am liebsten hätte er gleich die ganze Landschaft beschlagnahmt.«

Stiller ist 1941, also dreizehn Jahre vor mir geboren – aber welche Jahre! Er ist noch ein Kriegskind und somit in einer anderen Welt aufgewachsen als ich. Dennoch habe ich mich diesem Autor verbunden gefühlt und mir an seinem Beispiel gedacht, dass es herrlich sein musste, mit Mitte dreißig ein Schriftsteller zu sein und solche Bücher zu veröffentlichen. Lesend habe ich in den Figuren der Romane als auch in deren Verfassern immer auch mich selbst gesucht und meine eigene Biographie spielerisch entworfen, als wäre jedes Buch der Welt nur geschrieben worden, um von mir gelesen zu werden, mir Auskunft über mich selbst zu geben. Und im Grunde glaube ich das heute noch, ohne dieses naive Urvertrauen in die Bedeutung der Literatur gäbe es keine Leser.

Seit den achtziger Jahren sind von Stiller nur mehr sporadisch Bücher erschienen, und ich kann nicht einmal sagen, dass mir das aufgefallen wäre, denn irgendwann hatte ich ihn vergessen. Bis mich Tolomei an ihn erinnerte. Auch im Internet konnte ich jetzt nur wenige Hinweise auf den weiteren Lebensweg des einst hochgelobten Autors finden, von dem das letzte Buch offenbar im Jahr 2000 veröffentlicht wurde. Dann scheint er der Literatur abhandengekommen zu sein, und ich frage mich, ob dahinter eine Lebenstragödie stecken mag oder ganz im Gegenteil eine geglückte biographische Wende. Denn es muss sich ja nicht jeder sein Leben lang an demselben erproben, und es liegt kein Scheitern darin, wenn einer in seiner Jugend antritt, sich in der Welt als Künstler zu behaupten, und es später auf andere Weise versucht.

Freilich, es ist schon so mit mir: Das Verschwinden ist eine Sache, die mich fasziniert und gegen die ich mit allen meinen geistigen Kräften anzukämpfen versuche, sodass ich mich überall auf die Spuren des Verschwindenden begebe, seien es Sprachen, Nationalitäten, Haltungen, Formen – oder eben verstummte Künstler. Immer will ich etwas, das gerade dabei ist zu verschwinden, ins Gedächtnis retten, dabei muss nicht alles und will gar nicht jeder gerettet werden. Vielleicht kann man aus dem literarischen Verein austreten, ohne darüber zu verbittern, vielleicht liegt in diesem Verschwinden sogar jene große Leichtigkeit, die wir anstreben. Als ich vor zwölf Jahren aufbrach, die allerletzten Zimbern zu besuchen, zwei Handvoll Greisinnen und Greise, die sich in der kleinen Gemeinde Roana hoch in den italienischen Dolomiten auf Althochdeutsch unterhielten und mir, dem

Besucher zu Ehren, gleich Kinderlieder anstimmten, traf ich auf Menschen, die wussten, dass mit ihnen eine uralte Kultur erlischt, und die darüber nicht verzweifelten, sondern achtsam ihre Blumengärten pflegten. So eingenommen war ich von ihnen, dass ich sie als die fröhlichen Untergeher von Roana bezeichnete und sie wegen ihrer weltzugewandten Gesten des Abschieds ins Herz schloss.

## 8

In der einen Ecke steht das Bett, in der anderen der Schreibtisch. Mein Leben lang habe ich es zu keinem eigenen Arbeitszimmer gebracht, als Student nicht, weil ich in wechselnden Wohnungen natürlich stets nur ein Zimmer hatte, später weil die erste gemeinsame Familienwohnung dafür zu wenig Platz bot, und noch später, weil es mir lieb geworden war, zwischen dem Schreiben und Leben, dem Arbeiten und Wohnen keine räumliche Trennung zuzulassen. Man möge sich kein falsches Bild von uns machen und glauben, dass ich entweder für die literarische Arbeit keine Ruhe bräuchte oder mir die befristete Einsamkeit, die ich am Schreibtisch als Glück erlebe, von der Familie räumlich bestritten worden wäre. Das war nie der Fall, egal wo wir wohnten und wie viele Freunde meine Kinder mitbrachten, hatte ich stets einen Ort, von dem ich wusste, dass ich dort völlig ungestört bleiben und niemand ihn betreten würde. Aber es handelte sich immer um ein Zimmer, das auch in anderen Funktionen genutzt wurde. Früher hat mich das gestört, weil ich überzeugt war, es zieme sich nicht für einen

Autor, in einem Raum zu arbeiten, der auch anderen Zwecken dient. Heute mag ich mir gar nicht mehr vorstellen, diese Konstellation je missen zu müssen. So ist es gekommen, dass meine Frau in meinem Arbeitszimmer schläft und ich in ihrem Schlafzimmer arbeite.

Als die Kinder erwachsen waren und auszogen, wäre es leicht gewesen, den Schreibtisch in ein anderes Zimmer zu stellen. Hebe ich den Blick vom Schreibtisch, liebe ich es jedoch, wenn er auf das mit einer hellen Tagesdecke bedeckte Doppelbett fällt, auf das ich mich auch untertags ein paarmal legen werde, um mich körperlich wie geistig in einen anderen Zustand der Existenz zu versetzen; und wenn ich mir morgens mit dem Aufwachen so viel Zeit gelassen habe, wie ich brauche, ist es der Schreibtisch, der mir gut zuredet, mich endlich doch aus dem Halbschlaf zu erheben, in dem ich die Träume schon ein wenig steuern konnte, aber die Gedanken noch nicht der Logik des Tages folgen mussten.

Psychoanalytiker nötigen ihre Klienten auf die Couch, weil sie paradoxerweise auf das Befreiende des Zwangs setzen. Die Klienten müssen liegen, damit die Gegenwehr ihrer Selbstzensur erschlaffe und ihnen das Assoziieren leichter gelinge; tatsächlich beginnen die Gedanken ungeregelt zu strömen, kaum dass man sich aus der Vertikale, in der man wachsam, vorsichtig, wehrbereit ist, als würde immerzu Gefahr drohen, in die Horizontale begeben hat. Als Psychoanalytiker habe ich einen einzigen Patienten, mit dem ich seit Jahrzehnten in Personalunion lebe, deswegen brauchen wir beide für unsere Sitzungen weder die Wohnung noch das Zimmer zu verlassen, es genügt, dass ich ihm morgens ausdrücklich die Zeit zugestehe, die er sich sonst nur mit schlechtem Gewissen genehmigen würde. Ich als einziger Patient meines Analytikers wiederum stehe nur höchst selten um sieben Uhr oder noch früher auf, wenn die meisten Menschen sich bereits auf den Parcours der Pflichten begeben müssen. Und immer ist von Übel, was mich dazu nötigt, zur Unzeit das Bett zu verlassen: eine Untersuchung, zu der ich in der Ambulanz antreten muss, eine Reise, die mit einem frühen Abflug beginnt, die Schlaflosigkeit, die mich einmal im Herbst und einmal im Frühjahr für zwei, drei Tage befällt, als wollte sie mir, dem Kunstschläfer, beweisen, dass es sie gibt und sie sich, wenn sie nur wollte, jederzeit meiner bemächtigen könnte.

Werde ich gefragt, was mir Luxus bedeute, fallen mir nicht viele Dinge ein, aber doch zwei fundamentale, die mich weder physikalisch noch philosophisch, nur persönlich beschäftigen: Raum und Zeit. Raum in Form von zur Verfügung stehenden Quadratmetern, damit ich die Dinge meines Lebens ausbreiten kann, in denen ich mich selbst erkenne und sich die Jahre spiegeln, die die meinen waren; und Zeit, die ich mir nehmen kann, weil nie eine Büro- oder Anwesenheitspflicht über mich verhängt war und ich mir meinen Tag fast nach Gutdünken einteile. Den Abend verbringe ich nicht viel anders, als es die meisten tun, den Morgen hingegen, wie es wohl viele wollten, aber aus mancherlei Zwängen nur selten können. Ich wache nicht später auf als sie, die Bedauernswerten, die vom Wecker aus dem Schlaf gerissen und sogleich den Pflichten des Tages hinterhergejagt werden, aber ich, ich darf danach noch zweimal, fünfmal einnicken und wieder aufwachen, um langsam wie in einem Kahn aus der Nacht herauszuschaukeln. Diese Zeit gemahnt mich nur sachte daran, dass auch sie vergeht, sie währt mindestens eine Stunde, und in dieser Stunde der Bemühungslosigkeit wächst in mir die Zuversicht, dass ich den Tag, der mir Kraft und Ausdauer abverlangen wird, bestehen werde.

Das Schlaf- und Arbeitszimmer liegt im äußersten Südwesten des Unterdecks unter dem Dach, und seitlich über dem Bett befindet sich jenes lukenartige Fenster, durch das tagsüber nur wenig Licht fällt, wir aber des Nachts in den Himmel schauen können. Die Schräge des Zimmers ist enorm, sodass der Raum am einen, wandseitigen Rand des Bettes keinen Meter hoch ist, sich zur Mitte hin aber steil auf mehr als drei Meter in die Höhe erhebt. Manchmal, wenn Blitze über den Himmel zucken, starren wir verzückt in die Nacht, und manchmal ärgern wir uns, weil wir vergessen haben, die Luke zu schließen, und ein plötzlich einsetzender Regen auf das Bett prasselt.

Das Bett ist als Ort der physischen Regeneration erfunden worden, aber natürlich ist es mehr, und um ihm eine höhere Würde zuzusprechen, wurde es oft zum Ort der Urtatsachen des Lebens erklärt, der Geburt, der Liebe, des Todes. Es stimmt, die allermeisten von uns werden in einem Bett geboren, pflegen die körperliche Liebe nur ausnahmsweise an originelleren Orten und sterben auch in einem Bett. Aber selbst wenn man im Bett zur Welt kommt, liebt und stirbt, muss man doch einschränkend festhalten: aber nicht fortwährend! Man wird nur einmal geboren, stirbt nicht viel öfter, und selbst Menschen, die in dieser Hinsicht rühmenswert aktiv sind, verbringen nicht die meiste Zeit im Bett, um sich sexuell zu betätigen.

Viele Schriftsteller haben über das Bett geschrieben, manche auch in ihm, und alle nahmen es als Gelegenheit, über Arbeit und Faulheit, Kindheit und Alter, Eros und Tod nachzudenken. Jože Javoršek, der slowenische Autor, der als junger Mann zu den Partisanen ging und nach dem Krieg von ihnen ins Gefängnis gesteckt wurde, weil er die fragwürdigen Auffassungen der französischen Existentialisten teilte, schrieb im Alter eine Erzählung, in der er rund um sein Sterbebett alle seine Widersacher versammelt. Sein Sterbezimmer, wie er es sich ausdachte, ist von lauter Leuten bevölkert, die ihm Übles angetan haben. Da sind die Spitzel, die ihn bei den Genossen von gestern denunzierten, die Freunde, die um ihn, den Geächteten, einen Bogen machten, die Regisseure, die sich weigerten, seine Stücke so zu inszenieren, wie er sich das vorgestellt hatte, die Kulturpolitiker, die ihm, als er alt wurde, die Auszeichnungen überreichten, die sie ihm vorher, als er sie gebraucht hätte, vorenthalten hatten, da sind Frauen und Männer, die seine Liebe, seine Freundschaft verraten haben. Alle versichern sie dem Moribunden, wie leid es ihnen tue, einst getan zu haben, was man von ihnen verlangte oder wozu es sie aus eigener Dummheit und Berechnung drängte. Ich weiß nicht, ob ich diese Geschichte richtig wiedergebe, denn ich habe sie nie gelesen, ich weiß nicht einmal, ob der Autor sie tatsächlich geschrieben und veröffentlicht hat. Ich war allerdings vor mehr als 35 Jahren dabei, als er sie in einer Runde mit lässiger Dringlichkeit erzählte, als handle es sich um eine Sache, die er selbstverständlich noch erledigen werde. Er war ein vitaler, attraktiver Mann mit weißem Haar, ernst und polemisch, ein Herr von ausgesuchter Höflichkeit, bürgerlichen Manieren und anarchistischer Überzeugung, der damals auf die siebzig zuging, ein Alter, das er dann doch nicht erreichte.

Das Französisch, das er sprach, klang, als sei er gerade auf dem Weg zu einer Sitzung der Académie française, und zwar in der Sektion, die über die Reinheit der französischen Sprache zu wachen hat. Er, der Partisan mit einer Vorliebe für die französische Sprache und Philosophie, von den Aufklärern bis zu den Existentialisten, hätte sich gewiss geschliffen mit Xavier de Maistre unterhalten können, einem geistvollen Reaktionär, der 1795 seine »Voyage autour de ma chambre« veröffentlichte, ein Buch, das eine Mode begründete, und in dem er die Gerätschaften seines Zimmers beschrieb. Über das Bett heißt es darin: »In diesem köstlichen Möbel vergaßen wir während einer Hälfte des Lebens die Kümmernisse der anderen.«

9

Xavier de Maistre ist weit herumgekommen, aber nirgendwo weiter als in seinem eigenen Zimmer. In eine aristokratische Familie in Savoyen geboren, verließ er die Heimat, sobald die Französische Revolution sich den kleinen Staat einverleibte, und wanderte südwärts. Er lebte in Turin, bis die französische Armee die Freiheit, Gleichheit, Brüderlichkeit auf ihre Weise auch in das Piemont exportierte, und wandte sich dorthin, wo die Herrschaft des Adels noch unangefochten war: Ab 1800 kämpfte der französische Aristokrat mit den russischen Truppen gegen die französischen Heere Napoleons, er stieg dabei bis zum Generalmajor auf, heiratete eine Verwandte des Zaren, demissionierte, als nach dem Wiener Kongress die europäischen Verhältnisse in seinem Sinne geordnet waren, und lebte noch vierzig Jahre als Maler und Schriftsteller in Paris und in St. Petersburg, wo er 1852 im Alter von fast neunzig Jahren starb.

Er hat also viel von der Welt gesehen, dieser Vertreter des Ancien Régime, dem die Idee der Nation, die mit der Französischen Revolution eine welthistorische Realität wurde, gänzlich fremd war und der sich nicht scheute, in die Dienste bald dieser, bald jener Macht zu treten, und der das gewiss tat, ohne sich deshalb als Verräter am Vaterland zu verstehen. Die Vorstellung eines republikanischen Vaterlands oder einer vaterländischen Republik selbst muss ihm lächerlich vorgekommen sein, war er doch einem in ganz Europa heimischen Hochadel verbunden, nach dessen Maßstäben ihm bürgerliche Ideale als schuldhafte Verirrung eines neuen, rauen Menschenschlags erscheinen mochten.

Xavier de Maistre hat ein paar Bücher geschrieben, die von seinen weiten Wegen durch Europa zeugen, etwa »Die Gefangenen des Kaukasus« oder »Die Aussätzigen von Aosta«, aber sein literarischer Ruhm gründet auf einem Büchlein von nicht einmal hundert Seiten, das den Titel »Voyage autour de ma chambre« trägt und von der Erkundung jenes Zimmers handelt, das er einst für 42 Tage nicht verlassen durfte. Er war 27, als er wegen eines Duells zu Hausarrest verurteilt wurde und sich entschloss, die Bestrafung als Geschenk zu nehmen. Gegen Ende des Buches schreibt er, dass er die Verbannung auf sein Zimmer erlebt habe, als würde man »eine Maus in eine Vorratskammer einsperren«. Die Vorratskammer, in der sich der junge Mann so wohlfühlte, das war dieses eine Zimmer, auf das er verwiesen war, aber auch der weite Raum seiner Phantasie, seiner Erinnerungen und Ideen, in dem er sich als dankbarer Häftling aufhielt.

42 Tage durfte er, der das gesellschaftliche Leben genoss, sein Zimmer nicht verlassen; 42 Kapitel hat sein Buch, wodurch er suggerierte, er hätte es als Tagebuch verfasst und für jeden Tag ein Kapitel aufgewendet. Das war sicher nicht der Fall, und wir wissen auch nicht, wie genau sich der Autor bei der Beschreibung des Zimmers an einem realen Zimmer orientierte. Es sind jedenfalls gezählte, meist einfache Gegenstände, die er beschreibt – und es ist die ganze Welt, die er damit zu seinem Thema macht. Hier das Bett, der Lehnstuhl, der Schreibtisch, ein paar Kupferstiche und Bilder an den Wänden und eine bescheidene Sammlung von Büchern; dort die Gedanken, auf die ihn diese Gegenstände bringen, das Schweifen der Ideen, die alle weit aus dem engen Raum hinausführen, zu dem sie doch immer wieder zurückkehren. Parodistisch schließt Xavier de Maistre an die damals populären Reiseromane an, die vom Abenteuer in der Fremde erzählen, ja diese als Vorstellung und Realität gleichsam erst konstituieren. Der selbstbewusste Anspruch, mit dem die Reiseerzähler von ihren Entdeckungen in der großen Welt berichteten, ist auch der von de Maistre, der für seine Reise zu Hause bleibt, aber dennoch davon überzeugt ist, dass sie ihm die ganze Welt erschließt. Die Autoritäten, die es ihm verboten, in die Stadt, auf die Straße zu gehen, »haben mir das ganze Universum überlassen. Die Unermesslichkeit und die Ewigkeit stehen zu meinen Diensten.«

Xavier de Maistre hat seinem Zimmerarrest ein bezauberndes Büchlein abgewonnen. So schmal es ist, hat es freilich doch langatmige Passagen. Beständig grübelt der Autor über sein doppeltes Wesen als »Seele« und als »Tier«, und wie es ihm gelingen möge, trotz dieser Dualität nicht im Hader mit sich zu liegen. In seinen metaphysischen Abschweifungen zeigt er sich nicht gerade als tiefsinniger Denker, und manche seiner Betrachtungen sind nur mehr zu verstehen, wenn man ihren geistesgeschichtlichen Hintergrund kennt und zu würdigen weiß. Dennoch, er war es, der als Erster literarisch den eng umgrenzten alltäglichen Lebensraum als Schauplatz einer ins Weite führenden Reise genommen hat. Seine Idee lag gewissermaßen in der Luft, denn kaum war seine Zimmerreise erschienen, folgte ein Buch auf das andere, deren Verfasser Ähnliches im Sinne hatten wie de Maistre. Da wurden »Reisen am Kamin«, in den Weinkeller, durch das Schlafzimmer angetreten oder »Mein Schreibtisch« oder gar die Hosentasche als Schauplatz des Buches gewählt. (Eine literaturwissenschaftliche Abhandlung mit dem Titel »Reisender Stillstand«, verfasst von Bernd Stiegler, rief sie zuletzt alle in Erinnerung und weist dabei allerdings mehr Witz und Eleganz auf als viele der darin gewürdigten Werke.)

De Maistre, der als Berufsoffizier die strategische Bewegung von Truppen studiert haben muss, erklärt einmal nebenbei, dass er durch sein eigenes Zimmer »ohne Plan und ohne Ziel hin und her« und »sogar im Zickzack gehen« werde. Tatsächlich ist das Sprunghafte, Unsystematische seiner Welterkundung im Zimmer ein charmanter Zug des Buches, das bald einen Gegenstand erfasst, bald von ihm abschweift und ihn aus den Augen zu verlieren scheint. Der Offizier de Maistre stand im Dienste der europäischen Konterrevolution, man kann aber keineswegs behaupten, dass er in seinem Buch konterrevolutionäre Thesen verfochten hätte. Im Gegenteil, was überrascht und, zugegeben, auch ein wenig ermüdet, das ist vielmehr der sanfte, gefühlvolle, manchmal sentimentale Ton der Empfindsamkeit, wie er in der deutschen Literatur des 18. Jahrhunderts eine Angelegenheit bürgerlicher Autoren war, die dem überkommenen höfischen Zeremoniell etwas entgegensetzen wollten: das Weltgefühl und die Sprache der Empfindsamkeit. Ihnen steht der Aristokrat de Maistre, der die alte Ordnung militärisch wiederherzustellen versuchte, mit seiner Prosa der Herzensergießung verblüffend nahe. Auch Reaktionäre können gute Bücher schreiben, die einen weil, die anderen obwohl sie Reaktionäre sind. Vielleicht steht der kolumbianische Aphoristiker Nicolás Gómez Dávila für den ersten Fall, der französische Romancier Louis-Ferdinand Céline für den zweiten. Jener wollte nicht die besseren Zeiten von gestern wiederherstellen, wie es sich konservative Menschen wünschten, sondern für eine Gesellschaft zeugen, von der bereits in den besseren Zeiten von gestern nichts mehr übrig geblieben war; dieser hat seinem engstirnig rassistischen Charakter das eine Buch abgetrotzt, in dem er seine gesellschaftlichen und ideologischen Grenzen zu überschreiten vermochte. Es könnte interessant sein, diese Gedanken weiterzuverfolgen, aber nicht jetzt, da ich die Reise, die kaum begonnen hat, nicht allzu lange unterbrechen, sondern entschlossen weiterziehen möchte, wenn auch ohne Plan und Ziel und manchmal sogar im Zickzack.

Vorher muss ich aber noch über ein zweites Buch sprechen, und über die außergewöhnliche Frau, die es verfasste.

Vier Jahre nach der Zimmerreise von Xavier de Maistre erschienen in Leipzig zwei Bände von zusammen rund 850 Seiten, die den Titel »Mein Schreibetisch« trugen. Der Umfang klingt imponierender, als er ist, denn auf heutigen Satzspiegel gebracht, würden aus den 850 vielleicht 200 Seiten werden. Aber ein kühnes Unterfangen war es dennoch, das die verwitwete Sophie von La Roche wagte, eine Frau, deren Leben anregend und aufregend genug war und ihr drei Verlobte, acht Kinder, hohes Ansehen und bittere Jahre bescherte. Sie war 68 und eine erfolgreiche Autorin von Romanen und Reiseberichten, als sie daranging, ihren Schreibtisch zum Zielort und Ausgangspunkt eines besonderen Buches zu machen, vorgeblich, weil ein »edler Freund« sie gebeten hatte, ihm ein umfassendes Bild ihres Arbeitszimmers zu zeigen. Sie begann an dem Buch zu arbeiten, als sich ihr Lebensweg bereits ins Abschüssige neigte: »Das Schicksal zerstörte meinen Wohlstand, die Jahre meine Gestalt.« Sophie von La Roche galt als Schönheit in Augsburg, wo sie aufwuchs, zwei Verlobte hat ihr der bürgerliche Vater, ein strenger Pietist, verboten, den einen, weil er ein italienischer Katholik, den anderen, weil er ihr jüngerer Cousin, Christoph Martin Wieland, war. Mit dem dritten, den sie davon unterrichtet haben soll, dass sie ihn nicht liebe, führte sie dann eine vorbildliche Ehe, zu der in wechselnden Städten, in denen ihr adeliger Mann als hoher Beamter tätig war, auch die Salons gehörten, die sie führte, als gewinnende, vielbewunderte Gastgeberin, die es liebte, freie Geister von nah und fern zusammenzubringen. Mit 41 Jahren veröffentlichte sie den Roman »Geschichte des Fräuleins von Sternheim. Von einer Freundin derselben aus Original-Papieren und anderen zuverläßigen Quellen gezogen«, eines der populärsten Bücher des 18. Jahrhunderts. Es ist die bittersüße Geschichte eines armen und schutzlosen Waisenmädchens, das sich wider alle Gefahren, die ihm von den Männern drohen, zu behaupten weiß, die Biographie einer jungen Frau, auserkoren dazu, ein Opfer zu werden, die sich in diesen Status nicht fügen will.

Wohin ihr Mann von Staats wegen auch beordert wurde, Sophie wechselte mit ihm die Städte, und als er wegen abfälliger Bemerkungen über Adel und Kirche vom Kurfürsten in Trier entlassen wurde, folgte sie ihm, wenn auch nicht ins Elend, so doch nach Speyer in bedrückende Verhältnisse. Sie hat enorm viel veröffentlicht, darunter Berichte über ihre Reisen durch die Schweiz, Holland, England, Frankreich. In ihrem interessantesten Reisebuch aber erkundete sie nichts anderes als ihr »Stübchen«, in dem der Schreibtisch stand, den kleinen Raum, den sie ganz für sich allein hatte. 140 Jahre später wird Virginia Woolf in einem wirkmächtigen Essay behaupten, dass jede Frau, die schreibe, zwei Dinge benötige: 500 Pfund im Jahr und ihr eigenes Zimmer, einen Ort, an dem sie physisch ungestört, geistig unabhängig arbeiten könne. Sophie von La Roche konzentrierte sich in der literarischen Feier ihres Stübchens auf keinen anderen Gegenstand als »meinen Schreibetisch« – und auf die Dinge, die sie dort abgelegt hatte: Gedichte, die sie aus dem Französischen oder Englischen übersetzte, Exzerpte wissenschaftlicher Studien, Bücher, deren Besitz sie stolz machte, Briefe, Notizen, Mappen, Faszikel. Was sie da sah und las, worüber sie grübelte und sich ihre eigenen Gedanken machte, das legte sie dem »edlen Freund« referierend und räsonierend dar, mit einer starken Neigung, das Gute im Menschen, im Gang der Geschichte, im Walten ewiger Gesetze zu erblicken und sich unverdrossen der »vortrefflichen Menschen, welche ich kennen lernen durfte«, zu erfreuen.

Nicht alles, was sie in einem wie beglückten Parlando berichtete, klingt für heutige Ohren rebellisch, aber die Unternehmung selbst war es doch. Sie ließ sich als Reisende ihre Freiheit nicht einschränken, was für Frauen damals keineswegs selbstverständlich war; ihr schönstes Reisebuch führte sie an ihren Schreibtisch, und von diesem weiter hinaus in die Welt, als sie mit der Kutsche je hätte gelangen können. Den Schreibtisch rühmte sie als alten »Diener, der seit vielen Jahren an allem Wohl und Wehe seiner Herrschaft Antheil nahm«, geduldig und still, immer zugegen, wenn sie ihn brauchte, und hilfreich, wenn es ihr galt, zu Hause zu bleiben und zugleich hinaus in die Welt zu ziehen, um am großen Gespräch über die Zeiten und Länder hinweg teilzunehmen.

## 10

Ich war vierzig, als ich ihn geschenkt bekam. Eine Bekannte war von ihrem Mann verlassen worden und hatte sich entschlossen, ausgerechnet in das Land zu ziehen, dem er einst entronnen war und in das er nicht einmal als Besucher zurückkehren wollte. Ob sie hoffte, ihn dort besser verstehen zu lernen, oder umgekehrt gerade sicher sein wollte, ihm nie mehr zu begegnen? Sie verkaufte, was immer sich von den gemeinsamen Einrichtungsgegenständen verwerten ließ, verschenkte den Rest und nahm nur gezählte Stücke mit in seine Heimat, die nun die ihre werden sollte.

Ihr Geschenk ist ein voluminöser, doch eleganter Schreibtisch, den ich vor mehr als zwanzig Jahren, bald nachdem wir hier eingezogen waren, mit einem Freund die breiten Steinstufen des Hauses und dann die engen Holztreppen aus dem unteren Stock unserer Wohnung in den oberen hinaufschleppte. Bei der Holztreppe taten wir uns keuchend und fluchend schwer, denn wir mussten das Ungetüm bei den zwei Kehren kippen, wobei uns die Oberarme zu zittern begannen; nach einer weiteren Drehung brachten wir ihn auch noch durch den Türstock, hinter dem der Raum des Schreibens und des Schlafens, der einsamen Arbeit und des gemeinsamen Atmens im Bauch des umgekippten Schiffes lag. Seit ich davon gehört hatte, war mir das Wort, das die iranische Sprache für zwei Menschen hat, die sich fürs Leben verbunden haben, immer als das schönste für deren Verhältnis vorgekommen, werden Eheleute in ihr doch als die »Mitatmenden« bezeichnet.

Als wir den Schreibtisch in dem Eck abgestellt hatten, das dem Bett gegenüberliegt, waren wir schweißüberströmt und rangen, zwei Mitkeuchende, um Luft, aber auf die zufriedene Weise von Männern, die ihre beruflichen Tage sitzend verbringen und stolz sind, einmal sich und den anderen ihre körperlichen Kräfte unter Beweis gestellt zu haben. Jahre später zeigte der Schreibtisch mit seiner wuchtigen Eleganz unübersehbare Schäden, Furnierteile waren aufgebogen oder abgesplittert, das Holz der Seitenwände war durch die Heizung im Raum leicht aufgeworfen und rissig, das ganze Möbel zwar nicht ramponiert oder wackelig, aber mit Dellen und Kratzern überzogen. Als wir unverhofft eine kleine Summe Geldes erhielten, riefen wir daher einen Antiquitätentischler ins Haus, der sich den Schreibtisch anschaute und ihn lobte, indem er auf nichts als Beschädigungen hinwies, und mit uns dann eine geringere Summe als gedacht dafür vereinbarte, dass er das Möbelstück, meinen Arbeitsplatz, in einen Stand zurückversetze, in dem wir es nie gesehen hatten.

Der Tisch ist zwei Meter breit, einen Meter tief und aus massivem Nussholz gefertigt, dessen rötliches Braun auch dunklere und hellere Linien und Kreise der Maserung aufweist. Er hat rechts drei tiefe Schubladen, die sich mithilfe der kleinen Schlüssel, die in alten, mit geschwungener Metallverzierung ausgestatteten Schlüssellöchern stecken, nur mit Mühe herausziehen lassen; und links eine Art von Schrank, der einstmals mit einer Tür verschlossen werden konnte, von der nichts geblieben ist als die Schrauben des Scharniers, die noch in den Holzleisten stecken. Der Schreibtisch und seine beiden Kästen werden von vier kräftigen, bauchig runden Tischbeinen getragen. Die Schreibfläche, die auf die beiden Kästen gesetzt ist und sie über meinen Beinen miteinander verbindet, ist mit Holz umrahmt und besteht sonst aus einem leicht vertieften Brett, über das ich alle paar Jahre ein neues Stück grünen Filz spanne. Hinter der Schreibfläche erhebt sich ein Aufsatz, der rechts und links drei Etagen mit kleinen Schubfächern hat, die mit an winzige Schachfiguren erinnernden Knöpfen bestückt sind. Diese beiden Türmchen werden von einer dünnen Platte verbunden, von dem ein Bord mit nach vorne hin offenen kleinen Fächern hängt, als wolle der ausladende Rumpf des Schreibtischs die Aufmerksamkeit auf seine filigranen Gliedmaße lenken.

Als wir den Schreibtisch zu viert zum Wagen des Antiquitätentischlers hinunterzutragen versuchten, der Tischler und sein Geselle, mein hilfsbereiter Freund A. und ich, blieben wir bereits bei der ersten Kurve der Wohnungstreppe stecken. Wir keuchten und fluchten und versuchten es wohl zehn Mal, indem wir ihn drehten, kippten, aufstellten, aber wie immer wir es probierten, der Schreibtisch wollte sein Zimmer, die Wohnung, das Haus nicht verlassen, er sträubte sich dagegen, restauriert zu werden, und schien zufrieden damit zu sein, wie es war, mit ihm und mit mir. Es war jene Zeit, da unsere Kinder auszogen und wir verblüfft feststellten, dass die Wohnung, seitdem wir sie nur mehr zu zweit bewohnten, rapide kleiner wurde. Indem wir mehr Platz für uns hatten, schrumpfte sie, in allen Zimmern und als Ganzes, selbst die Treppe war jetzt schmäler als bisher. So trugen wir den Schreibtisch an den Platz zurück, den er liebt, er wird wohl so lange unverrückbar an seiner Stelle ausharren wie wir selbst.

Der Schreibtisch ist zwischen 1870 und 1890 getischlert worden, auch der Handwerker, der ihn sich gerne vorgenommen hätte und schimpfend ohne ihn fortfuhr, hatte sich auf kein genaueres Datum festlegen wollen. Nirgendwo herrscht so unangefochten die strengste Ordnung meiner Unordnung wie an meinem Schreibtisch. Alles ist so sehr nach meiner Logik verstaut, untergebracht, aufeinandergestapelt, dass ein anderer sich auf ihm erst nach geraumer Zeit orientieren könnte. Alle Mappen und Papiere bleiben eine Zeit lang auf ihm, werden dann in den großen und kleinen Laden verstaut, wo sie aber nur befristete Zeit verweilen können und dann an einen anderen Platz verlegt werden. In den großen schweren Schubladen rechts sind etliche Kilogramm Papier abgelegt, um in die unterste zu gelangen, muss jede Mappe, jedes Heft durch die zwei Laden über ihr hinunterwandern, eine Reise, für die sie in der Regel ein paar Jahre benötigen.

Ganz unten befinden sich Papiere, Dokumente, Zeugnisse, die ich nur selten ansehe und zu keinem anderen Zweck, als mich an eine vergangene Periode meines Lebens zu erinnern. Das geschieht ohne die Absicht, mich dieser noch einmal zu stellen oder die Dokumente als Ausgangspunkt neuer Weltbetrachtungen zu nehmen. Dort finden sich zum Beispiel meine universitären Arbeiten, etwa über »Die großserbische Idee und die österreichische Annexion Bosniens und der Herzegowina« aus einem historischen Seminar des Jahres 1975, an der ich einen halben Herbst laborierte; oder die skurrile Phantasie, die ein nachsichtiger Professor für Philosophie durchgehen ließ, in der ich über den Begriff der Utopie bei Ernst Bloch mit einer naiven Begeisterung schrieb, als würde ich den Stil dieses Philosophen mit seinem gleichsam altdeutschen Expressionismus parodieren wollen. Ich habe mich selbst als enthusiastischen, ein wenig schüchternen Studenten in Erinnerung, aber an intellektuellem Selbstbewusstsein mangelte es mir nicht. Die philosophische Arbeit begann ich mit dem damals verpönten »Ich« und der ersten Fußnote, in der ich erklärte: »Wissenschaftliche Sprache kennt häufig kein Ich mehr. Dieser Verdrängung des Personalpronomens 1. Person Singular werde ich hier keinen Tribut zollen. Nicht nur, weil es mir in einer phi-

losophischen Arbeit unangebracht erscheint, subjektive Erkenntnisse mit der Autorität eines unpersönlichen ›man‹
zu tarnen. Sondern auch, weil es mir bei einem Denker wie
Ernst Bloch geradezu bedenklich erschiene, die komplizierte
Dialektik von Subjekt und Objekt dadurch zu verdunkeln,
dass das erkennende Subjekt sich in seiner Subjekthaftigkeit
verleugnet.«

In den zwei Laden darüber sind Texte gesammelt, die
mir näherliegen und eines Tages entweder nach unten wandern oder wieder aus ihnen herausgeholt werden, weil mir
endlich eingefallen ist, was ich mit ihnen anderes machen
könnte, als sie in solcher Nähe dauerhaft zu archivieren.
Werden sie nach unten verlegt, scheiden sie in Ehren für immer aus dem aktiven Dienst aus, in Ehren, weil sie nicht im
Altpapiercontainer landen, der regelmäßig von mir befüllt
wird, sondern an einem Platz für Veteranen, deren Verdienste groß sind und die hier ihre verdiente Ruhe finden
sollen.

Ich will hier keine Enzyklopädie meines Schreibtischs
vorlegen, die zu verfassen mir nicht mehr Freude bereiten
würde als dem Publikum Mühe, sie zu lesen. Nur so viel, woran immer ich arbeite, ich habe das Nötige in Griffweite. Auf
dem Aufsatz stehen die Behälter mit den gespitzten Bleistiften und die Behälter mit den vielen Kugelschreibern und
zwei Füllfedern, die eine mit schwarzer, die andere mit blauer
Tinte gefüllt. Daneben liegen viele Notizblöcke: Die einen
benötige ich, weil in ihnen steht, was ich nicht vergessen soll,
die anderen, weil in ihnen noch nichts steht und sie darauf
warten, dass ich etwas festhalte, das ich nicht vergessen
möchte. Und auf dem grünen Filz liegt der schmale silberne

Laptop, zu dem ich wechsle, sobald ich handschriftlich so weit gekommen bin, dass ich weiß, wie es weitergeht. Merkwürdig, dass ich, der ich meine Scheu gegenüber technischen Errungenschaften von Jugend auf kultivierte, meinen Unwillen sogleich ablegte, als mit den unförmigen Kastencomputern ein erschwingliches elektronisches Schreibgerät auf den Markt kam! Ich habe nie den Führerschein gemacht, aber schon Anfang der neunziger Jahre die elektrische Schreibmaschine nicht irgendwo verstaut, sondern gleich weggeworfen, sobald ich meinen ersten Computer erstanden und rasch benutzen gelernt hatte. Es war ein Gerät der Firma Atari, und im Grunde habe ich seither mit den wechselnden Computern nicht viel mehr gemacht, als ich bei meinem ersten erlernte. Ich nutze sie, die viel mehr zu leisten imstande sind, immer noch einzig als praktische Schreibmaschine, die das Korrigieren, das Verschieben von Textbausteinen und endlich auch das Archivieren erheblich erleichtert.

II

Im Innenschrank des Schreibtisches sind hölzerne Schachteln und Kartons verstaut, in denen ich zahlreiche Hefte und Manuskripte aufbewahre, lauter Aufzeichnungen für Bücher, die ich nicht geschrieben habe. Von jedem hatte ich gehofft, es werde eines Tages in die Welt hinausziehen, um dort für mich einzustehen, aber so weit habe ich es mit ihnen nicht gebracht. Zwei-, dreimal im Jahr wende ich mich ihnen zu, ziehe aus einer der Schachteln ein paar Blätter heraus, beginne in einem Heft zu blättern, und fast immer gerate ich dabei in eine merkwürdige Erregung, als würde hier ein anderes Leben von mir aufbewahrt werden. Schon länger spiele ich mit dem Gedanken, das Buch meiner ungeschriebenen Bücher zu verfassen, aber auch dieses ist bisher ungeschrieben geblieben, und ich zweifle, ob es mir je gelingen wird, damit anzufangen. Denke ich an dieses Buch, gerate ich aber zuverlässig in jene Unruhe, die mich befällt, wenn ich mit einer Sache noch nicht endgültig abgeschlossen habe, und die ich benötige, um später in die Ruhe des Arbeitens zu finden.

Das ungeschriebene Buch trägt den Arbeitstitel »Alle meine Bücher, die ich nicht mehr schreiben werde«, was immerhin zweierlei festhält: dass ich nicht mehr dazu kommen werde, sie zu schreiben, und dass ich sie trotzdem für meine Bücher halte. Sie haben den gleichen Einfluss auf mich wie jene, die ich fertiggestellt und veröffentlicht habe, denn jeder von uns ist auch der Mensch, der nicht aus ihm geworden ist, und was ein Autor zu schreiben unterlässt, das charakterisiert ihn nicht weniger als das, was zu schreiben er sich genehmigt hat. Das gilt für jedes einzelne Buch, ja sogar für jedes Kapitel darin, denn wer schreibt, der spart aus, verschweigt, sagt niemals alles, was er zu sagen wüsste; und es gilt für sein ganzes Werk, in welchem es von ungeschriebenen Büchern nur so wimmelt. So viele gelungene oder missratene Bücher kenne ich, die nur ich hätte schreiben können, dass es angebracht ist, sie als meine Bücher zu bezeichnen, auch wenn ich keines von ihnen je geschrieben habe.

»Wo ich überall an den Tod dachte«, so ist die violette Mappe beschriftet, in der sich nicht mehr als fünf, sechs Blätter befinden, der Einfall eines Nachmittags, an dem ich schläfrig in einem Bus unterwegs war, der mich durch eine gerade vom Schnee befreite, deprimierend dunkelbraune Landschaft von einem Dorf im Baltikum zum nächsten brachte. Auf viele meiner besten Ideen bin ich nicht durch konzentriertes Nachdenken gekommen, sondern wenn ich im Tagesverlauf müde geworden war und die intellektuelle Selbstkontrolle verlor oder morgens, noch nicht richtig aufgewacht, vor mich hin dämmerte. Ob sie was taugen, zeigt sich erst, wenn ich sie hellwach von allen Seiten betrachte. »Wo ich überall an den Tod dachte« wäre wieder eine der verkappten Autobiographien von mir geworden, eine Reisegeschichte durch die Zeiten und Räume, die ich einzig schreibend zu den meinen zu machen vermag. Wenn ich auch an allen möglichen Orten der Welt von dem Gedanken eingeholt wurde, reisend meinem Tod zu begegnen, wäre auch dies natürlich ein Buch für das Leben geworden. Wer schreibt, hat sich schon für das Leben entschieden, und ich erst recht, der ich mir angewöhnt habe, die Todesversessenheit, an die ich mich in meiner Jugend selbst zu verlieren drohte, als eine Art von geistiger Faulheit oder moralischer Apathie abzutun: ist es doch viel leichter zu verzweifeln, als nicht zu verzweifeln. Dieses Buch hatte ich mir als Sammlung von Epiphanien vorgestellt, von lauter glückhaften Momenten, in denen ich in der Zersplitterung meines Weltempfindens wieder den inneren Zusammenhang, die Einheit ahnen könnte. Wo immer er mich überfallen mochte, der Gedanke an den Tod würde mich, sobald ich die oft schäbigen Ortschaften, in die ich geriet, nur geduldig genug erkundete, schon das Glück spüren lassen, hier zu sein – an diesem Ort; da zu sein – in diesem Leben.

Bei einem anderen Projekt war ich weiter gekommen, ein ganzes Heft hatte ich vollgeschrieben, mit Gedanken und Beobachtungen, mit Nachforschungen, Daten, Namen. »Wanderungen über den Friedhof« ist diese Mappe beschriftet, und als Untertitel des geplanten Werks von unbestimmter Länge hatte ich hinzugefügt: »Das Buch vom Leben«. Seit Jahren ziehen meine Frau und ich alle zwei Wochen von unserem Haus zum Kommunalfriedhof in die Vorstadt hinaus, weil wir dort nach einer wachsenden Zahl von Gräbern sehen müssen und sich der Friedhof, zugegeben, in der richtigen Entfernung für einen ausgedehnten Sonntagsspaziergang befindet; und weil wir uns darauf geeinigt haben, dass man sich in einem Haus, in das man eines Tages selbst übersiedeln wird, schon vorher ein wenig umsehen darf, ohne es im Übrigen mit dem Umzug allzu eilig zu haben. Je öfter wir über den Kommunalfriedhof wandern, umso schöner kommt er uns vor, es ist ein alpiner Waldfriedhof mit prächtigem Baumbestand, einst errichtet, damit die Friedhöfe, die als Umschlagplätze der Seuchen gefürchtet waren, in der inneren Stadt geschlossen werden konnten, und auch, damit die Toten aller Konfessionen und die Konfessionslosen gemeinsam in kommunaler Erde bestattet werden. Der Friedhof birgt Abertausende Lebensgeschichten, gedrängt, verdichtet auf die Daten der Verstorbenen, die dürren Angaben über ihren Stand oder Beruf, und nach und nach hatte ich zwei Dutzend Lebensgeschichten von Unbekannten recherchiert, die hier bestattet liegen.

Was mich abbrechen ließ, war mein verfluchter Hang zum Enzyklopädischen, der mich fort- und fortzuziehen beginnt, kaum dass ich mich für etwas begeistere. So fielen mir die vielen Friedhöfe ein, die in den vergangenen Jahrzehnten großen Eindruck in mir hinterlassen hatten. Zum Beispiel die beiden im slowakischen Smolník, das die Zipser Deutschen Schmöllnitz genannt hatten: Der jüdische Friedhof, gut verborgen von dichtem Wald, lag an einem mit Gestrüpp überwucherten Hang, von dem die Grabsteine zu rutschen begonnen hatten, und wurde, als ich im Herbst 2004 dort vorbeikam, gerade von einer Jugendgruppe des Dorfes wieder in würdigen Stand versetzt; im Gemeindefriedhof am Ortsausgang, auf dessen Grabsteinen deutsche, slowakische, ungarische Namen zu lesen waren, konnte ich erkennen, wie viele Familien während des 19. Jahrhunderts die Schreibweise ihres Namens änderten und damit wohl auch die Nationalität wechselten. Oder der Friedhof Mirogoj, der mir geradezu elegant erschien und der trotz aller nationalistischen Hitzeperioden, die über die kroatische Hauptstadt zogen, die Erinnerung daran bewahrte, dass Zagreb stets von Menschen verschiedener Nationalitäten und Religionen bewohnt wurde. Oder der überwältigende Friedhof Lytschakiwski, am Stadtrand des einstigen Lemberg, des einstigen Lwów, des jetzigen Lwíw, eine Nekropole mit breiten und schmalen Alleen, mit Emporen und geometrischen Treppenanlagen, mit Wäldchen und Wildnis, ein flimmerndes Grün voller weißer Skulpturen aus Marmor, Engel, die trauernd ihre Flügel über den Grabstein gebreitet haben, lebensgroße Dandys aus glänzendem weißen Stein, wie am Diwan hingebreitet und über einem Buche sinnend ... Neben dem Nationaldichter Iwan Franko erhebt sich das Grabmal der Sopranistin Salome Kruschelnytska, die, in Galizien geboren, an italienischen Opernhäusern gefeiert wurde, als Konzertsängerin Lieder in neun Sprachen sang und aus Mussolinis Italien zurück nach Lemberg zog. Oder der Cimitirul Central von Chişinău, wo ich am Wochenende nach Ostern in ein regelrechtes Gelage geriet und auf Tausenden Grabplatten mit Speck, Käse, Tomaten, Paprika belegte Servierplatten abgestellt waren; die Nachfahren der Toten, die hier seit kurzem oder bereits seit Generationen modern, reisen an diesem Tag aus dem ganzen Land an, um sich lachend und schwatzend, die Flasche Schnaps, die Thermoskanne Tee in der Hand, bei den Grabstätten zu versammeln.

Und erst die Friedhöfe meiner Stadt, der herrliche St. Petersfriedhof am Fuß des Mönchsberges, in dem mich ärgert, was mir anderswo gefällt, nämlich wenn ich auf Besucher treffe, die mampfend, rauchend, schnatternd durch die Gräberzeilen stapfen, oder der Sebastiansfriedhof, der auf der anderen Seite des Flusses wie vergessen in rätselhafter Stadtstille liegt, oder der proletarische Vorstadtfriedhof von Gnigl, in dem als Erster der Väter jener meines Schulfreundes V. begraben wurde, ein klassenbewusster Eisenbahner, in dem ich noch den Stolz kennenlernte, den ein sozialistischer Arbeiter auf seinen Stand empfindet ... Ehe ich noch ernsthaft zu schreiben begonnen hätte, war ich schon uneins mit mir, ob ich mich auf die Wanderung über den Salzburger Kommunalfriedhof beschränken oder auch über meine Wege durch andere Friedhöfe berichten sollte, und weil es so vieles gab, auf das ich keineswegs würde vergessen dürfen, bin ich in jene verzagte Stimmung geraten, in der niemand schreiben kann, und ich schon gar nicht.

Ein weiteres Buch, das ich einmal fast zu schreiben angefangen hätte, ist mit »Die neue Welt« betitelt. Zwei Jahrzehnte habe ich die Ränder Europas bereist, wo die abge-wrackte Vergangenheit auf eine Moderne trifft, die hier gleich als Werk von Ruinenbaumeistern errichtet wurde, bis ich eines Tages die unerwartete Verlockung spürte, mich einmal ganz woanders umzusehen, im Westen, und zwar in den Regionen, wo die Zukunft ein tägliches Programm ist, die Gegenwart vorgestrig erscheinen zu lassen.

Kaum war er eröffnet, habe ich zwei Tage am neuen Haupt-bahnhof Berlin verbracht, geleitet von A.R., einem Mann mit trockenem Witz und enormem Wissen um die plebeji-schen Traditionen seiner Stadt, der befugt war, mich in alle Teile des Gebäudes zu geleiten, selbst in jene, die von den Mitarbeitern eines Security-Dienstes gesichert wurden. Den größten Eindruck hat mir das technische Wunderwerk damit gemacht, dass alte und höchst spezielle Berufe vonnöten wa-ren, es zu errichten und zu erhalten. Die riesige, gleichwohl elegante Glaskuppel, die aus 9000 Fensterteilen besteht und sich hoch über den Gleisanlagen wölbt, muss regelmäßig von Tiroler Alpinkletterern gesäubert und gewartet werden, die auf dem modernsten Dach der Bundesrepublik Deutsch-land gerade so herumklettern, wie sie es im Hochgebirge tun. Damit der Bahnhof nicht im weichen Gelände versinke, hatten Tiefseetaucher sich durch das in Berlin sehr hohe Grundwasser von schweren Gewichten in die eisige Kälte hinabziehen lassen, um den Boden mit Unmengen von Be-ton auszulegen …

Auch das Flughafenhotel Radisson SAS in Kloten bei Zü-rich stand auf der Liste mit Orten, die ich aufsuchen wollte. Es handelte sich um das erste Hotel, das seinen Gästen einen direkten Zugang zu den Terminals eines Flughafens zu bieten hatte, und wurde für internationale Geschäftsreisende errichtet, die aus allen Weltrichtungen nach Zürich flogen, im Hotel eincheckten, sich in einem der zahlreichen Konferenzräume mit ihren Geschäftspartnern trafen, um anderntags in die Krypta der kathedralenartigen Hotellobby hinunterzusteigen, auf einem unterirdischen Weg direkt zum Check-in des Flughafens hinüberzugehen und anderen unaufschiebbar wichtigen Geschäften entgegenzufliegen.

Was mich an diesem Buch reizte: die neue Welt mit dem gleichen Interesse, mit derselben Geduld, zu der ich nur in literarischen Angelegenheiten befähigt bin, zu erkunden wie die alte, die schrundig an den äußeren Rändern und inneren Rissen Europas auf uns gekommen ist. Und wovon ich in meinen Vorlieben und Vorurteilen ausging: dass die neue Welt mich genauso exotisch anmuten würde wie die alte, mit der sie zur selben historischen Stunde existiert, sodass sich die kulturellen tektonischen Platten unserer Epoche ineinanderschieben. Tatsächlich fiel es mir nicht leichter, ein heimatliches Gefühl in den Flughäfen, Einkaufszentren, Shoppingmalls, technischen Versuchsanstalten zu entwickeln als in den Dörfern der Aromunen im mazedonischen Gebirge oder in Keturiasdešimt Totorių, der litauischen Gemeinde, die vor Jahrhunderten Tataren von der Krim gegründet haben.

Warum ich das Buch dann nicht geschrieben habe? Ich glaube, es ist mir zu anstrengend geworden, dort herumzustreunen, wo man nicht streunen, nur flanieren darf. Die architektonischen Wunderorte der Gegenwart, die als eigene urbane Welten für sich konzipiert sind, in denen man alles tun kann, was man in einer echten Stadt tut, nur dass es hier praktischer auf einen einzigen Ort konzentriert ist, stellen eine eigene, strikt reglementierte Öffentlichkeit her; nein, sie simulieren diese Öffentlichkeit nur, denn die echte Öffentlichkeit bildet sich auf ihre Weise und wird nicht von privaten Eignern gesteuert. Nach meiner Sitte konnte ich in den Shoppingmalls nicht unterwegs sein, hier mit Notizblock und Bleistift stehen bleiben und mir etwas notieren, dort einen Gang, eine Szenerie fotografieren. Das alles macht einen in diesen überwachten Räumen als möglichen Attentäter verdächtig und es wird nur nach begründetem Antrag ausnahmsweise genehmigt oder wenn man sich durch das Gelände aus Glas, Komfort, Abwechslung, Langeweile von einer befugten Person führen lässt, wie mir im Sony-Center in Berlin eine zur Seite gestellt wurde. Auf diese Weise durch die neuesten Gegenwarten zu reisen, war nichts für mich, der ich das, was es zu erzählen lohnt, meist finde, wenn mich der Zufall von dem Plan abbringt, den ich mir zurechtgelegt habe.

Etliche literarische Vorhaben, die einander in der Anhänglichkeit ungeborener Geschwister verbunden bleiben, habe ich aufgegeben. Nur wenn ich eines Tages »Alle meine Bücher, die ich nicht mehr schreiben werde« doch noch schreiben sollte, werden sie immerhin zu ihrem Recht auf einen würdigen Nekrolog kommen.

## 12

Es ist eine Art von Puppenwelt, in die ich schaue, wenn ich am Schreibtisch über den aufgeklappten Laptop hinwegblicke, aber sie wird nicht von Puppen bevölkert und ist kleiner, als diese in der Regel sind. Sitze ich am Schreibtisch, bietet mir den schönsten Anblick das Bord mit seinen offenen Fächern, das die beiden Türmchen des Aufsatzes miteinander verbindet. Hier verwahre ich zur beständigen Ansicht ein paar kleine Wunderdinge, zu dem mir manch schäbiges Zeug mit der Zeit geworden ist.

Da ist der bunte Globus von der Größe eines Golfballs, an dessen Unterseite sich ein Spitzer für Bleistifte befindet, der schon lange nicht mehr richtig funktioniert, wenn er es überhaupt jemals tat. Ich weiß nicht mehr, seit wann er mich begleitet, aber es ist schon lange her, denn obwohl die Farben der Ozeane und Erdteile abgeblättert sind, ist deutlich zu erkennen, dass sich die Welt noch in einer anderen territorialen Ordnung befand, als er erzeugt wurde. Das Europa, dessen Grenzen der Globus zeigt, war kleiner, als es heute ist, denn die mit UdSSR beschriebene Landmasse reicht in die Mitte Europas herein und umfasst vom Baltikum über Polen und die Tschechoslowakei bis nach Ungarn all die Länder, die einst dem Warschauer Pakt zugehörten. In meiner Kindheit schien der Eiserne Vorhang in den Gesprächen der Erwachsenen allgegenwärtig zu sein, und wir Kinder haben ihn uns erschreckend konkret vorgestellt, als riesigen Vorhang aus Eisen, der irgendwo mitten über einer Landschaft nicht allzu weit von dort, wo wir Österreicher lebten, an einer gewaltigen, von den Wolken verborgenen Leiste zugezogen worden oder unerklärlich aus dem Boden herausgewachsen war.

In der Schule rollte der Geographielehrer in der zweiten Klasse des Gymnasiums neben der Tafel die Europakarte aus, und auf ihr sah ich einen bunten Flicken kleiner und größerer Staaten, die von Portugal bis nach Österreich und vom Nordkap bis nach Sizilien reichten, aber was rechts davon lag und der Osten hieß, war eine einförmige, riesige Fläche ohne Grenzen und Namen der Länder, das rätselhafte Reich rätselhafter Menschen, der Kommunisten. Was auf der Landkarte eine erschreckende Anschaulichkeit hatte, eine Linie, die scharf durch Europa von oben nach unten schnitt, ist auf meinem Globus in Miniatur gefasst, das nahm ihm den Schrecken, erweckte in mir aber den Eindruck, einzig der blaue Pazifik wäre noch größer als diese Landmasse, die eine so enorme Ausdehnung besaß, dass man den Globus in der Hand um ein Drittel weiterdrehen musste, um im Osten an ihr Ende zu gelangen und wieder beim Blau eines Meeres anzukommen.

Der schönste Globus, den ich kenne, steht in der Bibliotheksaula der Salzburger Universität, gute 500 Meter von unserem Wohnhaus entfernt. Er ist das Werk eines Schulmeisters aus dem Lungauer Bramberg, der ein neugierig unstetes Wesen hatte, in seiner Jugend die Tischlerlehre abbrach, vom Studium in Salzburg, das ihm ein Wohltäter finanzierte, durchbrannte, sich bettelnd durch Italien schlug, als Soldat anheuerte, desertierte, zum Tod verurteilt und begnadigt wurde und sich endlich selbst in der Kunst des Kartographierens ausbildete. Ein Salzburger Atlas hatte ihm eine unerwartet großzügige Dotation des Erzbischofs eingetragen, die es dem mittlerweile siebenfachen Familienvater ermöglichte, sich in Bramberg seinem Lebenswerk zu widmen. Jahr um Jahr hat Joseph Jakob Fürstaller dort an seinem Modell der Welt gearbeitet, bis er so weit war, dass er den kunstvoll mit Ölfarben und Tempera bemalten Globus aus Lindenholz, der den beachtlichen Umfang von 350 Zentimetern hat, 1770 nach Salzburg bringen und seinem Erzbischof präsentieren konnte.

Als ich ihn zum ersten Mal sah und genauer in Augenschein nahm, in diesem nicht allzu großen, selten genutzten Raum der alten Universität, an dessen Wänden 4500 weiße und graue Folianten stehen, habe ich mich sofort in ihn verliebt, denn unter allen Globen der Welt ist dies der einzige, auf dem Bramberg eingezeichnet ist. Das ist zum Lachen, aber keineswegs lächerlich, denn indem der Schöpfer auf seiner großen Erdkugel den winzigen, vermeintlich unwichtigen Ort markierte, an dem diese entstand, hat er sich selbstbewusst und klug dazu bekannt, dass die Welt immer von einem bestimmten Ort aus gesehen wird und es so etwas wie eine Ortshaftigkeit der Erkenntnis gibt. Diese Einsicht erschließt sich den Heutigen längst nicht mehr wie von selbst, glauben sie sich in den Weiten des Internets doch wie in einer herrlichen und befreienden Ortlosigkeit zu befinden, sodass sie zwischen ihrer eigenen und der großen Welt weder den Gegensatz noch den Zusammenhang mehr zu erkennen vermögen, weil für sie alles zu einer verführerischen Gegenwärtigkeit in eins gefallen ist.

Im Fach daneben habe ich ein schmales, rund fünfzehn Zentimeter langes Boot abgestellt, das filigrane Modell einer Ulmer Schachtel, wie die einfachen Zillen hießen, auf denen sich vor 250 Jahren arme, bei der Erbteilung leer ausgegangene Bauernburschen aus vielen Regionen Deutschlands, religiös verfolgte Protestanten aus den österreichischen Ländern, verarmte, politisch verdächtige, mitunter als Straftäter verurteilte Frauen und Männer auf die gefährliche Reise donauabwärts machten. Ihr Ziel war das Land zwischen Donau, Theiß und Save, das nach dem jahrhundertelangen Krieg zwischen den osmanischen und den vom österreichischen Kaiserhaus geführten christlichen Truppen verwüstet lag, verwüstet, aber nicht entvölkert, denn die Neuankömmlinge trafen auf ein halbes Dutzend anderer Völkerschaften, die hier ihr karges Auskommen fanden. Über viele Generationen haben diese zwar weniger mit- als nebeneinander zusammengelebt, aber doch zum friedlichen Nutzen einer jeden dieser Gruppen.

Für die letzten Zuwanderer, von denen viele auf dem Flussweg kamen, setzte sich der Name Donauschwaben durch, obwohl längst nicht alle von ihnen Schwaben waren, sondern auch aus Hessen, dem Elsass, dem Rheinland, aus Oberösterreich und von wer weiß noch wo aufgebrochen waren. Auf einer solchen Ulmer Schachtel ist auch der mythische Urahn, von dem meine Familie mütterlicherseits abstammt, Christian Herdt, in das Land gekommen, vielleicht auf der Flucht vor den französischen Revolutionären, die damals auch Kurhessen besetzten, vielleicht als Anhänger von ihnen, der nach dem Gegenschlag des Fürsten das Land verlassen musste; und auch der Urvater aus der väterlichen Linie, Melchior Gauß, ist auf einer Ulmer Schachtel in die Batschka gelangt, um dort sogleich, was der Beruf mehrerer Generationen seiner Nachfahren wurde, als Lehrer tätig zu

werden. Christian Herdt und Melchior Gauß und die Abertausenden hatten sich keineswegs auf den Weg gemacht, um
als Grenzlanddeutsche die Militärgrenze gegen die Musel-
manen zu schützen, sondern um für sich und die ihren in der
Batschka, dem Banat oder in Sirmien, um irgendwo auf dem
Balkan ein Land zu finden, auf dem sie bleiben und es mit
zähem Fleiß zu bescheidenem Wohlstand bringen konnten.

Die Ulmer Schachteln waren bis zu 22 Meter lang, und
viele der Schiffe, überladen mit Menschen und deren Gerätschaften, kenterten auf der weiten Fahrt, denn die Donau
hatte gefährliche Stromschnellen, schwer zu steuernde Kehren, Wirbel und Strudel, von den Unwettern, denen die Aus-
wandernden ausgesetzt waren, nicht zu reden. Auf die Mitte
der Ulmer Schachteln war ein kleines Häuschen gesetzt,
damit die Menschen bei Regengüssen ihr Dach über dem
Kopf hatten und ihre verderblichen Habseligkeiten schützen
konnten, denn die Ulmer Schachtel war kein geräumiges
Schiff mit Unterdeck, sondern ein flach auf dem Wasser
dahintreibendes, schlingerndes Gefährt, mit nicht mehr als
vier Steuerrudern.

Das aus dünnem Holz gebastelte, in den Stadtfarben von
Ulm schwarz-weiß bemalte Modell habe ich vor zehn Jahren
als Geschenk erhalten, als ich dort abends in einem kleinen Veranstaltungssaal eine Lesung hielt. Nachmittags hatte
mich der Buchhändler T. M., ein Emphatiker seines Berufs,
durch seine Stadt geführt, die für mich seit der Kindheit nach
Legende und Sage klang, denn hier hat in den Erzählungen
der Eltern alles begonnen, hier hatten sich die Vorvorderen
entschieden, die deutsche Heimat mit ihrer Not und Unterdrückung zu verlassen. Im schönen, informativen Donau-

schwäbischen Zentralarchiv von Ulm, das ich am Nachmittag besuchte und in dem ich nirgendwo auf ein auftrumpfendes Kolonistenpathos stieß, sah ich zum ersten Mal seit Jahrzehnten die dunklen, langen, von mehreren Schichten an Unterkleidern gebauschten Kleider wieder, jene alte Tracht, in der auch meine Großmutter nach ihrer Flucht immer steckte, wenn wir Enkelkinder sie aus Salzburg im nicht allzu fernen bayerischen Garching besuchten; einem staubigen Dorf, das nach dem Muster der alten Kleinstadt in der Batschka errichtet wurde, deren vertriebene Bewohner sich hier wiedertrafen und mitten in die traditionell urbayerische Gegend ihre alte Dorfstruktur setzten, treue Untertanen eines neuen Staates, die sich penibel an dessen Gesetze hielten, aber wie in ihrem eigenen Universum nach dem Maß von gestern lebten.

Und dann ist da, in einem weiteren Fach, jenes Kärtchen, drei-, viermal so groß wie eine Kreditkarte, das mir in Norrköping ein kleiner, zartgliedriger Pfarrer mit leuchtenden schwarzen Augen in die Hände drückte. Für christliche Devotionalien war ich lange völlig unempfänglich, erst als ich mich in meinem Atheismus gefestigt fühlte, begann sich das zu ändern, und dieser eine Pfarrer rührte mich, wie mich sein Geschenk rührte, das er mir auf den Heimweg mitgab, damit ich mich auf den Schutz der Heiligen Gottesmutter der Kyrka S:ta Maria von Kerburan und Norrköping verlassen könne. Ungelenk gemalt, ist auf dem Heiligenbild im Hintergrund eine orientalische Stadt zu sehen, vor der die Gottesmutter mit ausgebreiteten Armen und geöffneten Händen schwebt, eine junge Frau in langem weißen Kleid, mit einem kohlrabenschwarzen geflochtenen Zopf und einem ins Leere entrückten Blick, hinter der ein Bogen aus goldenem Licht ihre Heiligkeit betont.

Damals war ich durch Schweden gereist, um die versprengten, meist aus der Türkei geflohenen assyrischen Christen zu besuchen, und in Norrköping lebte eine große Zahl von ihnen, die aus der Gegend der Stadt Kerburan in der anatolischen Region Tur Abdin stammten. Seit hundert Jahren verließen die Christen der Türkei und des Orients in immer neuen Schüben jene Region, in der das Christentum entstanden war, und nirgendwo fanden sie so günstige Bedingungen vor wie in Schweden, wo die meisten von ihnen Industriearbeiter wurden und erstmals ihre alte assyrische Sprache, die zu verwenden ihnen in der Türkei verboten und in anderen Ländern nur in der Kirche erlaubt war, auch im Alltag gebrauchen durften. Dazu mussten viele von ihnen sie freilich erst erlernen, denn zu Hause war in der Generation ihrer Eltern das Assyrische nahezu ausgestorben, weil der Druck der Assimilation so groß war, dass viele Kinder nicht mehr in der Sprache ihrer Vorfahren aufwuchsen. Die Assyrer, die ich in Schweden traf, waren selbstbewusste Leute, sprachen perfekt Schwedisch, die meisten, woher sie eben ausgewandert waren, auch Arabisch, Türkisch oder Kurdisch, und viele von ihnen hatten sich in Schweden in staatlich geförderten Sprachkursen auch die verlorene Sprache angeeignet.

Ich stand mit Fater Melki und zwei schwedischen Assyrern in der Kirche, über deren Altar jenes Bild prangte, das auf dem Kärtchen wiedergegeben war, und ließ mich von dem Priester segnen, der anders als seine Gemeindemitglieder nie Schwedisch gelernt hatte; er war ja davon überzeugt, dass die assyrischen Christen schon bald in die Länder, die sie verlassen hatten, in die Türkei, nach Syrien, in den Irak und den Libanon, zurückkehren würden, als willkommene Heimkehrer in eine Region, die ohne sie, die zwei Jahrtausende dort gelebt hatten, nicht gedeihen könne. Wir alle ahnten damals nicht, dass wenige Jahre später Hunderttausende ihrer Glaubensbrüder aus diesen Ländern würden aufbrechen müssen, viele, um nichts als ihr Leben zu retten, andere, weil sie erkannten, dass ihnen, den orientalischen Christen, im Orient keine Zukunft beschieden sein werde. Mit dem Kärtchen des Priesters habe ich in demselben Fach rund zwanzig Visitenkarten verstaut, die mir auf meiner orientalischen Reise durch Schweden zugesteckt wurden, von Reportern des assyrischen Senders im schwedischen Staatsfernsehen, Mechanikern von Reparaturwerkstätten für Motorräder, Besitzern von Importgeschäften für Früchte aus der Levante, von Dolmetscherinnen und Gastwirtinnen, die feine Speiserestaurants führten; denn die Assyrer bildeten, als ich sie besuchte, in Schweden eine erfolgreiche Gruppe von Zuwanderern, und in Södertälje, einer Industriestadt unweit von Stockholm, stellten sie sogar die Mehrheit der Bewohner.

## 13

Vom Onkel Hugo, der gar nicht mein Onkel war, habe ich nichts als ein paar Geschichten, die mich durch mein Leben begleiten, das Gesicht eines schmalen, versonnen lächelnden Greises, der sich zu mir herunterbeugt und dem Fünfjährigen einen Dollar in die Hand drückt, und einen Aschenbecher aus Glas, den ich erst erhielt, als meine Mutter starb. Der Aschenbecher steht auf dem Aufsatz meines Schreibtisches, er ist groß, aus gelbem, kunstvoll gesprenkeltem Glas und hat, elegant geschwungen, zwei fingerbreite Einbuchtungen, in denen man brennende Zigaretten ablegen könnte, ohne dass sie glutwärts in den Aschenbecher kippen würden. Der Onkel Hugo war gar nicht mein Onkel, sondern der meiner Mutter, denn er war der Bruder ihrer Mutter aus dem Dorf an der Donau, das bis 1918 zur k.u.k. Monarchie gehörte und danach an das Königreich Jugoslawien fiel. So wie die Vorfahren meiner Frau aus Südtirol und Salzburg kamen, stammte meine Familie, von der Mutter wie vom Vater her, aus jenem Landstrich zwischen dem heute kroatischen Osijek und dem heute serbischen Vršac, der einst von Serben, Kroaten, Rumänen, Ungarn, Slowaken, Donauschwaben, Juden, die sich zur ungarischen, und Juden, die sich zur deutschen Volksgruppe rechneten, Zigeunern und noch einer Handvoll versprengter Völkerschaften bewohnt wurde.

Der Onkel Hugo war unser Onkel aus Ameriga, wie es die Donauschwaben mit ihrem weichen, kehligen Dialekt aussprachen, aber er war kein reicher Mann, wie es sich für einen Onkel aus Amerika gehört hätte. Er hatte das Handwerk des Kunstwebers erlernt und sich als junger Mann auf die Walz begeben, doch statt über Budapest nach Böhmen zu gehen, wo die Kunstweber arbeiteten, von denen er etwas hätte lernen können, zog er gleich weiter, bis nach Hamburg, von wo die großen Schiffe nach Übersee ablegten, und als er sich ein Jahr später wieder bei den Seinen meldete, langte der Brief in dem Dorf an der Donau mit seinen schnurgeraden, in rechtem Winkel sich schneidenden Straßen aus dem fernen Amerika ein, aus Philadelphia, einer Stadt, die ebenso praktisch von schnurgeraden Straßen durchzogen wurde, die sich in rechtem Winkel schnitten.

Der Onkel Hugo hat in Amerika unter lauter ungarischen, serbischen, jüdischen, deutschen Pannoniern gelebt, die gleich ihm der Arbeitslosigkeit in die Neue Welt entrannen und in einigen Städten wie Philadelphia oder Trenton regelrechte Kolonien bildeten, in denen sie über die alten nationalen und sprachlichen Grenzen hinaus als Pannonier zusammenlebten. Er hat dort in einer Textilfabrik gearbeitet und eine ungarische Migrantin aus dem Nachbardorf geheiratet, die ebenso schlecht Englisch lernte wie er, und mit ihr zwei Kinder großgezogen, die sie, weil die Auswanderung für ewig gedacht war, John und Mary nannten. Die Verbindung zu den Verwandten in seiner alten Heimat hat er nie abgebrochen, auch nicht, als sie für diese selbst zur alten Heimat geworden war, weil sie 1945 wie die allermeisten Donauschwaben aus der Wojwodina hatten flüchten müssen. Dankbar hat meine Mutter bis in ihr hohes Alter berichtet, dass der Onkel Hugo in den ersten Jahren nach dem Krieg regelmäßig Kleidung und Konserven an seine in Österreich gestrandeten Verwandten schickte, wobei er einmal für sie sogar ein Paar hochmoderner Stöckelschuhe beilegte. Dass er es tat, nahm sie nicht als Zeichen, dass er sich die bedrängenden Verhältnisse, in der sie jetzt lebte, gar nicht vorstellen konnte, sondern ganz im Gegenteil, dass er sich nur zu gut vorstellen konnte, was sie jetzt, gerade jetzt brauchte, um nicht zu verzagen, ein kleines Stück überflüssiger Schönheit und Eleganz.

Egal, in welchem Verwandtschaftsverhältnis wir zu ihm standen, alle die Angehörigen aus drei Generationen, selbst meine Großmutter, seine Schwester, sprachen von ihm immer nur als dem Onkel Hugo aus Amerika. Ich habe ihn bloß ein einziges Mal gesehen; als eine Hochzeit im Verwandtenkreis stattfand, erschien dieser schmale Greis, der schütteres weißes Haar und einen dichten weißen Schnurrbart hatte und ein weißes Hemd mit einem sensationellen blauen Kragen trug, bei uns in Salzburg. Er sprach wie alle Älteren aus der Familie jenes in Salzburg fremd klingende Deutsch, das ich noch im Ohr habe und dessen Klang heute aus der Welt verschwunden ist und nur mehr im akustischen Gedächtnis von uns alt gewordenen Kindern von damals existiert. Er war spendabel, wie es einem Onkel aus Amerika anstand, dabei war er als einfacher Fabrikarbeiter in Rente gegangen.

Damals ging er bereits auf die achtzig zu, war Witwer und hatte noch einen Wunsch, den er sich erfüllen wollte. Sein Lebtag lang hatte er davon geträumt, nach Venedig zu fahren, und da er nun schon einmal, gewiss zum letzten Mal, in Europa war, wollte er ihn sich endlich erfüllen. Meine Mutter hatte er auserkoren, ihn auf der Reise zu begleiten, und als ich die beiden am Tag nach dem Familienfest im Bus abfahren sah, schossen mir Tränen in die Augen.

Kaum hatten die beiden in Venedig das Hotel bezogen, überkam den Onkel Hugo, der am Ziel seiner Träume angelangt war, die Schwäche, sodass er die drei Tage, die sie in Venedig blieben, das Hotelzimmer nicht verlassen konnte. Meine Mutter beauftragte er, diese und jene Sehenswürdigkeit für ihn zu besichtigen und ihm abends, an seinem Krankenlager, davon zu berichten. Einmal hieß er sie nach Murano fahren und ein Erinnerungsstück aus Glas kaufen, das sie auf ewig an ihn erinnern sollte. Meine Mutter erstand einen Aschenbecher, war sie doch mit einem Raucher verheiratet, wie ich kaum je einen zweiten erleben sollte, denn er rauchte von früh bis spät, eine Zigarette nach der anderen; sogar sonntags, wenn zu Mittag das besondere Essen aufgetragen wurde, nahm er mit der Zigarette am gedeckten Tisch Platz und legte sie brennend in einem Aschenbecher ab, um ein paar Löffel von der Leberknödelsuppe und dann einen tiefen Zug zu nehmen.

Der Onkel Hugo erholte sich in Salzburg rasch und flog, bedauert von allen, in die Einsamkeit seiner Witwerschaft ins ferne Philadelphia zurück. Er hat dort noch ein paar Jahre gelebt und alle paar Monate einen Brief geschickt, in dem er in einfachen Worten mit penibler Sorgfalt berichtete, wie es ihm ergangen und was seinen Nachbarn inzwischen an Gutem und Schlechtem widerfahren sei.

Im Aschenbecher aus Murano mit seinem gewölbten Rand hat mein Vater bis zu seinem Lebensende Aber- und Abertausende Zigaretten abgelegt und dann ausgetötet. Als meine Mutter starb, die ihn um viele Jahre überlebte, habe ich das Geschenk des Onkels Hugo an mich genommen. Er dient mir als Depot für Büroklammern, und manchmal, wenn mir wieder auffällt, dass er hier steht, erinnert er mich an die verwehten Träume, die von meinen Eltern und vom Onkel Hugo geblieben sind.

## 14

Aus dem Vorraum im unteren Stock gelangt man links über eine kleine Stufe in die Küche. Sie ist hell, praktisch und ohne Sitzgelegenheit als reine Arbeitsküche eingerichtet. Öffnet man ihr Fenster, das nach Norden weist, sieht man auf die Reichenhaller Straße und auf die in Augenhöhe fast zum Greifen nahe elektrische Oberleitung. An ihr werden die Obusse entlanggeführt, und wenn sich einer von weitem nähert, beginnt sie leise zu schwingen und zu singen, wie die Saite einer riesigen elektrischen Harfe, die über das ganze Stadtgebiet gespannt ist.

Das kostbarste Stück unserer Küche ist ein exakt in der Mitte der Bindung auseinandergefallenes Buch, das ich nur mühsam entziffern kann und in dem in stark schräg gestellter Kurrentschrift 379 Rezepte aufgeführt werden. Meine Großmutter hat es offenbar für den Haus- und Familiengebrauch verfasst, aber wie sie es schaffte, ist mir ein Rätsel, denn es ist vom Anfang, den Vorspeisen, bis zu den Desserts, in einem Zug durchgeschrieben, ohne dass Ergänzungen, Einschübe, Nachträge die Zählung der Gerichte durcheinandergebracht oder verändert hätten. Vielleicht hatte sie, die jahrzehntelang für ihre Familie und zahlreiche Angestellte kochen musste, die letztgültige Fassung aller Speisen, die es ihr wert waren, für die Nachwelt festhalten wollen, eine Nachwelt, die sich ihr gewiss einzig in der Gestalt ihrer Töchter personifizierte, die dereinst ähnlich souverän wie sie über einen großen Haushalt gebieten sollten, auf den sich freilich beide nicht verpflichten ließen.

Meine Großmutter war eine auffallend kleine, bis ins hohe Alter quirlige Frau, weich und zäh, redselig und unnachgiebig, die im Leben alles nahm, wie es kam, ohne Hochmut, als sie für drei Jahrzehnte wohlhabend, wenn nicht reich geworden war, und ohne erkennbare Bitterkeit, als sie den tiefen Absturz ihrer Familie erlitten hatte. Die Küsse, die sie uns Enkeln auf den Hals oder Nacken zu geben pflegte, wenn sie uns umarmte, waren auf eine von uns gefürchtete Weise feucht und wurden oft von ein paar Tränen der Freude begleitet, dass sie uns endlich wieder einmal bei sich hatte. Oder es schoss ihr in diesen Augenblicken die Lehre ihres Lebens in die Augen, dass alles, was sicher und wie für immer errichtet war, auch jäh zusammenbrechen und auseinanderfallen konnte. Sie stammte aus einer jener armen slowakischen Familien, die im 19. Jahrhundert donauabwärts gezogen waren, um an der alten Militärgrenze der Habsburger etwas Wohlstand zu suchen. 1892 in Futog geboren, einem kleinen Ort unweit von Neusatz, das die serbischen Bewohner Novi Sad nannten, heiratete Maria Prajko mit achtzehn Jahren einen Witwer, dem die Frau erst ein paar Monate vorher bei der Geburt ihres zweiten Kindes gestorben war. Der Mann, den sie heiratete und dem sie in zehn Jahren mehrere Kinder gebar, von denen drei überlebten, war selbst das früh verwaiste Kind armer Leute. Als Hutmacher, dann als Geschäftsmann, in dessen Kaufhaus außer Lebensmitteln, Kleidung, landwirtschaftlichen Geräten und Handwerkszeug alles zu haben war, was die Leute brauchten, von der Lesebrille für die Alten bis zu den Bicykeln, den Fahrrädern, für die Jungen, brachte er es nach und nach zu Wohlstand, den er, der sich knausrig jede Annehmlichkeit verbot, einzig in verpachteten Feldern in der Umgebung von Futog und weiter entfernten Weinbergen der fruchtbaren Fruška Gora anzulegen wusste.

Meine Mutter war das dritte Kind, das meine Oma zur Welt brachte. Das Mädchen, das zwei Jahre vor ihr geboren wurde, starb nach wenigen Wochen an einer Blutvergiftung, wie sie nicht selten auftrat, wenn den Mädchen die Ohrläppchen gleich nach der Geburt durchstochen wurden, damit sie später Ringe würden tragen können. Meine Mutter erhielt den Namen der Toten und hat es später als Zeichen zwar nicht für die Hartherzigkeit, doch für den unsentimentalen Fatalismus ihrer Eltern genommen, dass sie es nach der ersten eben mit einer zweiten Barbara versuchten. Als die Familie 1944 wie die ganze donauschwäbische Volksgruppe aus ihrer Heimat vertrieben wurde, hat mein Großvater sein Hutgeschäft, sein Kaufhaus, seine landwirtschaftlichen Güter zurückgelassen und nicht viel mehr als einen Koffer voller Pengő mitgenommen, jener ungarischen Währung, mit der die deutschen Besatzer und ihre ungarischen Verbündeten, die eine Blutspur durch das Land zogen, dieses auch finanzpolitisch unter ihre Hoheit gezwungen hatten. Mein Großvater, der über 65 war, als er in dem bayerischen Dorf ankam, in dem er noch zwanzig Jahre, fast verstummt und völlig ratlos, verbrachte, hat sich in der neuen Welt nicht mehr zurechtgefunden. Es war seine Frau, die alles ordnete, im privaten Alltag und im gesellschaftlichen Leben, sofern von einem solchen noch die Rede sein konnte, sie war es, die dafür sorgte, dass ihm der Alltag nicht vollends entglitt und sie ins Bodenlose stürzten. Sie fand heraus, in welches Amt sie ihn führen musste, damit er als Familienoberhaupt eine geringe staatliche Entschädigung für den Verlust seines Besitzes beantragen konnte, im Rahmen einer Regelung, deren mysteriöser bürokratischer Name »Lastenausgleich« mich faszinierte.

Von seinem Reichtum war ihm nur der schwarze Koffer mit Pengő übrig geblieben, den wir Kinder, wenn wir ihn im sterbenslangweiligen Garching an der Alz besuchten, unter dem Bett hervorholen durften, um uns ausgelassen Bündel der Geldscheine gegenseitig um die Ohren zu werfen, ein Treiben, das er ungerührt betrachtete. Noch heute hebe ich in einer Lade einige rote, grüne, blaue, reich verzierte Pengő-scheine auf, die mein Großvater als Verwalter seines Wohlstands und privater Geldverleiher der Region gehortet hatte und die eines Tages nichts mehr wert waren.

Warum hat meine Oma, die stets so praktisch dachte, ausgerechnet dieses Buch mit rotblau gemustertem, abgeschabtem Deckel in dem wenigen Gepäck verstaut, das sie auf ihre monatelange Flucht durch halb Europa mitnahm? War es eine Anhänglichkeit, die sie für die zerstörte, auseinandergebrochene Region hegte, oder dachte sie, ihre Töchter würden damit über einen Erfahrungsschatz verfügen, auf dem sie, gleich wohin es sie verschlüge, aufbauen könnten? Es ist nicht leicht, ihr Kochbuch zu entziffern, und noch schwerer ist es, nach seinen Angaben zu kochen. Denn einerseits sind die Zutaten penibel aufgeführt, andererseits mit unüberbietbarer Ungenauigkeit zueinander in Beziehung gesetzt. Man nehme für die Hirnpalatschinken eine exakt angegebene Menge von sorgfältig gehäutetem Kalbshirn, kleingehackten Zwiebeln und Petersilie, brate alles unter kleiner Flamme so ab, dass die Zwiebeln nur gerade hell angeschwitzt werden, übergieße es mit wenig Wein und lasse alles einkochen, bis dieser vollständig verdampft ist, und vergesse dann nicht, »ausreichend« Salz, Pfeffer, Muskat hinzuzufügen, ehe das Ganze auf einen mit so viel Eiern, Wasser, Mehl »wie nötig« hergestellten Teig gestrichen und dieser dann zu einer nicht zu festen Palatschinke zusammengerollt werde.

Vier verschiedene Krensoßen hat meine Oma verzeichnet, dazu zehn Arten von Gulasch, mit Lamm, Huhn, Fisch, Rind, Kalb, Kartoffeln, Bohnen, Gulasch unter Beigabe von Kraut und Gulasch unter Beigabe von kleingehackten Sardellen und Zitronensaft und sogar eines mit Gänseleber als wichtigstem Bestandteil. Kaum ein Gericht fand ich, das nicht auf einer ordentlichen Einbrenn aus Schmalz und Mehl aufbaute, denn damit ein Essen Beifall fand, musste es nicht nur bekömmlich, mitunter geradezu raffiniert zusammengestellt, sondern unter allen Umständen auch nahrhaft sein.

Meine Mutter hat diese schwere Kost in ihre Küche nicht übernommen, obwohl auch sie, die zeit ihres Lebens zierlich blieb, als Köchin dazu neigte, sicherheitshalber, damit die Gäste nicht hungrig heimgingen und die Kinder nicht Mangel litten, jedes Gericht mit zusätzlichen Kalorien zu versehen. Etwas entdeckte ich im Kochbuch meiner Oma, das mir von der alltäglichen Kost zu Hause bekannt und lieb war. Ich war schon Mitte zwanzig, als ich zum ersten Mal ein Chinarestaurant besuchte und entdeckte, dass mir die Mischung von süß und sauer, die meine Begleiter als originell und exotisch empfanden, vertraut war. Die brennscharfe Bohnensuppe wurde bei uns selten ohne Buchteln gereicht, deren Teig süß war, wie überhaupt die meisten Hauptspeisen scharf gewürzt und die Zuspeisen oft süßlich gedämpft und auch die meisten Salate gezuckert waren.

Die wenigen Gerichte, mit denen ich heute Besucher als Koch beeindrucken kann, habe ich fast alle bei meiner Mutter gelernt, die sie selbst wiederum aus ihrem Elternhaus nach Österreich mitgenommen hat: Sarma, die Krautwickler, die mit faschiertem Schweine- und Rindfleisch sowie gekochtem Reis gefüllt und gerollt werden und auf die, wenn sie in der Kasserolle fertig gedünstet sind, kurz vor dem Servieren noch ein wenig Sauerrahm gelöffelt werden muss; das legendäre Kartoffelgulasch, in dem die fein geschnittenen Essiggurkerl und die Scheiben donauschwäbischer Bratwürste nicht fehlen dürfen; und das serbische Gjuveč, das Oma sich als Dschuwetsch zu eigen machte, das Reis- und Tomatengericht, das gar nicht misslingen kann, wenn man sich Zeit lässt und berücksichtigt, dass man genügend edelsüßen Paprika und außer Salz natürlich auch Zucker verwendet.

Ich besuchte meine Großeltern nur ungern in dem bayerischen Dorf, das mit dem Regionalzug in einer Stunde von Salzburg zu erreichen war. Als Kind machte mich das schnatternde Schweigen traurig, in dem sie sich eingerichtet hatten: Er schwieg immerfort, sie sprach unentwegt. Später kamen sie mir spießig und engstirnig vor, wie sie sich in dem Dorf, das fast ausschließlich von Donauschwaben aus der alten Heimat bewohnt wurde, in ihrer Stellung von früher zu behaupten versuchten. Sie waren schon lange tot, als das

Wort von der multikulturellen Gesellschaft in das Denken und die Sprache meiner Generation Eingang fand. Und es dauerte noch einmal seine Zeit, bis ich, der ich mich für das Multikulturelle im Allgemeinen erwärmte, dahinterkam, dass es meine Großeltern im Besonderen aus einer multikulturellen Welt in die einförmige Welt ihres bayerischen Dorfes verschlagen hatte, ja dass sie, deren Leben mir so langweilig erschien, eine Art von Multikulturalität verkörpert hatten. Kinder einfacher Leute, haben sie beide die Schule nur sechs Jahre besucht, aber sich mit ihren Nachbarn und den Kunden ihres Kaufhauses in sechs Sprachen unterhalten können. Auch das Kochbuch meiner Großmutter zeugt von der ethnischen und kulturellen Vielgestalt der Batschka, sind darin doch serbische, ungarische, rumänische, slowakische, böhmische, Wiener und sogar türkische Speisen verzeichnet, die sie ihrer donauschwäbischen Küchenkunst anverwandelte. Als junger Mann hatte ich lachhaft hochmütig und lächerlich weltfremd geglaubt, die multikulturelle Gesellschaft wäre die urbane Zukunft freier Menschen, die sich, gleichsam von der großen Neugier auf die Welt angetrieben, aus vielen Regionen auf den Weg machen und zum Abenteuer ständig sich erneuernder Kulturen vereinen würden. Nicht bemerkt hatte ich das Nahe, dass meine Großeltern nämlich, keineswegs dazu geschaffen, urbane Abenteuer zu suchen, und nicht getrieben von dem Drang, das Ihre zu einer neuen Weltkultur beizutragen, Menschen waren, die einer Region mit geradezu exemplarischer kultureller, sprachlicher, ethnischer Vielfalt entstammten.

## 15

Es ist älter als mein Sohn, war bereits gut eingetragen, als meine Tochter auf die Welt kam, und jetzt werde ich es zerschneiden. Ich besitze es seit mehr als 35 Jahren, und schon als wir die vielen Schachteln füllten, mit denen wir von der kleinen Wohnung in der lauten Straße in die große Wohnung in der ruhigen Gegend übersiedelten, habe ich überlegt, ob ich es nicht zurücklassen sollte. Doch nie habe ich ein Hemd besessen, in dem ich mich wohler fühlte als in diesem blau, braun und violett gemusterten aus Flanell. Meine Frau hatte es in einem Geschäft für skandinavische Möbel und Alltagsdinge entdeckt, das wenige, gut ausgewählte Hemden und Schuhe wie als Draufgabe für die Liebhaber nordischen Designs und skandinavischer Qualität bereithielt. Es ist ein weiches, widerstandsfähiges Hemd, das zu keinem der vielen Sakkos passte, die ich seither erstanden und wieder entsorgt habe. In den ersten Jahren trug ich es zu feierlichen Anlässen unter Westen und Strickjacken, die inzwischen allesamt nicht nur meinen Kleiderkasten, sondern die Welt selbst verlassen haben, verrottet sind, von denen nichts mehr, kein Faden und kein Stück Stoff, vorhanden sein wird. Ich trage dieses Hemd auf Fotos, auf denen meine Haare und mein Bart noch schwarz sind und auf denen ich zwischen daseinsfroh lächelnden Menschen zu sehen bin, die schon lange nicht mehr leben. Später wurde es ein Alltagshemd, nach dem ich wie von selber griff, wenn ich den Kleiderkasten öffnete, das Hemd, in dem ich meine ersten Bücher schrieb.

Bei den Hemden, die gelangweilt im Dunkeln des Kastens

hingen, war es nicht beliebt, weil ihm eine Sonderstellung zufiel, ohne dass es um sie hätte kämpfen müssen, und die einfarbig weißen, hellblauen, schwarzen wie die gestreiften und karierten Hemden hatten es eifersüchtig aus ihrer unhörbar schnatternden Gemeinschaft ausgeschlossen. Es schien sich nicht darum zu scheren, dass niemand es liebte außer mir. In den letzten Jahren wurde es hinfällig und konnte das Haus nicht mehr verlassen, mehr als früher die neidischen fürchtete es jetzt die mitleidigen Blicke der anderen, der anderen Leute und anderen Hemden. Der Kragen war durchgewetzt, weißes Garn schaute heraus, die Ärmel waren fadenscheinig geworden, und die dunkelbraunen, mit violettem Zwirn festgenähten Knöpfe baumelten kraftlos von der verstärkten Knopfleiste.

Die Zuneigung, die wir zu bestimmten Dingen empfinden, ist rätselhaft, nicht nur, weil unerklärlich ist, was diese mit jener zu tun haben, sondern mehr noch, weil wir nicht wissen, wie wir selbst zu ihr gekommen sind. Auf manches Unpraktische, ja, Unansehnliche kann ich nicht verzichten, während ich doch vieles, das es wert wäre, geschätzt, aufgehoben zu werden, herzlos aus der Welt meiner Dinge entfernt und sogleich vergessen habe. Ich weiß nicht zu sagen, warum mir unter den vielen Bleistiften, die ich dicht an dicht und stets gespitzt in einer blechernen Büchse auf dem Aufsatz meines alten Schreibtisches aufbewahre, als müssten sie allezeit dienstbereit strammstehen, ein paar habe, an denen mein Herz als Kommandant ihrer geheimen Truppe hängt. Wenn sie ins Alter gekommen und zu Stummeln geschrumpft sind, stecke ich sie in Halter, damit ich mit ihnen noch eine Zeit lang weiterschreiben kann, während andere, ohne bedankt worden zu sein, nicht im Ehrenhain der Schreibgeräte ihre Ruhestätte fanden, sondern im Mistkübel gelandet sind.

Ich bin kein Sammler, darum ist mir diese Anhänglichkeit selbst geradezu wunderlich, ich beobachte sie, mir zur Beruhigung, aber auch bei Freunden und Bekannten, die gleich mir an einzelnen Dingen hängen, während sie andere einzig nach ihrer Nützlichkeit taxieren. Der großzügigste Mensch, dem ich je begegnet bin, der Maler, dessen Großzügigkeit mir im Leben vieles erleichtert hat, besaß mit seiner Frau ein altes, nur mehr in den Ferien genutztes Haus in Klagenfurt, in dem wir jedes Jahr ein paar Monate mit unseren Kindern verbrachten, während sie beide auf dem Peloponnes lebten. Alle Räume durften wir in diesem Haus am Stadtrand nutzen, das etwas Verwunschenes hatte, alle Dinge, den großen, von mächtigen Bäumen begrenzten Garten, und dass wir ja nicht vergessen sollten, uns in seinem Weinkeller zu bedienen, das hat uns der Maler jedes Mal aufgetragen. Einmal aber merkte er, dass ich zwei Wochen lang im Haus seine abgetragenen, an der Ferse niedergetretenen Schlapfen benutzt und am Ende unseres Aufenthalts an anderer Stelle abgelegt hatte, als er es zu tun pflegte, und da wurde er, ein grundheiterer, ruhiger Mensch, von einem unbegreiflichen Ärger ergriffen, er stieß einen kehligen Satz des Tadels aus und schwieg sich dann aufgebracht über Stunden aus. Es dauerte seine Zeit, bis er es mir nachsah, dass ich mit diesen unansehnlichen, löchrigen, schiefgetretenen Patschen, die jeder andere längst weggeworfen haben würde, in sein innerstes Geviert von Dingen eingedrungen war, jener Dinge, die uns für mehr stehen als nur für sich selbst, oder die uns gar das beglückende Gefühl geben, wir würden an ihnen die dingliche Essenz selbst erfühlen.

Es gibt keinen Friedhof der Hemden, aber einen Ehrendienst erweise ich diesem einen aus Skandinavien doch. Dieses Hemd werde ich nicht in die Mülltonne stopfen, sondern sorgsam zerteilen; und mit den Lappen, die so entstehen, in den nächsten Jahren meine Schuhe eincremen, eine Tätigkeit, die meine Freunde lächerlich finden und über die sie sich lustig machen, aber die fast die einzige Handarbeit ist, die mich mit Freude erfüllt. Beinahe alles, was Geschick der Hände verlangt, hat mich in meinem Ungeschick schon als Kind empört. Die Matadorsteine schmiss ich bei der ersten Schwierigkeit, aus ihnen etwas zu bauen, was einem Haus, einem Zug, einer Burg ähnlich schaute, wutentbrannt über den störrischen Charakter der Dinge und die Ungeduld meines Charakters in die Ecke; das Schnüren von Schuhen, das ich erst spät erlernte, war mir verhasst und ist mir heute noch immer eine ungeliebte Herausforderung, und mit meinen Kindern habe ich das Basteln, wo ich nur konnte, vermieden, fürchtete ich doch, sie mit der gleichen Reizbarkeit den einfachen Verrichtungen gegenüber zu infizieren. Das sachgemäße und liebevolle Putzen von Schuhen verlangt kein Geschick der Hände, der Schuhputzer selbst steht nicht im Ruf, ein schwieriges Handwerk erlernt zu haben, doch das Schuhputzen, das muss zu seiner Rechtfertigung endlich gesagt werden, ist überhaupt kein Handwerk oder gar eine Handwerkskunst, eher eine Form von praktisch angewandter Wissenschaft, einer fröhlichen Wissenschaft, wie ich gerne hätte, dass sie immerfort die meine wäre.

## 16

Wenn ich alle Tage arbeite, brauche ich drei Wochen, bis ich durch ganz Europa gekommen bin. Ich weiß nicht mehr, wer damit angefangen hat, aber als hätten sie eine geheime Absprache getroffen, brachten mir auf einmal alle Freunde von ihren Reisen eine Tasse mit. Der eine kehrte aus Bordeaux zurück, die andere war in London, ein Dritter in Porto, und wenn sie mich wieder zum ersten Mal besuchten, stellten sie mir eine Tasse auf den Tisch und erwarteten meinen Dank dafür. Ich hatte einfach zu oft geklagt, beim Schreiben rasch zu ermüden, wenn ich mir nicht wie ein Leistungssportler Unmengen von Flüssigkeit zuführte, am liebsten in Form von Tee. Wiewohl er keine Kalorien hat und nichts als heißes, gleichsam gewürztes Wasser ist, empfinde ich Tee als kräftigenden Nährstoff, der den Hunger stillt, die Konzentration fördert, gedankliche Knoten löst. Handelt es sich um schwarzen, leicht bitteren Tee in größeren Mengen, habe ich sogar das Gefühl, ich würde mich an ihm berauschen, aber es ist ein nüchterner, klarer Rausch, der das Denken nicht verlockt, fortwährend abzuschweifen, und keinen Kater nach sich zieht, diesen dröhnenden Nachklang auf das Glück der alkoholischen Berauschung, der in mir unweigerlich einen quälenden Selbsthass weckt.

Es hat ein paar Jahre gedauert, bis ich mir an den Freunden ein Beispiel nahm und in Angers eine Tasse erstand, die ich als Mitbringsel bei nächster Gelegenheit dem Ehepaar S., bei dem wir häufig zum Abendessen waren, auf den Tisch stellen wollte. Auf dem Heimweg von dieser Reise an der Loire und der Maine habe ich es mir anders überlegt und sie zu Hause dem guten Dutzend zugesellt, das ich bereits geschenkt bekommen hatte und in dem ich erst jetzt so etwas wie den Kern einer Sammlung erkannte, die wie von selbst ins Unmaß wachsen könnte. Seither sind noch einmal so viele Tassen dazugekommen, die mit Namen und Wappen einer Stadt sowie einem stilisierten bunten Bildnis derselben versehen sind. Früher hat man die Bilder im Siebdruck auf das Porzellan appliziert, jetzt wird dieses am Fließband mit einer lichtempfindlichen Schicht überzogen, die dann fotografisch belichtet wird. Ich komme mit Zahlen schwer zurecht, habe aber einen rätselhaften Hang zur Statistik: Wenn ich drei Wochen lang jeden Tag an meinem Schreibtisch sitze, trinkend schreibe und schreibend trinke, und jeden Tag eine andere Tasse benutze, bin ich am Ende von Göteborg bis Napoli, von Vilnius über Wrocław und Brno nach Bamberg, Basel, Marseille und auf einen Abstecher über die Pyrenäen nach Zaragoza und Valladolid gereist. Und von Maribor über Novi Sad nach Veliko Tarnovo und über die Donau hinüber nach Brașov und Sibiu gelangt.

Das Souvenir gehört zu den minderen Kulturgütern, und eine Vorliebe für solchen Tand wird einem nicht als Zeichen eines verfeinerten Geschmacks gutgeschrieben. Nur Leute, denen man ein schlichtes Gemüt attestiert, und Snobs, die sich aus Überheblichkeit mit Kitsch umgeben, suchen in fremden Städten nach Souvenirs, die sie im Alltag an jene Orte erinnern sollen, an denen sie eine kurze Frist ihres Lebens verbrachten. Nichts ist einfacher, als solche Erinnerungsstücke trivial oder kitschig zu finden und sie als Ramsch der Tourismusindustrie abzutun. Mich hat es aber immer abgestoßen, wenn Touristen verächtlich über Touristen herziehen, um sich mit dieser Abwertung im Status echter Kulturreisender zu bestätigen. Das Souvenir ist so alt wie das Reisen selbst, wer immer sich aufmachte in fremde Regionen, kehrte mit Erinnerungsstücken von seiner Pilger- oder Bildungsreise zurück. Erst die Industrialisierung des Fremdenverkehrs hat dem Souvenir das Ansehen geraubt. Seitdem die Fremde massenweise aufgesucht wird, ist das Souvenir zur tausendfach reproduzierten Ausschussware geworden, über welche die Nase rümpft, wer sich über die Masse Mensch, die im Urlaub von hier nach dort gewälzt wird, ohne sich in der Kunst des Reisens ausgebildet zu haben, erheben will.

In Wahrheit bin ich noch nie in drei Wochen durch Europa gereist, weil ich noch nie über drei Wochen hindurch geschrieben habe. Fünf aufeinanderfolgende Tage, zu mehr tauge ich nicht, und auch auf diese folgen meist gleich viele, die ich faul und antriebslos verbringe, sodass ich am Abend nicht weiß, womit ich die Zeit herumgebracht habe. Außerdem benutze ich die Tassen nicht immer der Reihe nach, bis ich mit allen durch bin, um dann wieder von vorne mit ihnen zu beginnen, sondern nach abergläubischen Vorlieben. Stecke ich in einem Absatz fest, wechsle ich gerne zur weißen Tasse aus Hamburg, die das Rathaus als Vedute des 19. Jahrhunderts zeigt, oder zu der bis auf den Henkel tiefblau grundierten, eine Hafenansicht zeigenden aus Kopenhagen.

Am liebsten ist mir die Tasse, die ich vor drei Jahren aus Comrat heimgebracht habe. Schon vor Jahren war ich in Büchern auf die Gagausen gestoßen, nun hatte ich mich in den Süden der Republica Moldova aufgemacht, um sie endlich dort zu besuchen, wo sie, die einen so starken Reiz auf mich ausübten, in einer Handvoll Städtchen und Dörfern lebten. Die Fahrt von Chişinău führte auf rumpliger Piste durch die anmutig ausschwingende Hügellandschaft Moldawiens, bis auf der Landstraße ein großes Schild drauf hinwies, dass ich mich in der autonomen Region Gagauzíya befand. In Comrat, ihrer Hauptstadt, fiel es mir an diesem Markttag nicht schwer, mit den Leuten ins Gespräch zu kommen, waren sie es doch selbst, die mich ansprachen und sich dann erstaunt und dankbar zeigten, dass sich einer auf den weiten Weg gemacht hatte, um zu erfahren, was es mit ihnen auf sich habe. Die Marktbesucher und Markthändler, der fahrige Student, der im Café als Kellner arbeitete, die unförmige Polizistin, die mir eine Zigarette anbot und wollte, dass ich mit ihr ein Selfie machte, schienen mir alle selbst nicht recht zu wissen, was es war, das ihre Nationalität, auf der sie so leidenschaftlich bestanden, bestimmte oder auszeichnete.

Ein Turkvolk von heute 200 000 Angehörigen, waren die Gagausen vor 250 Jahren aus dem asiatischen Osten des Osmanischen Reiches nach Bessarabien gezogen, und auf der hindernisreichen Wanderung hatten sie irgendwo den Islam abgestreift, ihn wie ein nicht mehr gebrauchtes Gepäckstück zurückgelassen und das orthodoxe Christentum angenommen. Seither schreiben sie ihre dem Türkischen eng verwandte Sprache mit kyrillischen Buchstaben, aber lange haben sie ohnedies nicht viel geschrieben. Der erste gagausische Roman, »Uzun Kervan« von Dionysius Tanasoglu, einem Lehrmeister der Nation, der sein Leben der Erweckung des gagausischen Selbstbewusstseins weihte, erschien erst 1985, wenige Jahre vor dem Zerfall der Sowjetunion. Mit der listigen Drohung, sich sonst entweder Russland oder der

Türkei zuzuwenden, haben die Gagausen der jungen Republik Moldau 1994 eine weitreichende Autonomie abgetrotzt. Comrat ist der Sitz des »Halk Toplusu«, der Volksversammlung, die in der autonomen Region drei Amtssprachen anerkennt, Gagausisch, Russisch, Moldauisch.

Das Gedränge der Leute, die auf der Straße schneller vorwärts kamen als die Kolonnen hupender, stinkender Autos, war so groß, der Lärm, den Maschinen und Menschen erzeugten, so enorm, dass ich kaum glauben konnte, was ich gelesen hatte: dass die Hauptstadt der Gagausen nur 23 000 Einwohner zählte.

Über diese Stadt, in deren Zentrum lauter Fertigteilhäuser stehen, die Fassaden vom Dach bis zum Keller mit schreiend bunten Werbeplakaten verdeckt, hatte ich nach meiner Rückkehr notiert, dass sie nur für den die Reise wert sei, der einen Sinn für die Schönheit hässlicher Städte besitze. Die Stadt ist in ihrem architektonischen Wildwuchs unbestreitbar hässlich, aber im Zentrum wirkt sie mit all dem Geschrei, dem geschäftigen Treiben, den Autos, die im Schritttempo den schwatzenden Pulk der Leute auseinanderschieben und sie mit schwarzen Wolken einhüllen, doch lebensstark, vital. Gleich hinter Haupt- und Marktplatz mutet die im Zentrum überbelegte Stadt hingegen geradezu verlassen an. Vor dem Parlament, in dem der Bashan, der Gouverneur, die Autonomie verwaltet, steht einsam eine monumentale Statue Lenins, die wirkt, als sei sie hier in einer anderen Zeit abgestellt und inzwischen vergessen worden, und aus den Betonplatten auf dem Platz davor sprossen Disteln und zähes Gesträuch.

In einer heruntergekühlten Einkaufsmall geriet ich in einen Laden, dessen Regale über und über mit Flaggen, Wimpeln, bedruckten T-Shirts, kleinen Stickarbeiten, Schlüsselanhängern und derlei Zeug bestückt waren. Ich merkte, wie mich die rothaarige Verkäuferin, die im Stehen ihre Fingernägel lackierte, wohlwollend musterte. Als ich mit der einzigen Tasse, die im Geschäft zu finden war, zur Kassa trat, lobte sie mich dafür, dass ich unter so vielen Dingen ausgerechnet dieses besonders schöne Stück ausgewählt hatte. Die Tasse ist mir lieb, weil sie mich an die Gagausen und an die Republik Moldau erinnert, diesen ärmsten Staat Europas, zu dem ich schon auf meiner ersten Reise eine mir selbst nicht ganz verständliche Zuneigung fasste. Von allen meinen Städte-Tassen befindet sich die aus Comrat im schlechtesten Zustand. Drei Objekte waren auf ihr in kräftigen Farben zu sehen, als ich sie erstand: in der Mitte die mächtige gelbe Kathedrale der Stadt, links eine hochragende Stele, auf der blau-weiß-rot »Gagauz Yeri« zu lesen war, das »Land der Gagausen«, und rechts noch einmal die Kathedrale, aber auf einem kleineren Bild und aus anderer Perspektive gesehen. Die Farben begannen bereits nach wenigen Monaten zu verblassen, jedes Mal, wenn ich sie aus dem Geschirrspüler nahm, waren sie matter geworden, und jetzt sieht man nur mehr die Umrisse des abgebildeten Gebäudes, einen schwachen Hauch der einstigen Kolorierung.

Selbst in den billigen Souvenirs manifestiert sich das europäische Gefälle des Wohlstands – die Tassen aus Frankreich, Skandinavien, aus dem Westen und Norden des Kontinents, die ich seit Jahren verwende, zeugen unverändert von deren industrieller Qualität. An den Rändern Europas nimmt diese drastisch ab, die Peripherie verliert nicht nur ihre Bewohner, die in die reichen Länder ziehen, um sich als billige Arbeitskräfte zu verdingen, sogar die Farben ihrer Industriewaren, die schon als Gerümpel produziert werden, gehen ihr verloren. Die Fotografien verblassen dort schneller, fast dass ich meiner Tasse dabei zusehen konnte, wie ihre Farben nach und nach verschwanden, bis nur mehr jenes Weiß des Porzellans übrig blieb, dessen schlieriger Schmutz nicht mehr zu entfernen ist.

## 17

– Warum hebt man etwas auf?
– Weil man es nicht wegwerfen will.
– Warum?
– Das kann man selbst nicht ergründen, denn es ist das Geheimnis der Dinge, das sie vor uns hüten.

## 18

2001 hat der britische Künstler Michael Landy für eine aufwendig organisierte zweiwöchige Perfomance viel Zuspruch erhalten. Berühmte Kunstkritiker, die sich sonst einem durch und durch kommerzialisierten Kunsthandel verbündet haben, überboten sich darin, den radikalen Antikapitalismus seiner Aktion zu rühmen. Mit einer Truppe aus zwölf Fachkräften des Zerlegens, Zerstörens, Abwrackens und Recyclens machte Landy sich daran, alle seine Besitztümer, bestehend aus 7277 Gegenständen, Dingen, Gerätschaften, sachkundig zu zerstören und schließlich unter hohem technischen Aufwand zu zerschreddern. Das hätte natürlich keinen Sinn, wenn die Dinge ohne viel Aufsehen bloß schnöde vernichtet und die Arbeitsvorgänge der Zerstörung nicht auf Video festgehalten worden wären. Auch hat Landy eine exakte Liste von all dem Zeug, das er nicht mehr um sich haben wollte, erstellt, die seither bei Ausstellungen als das eigentliche künstlerische Objekt gezeigt wird.

7277 Dinge, die sein Leben bisher ausmachten und von denen er sich befreien wollte, das ist nur auf den ersten Blick eine einschüchternd hohe Zahl, denn Landy hat eben tatsächlich alles, was sich an Dingen um ihn angestaut hatte, zu zahlreichen Lebenstürmen gestapelt, aus denen dann ein Würfel zusammengepressten Mülls wurde, auf den sich die kulturelle Materie seiner Existenz verdichtete: seine Unterhosen, die Zahnbürste, die vollständige Sammlung mit Schallplatten seines Freundes David Bowie, alle Briefe seiner verstorbenen Mutter, den Schraubenzieher und die Medikamente, Schreibtisch und Auto, sämtliche Bücher und Kataloge, die Teller und Schüsseln aus dem Schrank, und natürlich auch den Plattenspieler selbst, und die Schränke und die Regale, an denen jetzt, da nichts mehr da sein würde, was auf ihnen oder in ihnen untergebracht werden könnte, kein Bedarf in seinem privaten wie öffentlichen Leben mehr vorhanden war.

Ebenso hat er seine eigenen, noch nicht verkauften Kunstwerke vernichtet, und selbst die Bilder, Installationen, Plastiken, die er von Weggefährten erworben oder geschenkt bekommen hatte. Nicht alle von diesen waren darüber erfreut, ja, sie stellten die Frage, ob es nicht ein geradezu feudalautoritärer Zugriff des Antikapitalisten sei, mit dem, was im bürgerlichen Rechtsverständnis als sein privates Eigentum gilt und ihm allein gehört, so zu verfahren, wie er es tat. Müsste, was er exekutierte, nicht auch jedem anderen unbenommen sein, egal ob er Kunst schafft oder kauft? Darf ein reicher, in seinem Reichtum verblödeter Mensch ein Gemälde von Francis Bacon oder, sofern ein solches im Handel auftaucht, von Lucas Cranach erwerben, nur um es, wenn er einen heftigen Schub von Allmachtgefühl erleidet, zeremoniell zu vernichten? Oder gehörten diese Kunstwerke außer ihm selbst noch jemand anderem, sagen wir pathetisch: der Menschheit?

Natürlich vernichtete Landy auch all seine Münzen und Geldscheine, das Sparbuch, den Reisepass, die Geburtsurkunde, und dadurch hat er vorsätzlich in Befugnisse des Staates eingegriffen. Denn die Geburtsurkunde ist zwar ein höchstpersönliches Dokument, insofern durch sie verbürgt wird, dass eine bestimmte Person tatsächlich geboren wurde, sodass sie, wenn nicht anders, immerhin damit ihre Existenz wird lebenslang beweisen können, doch zugleich handelt es sich dabei um eine amtliche Beglaubigung, für die der Staat bürgt, eine Domäne, die er sich nicht bestreiten lässt. Auch mit den Banknoten ist es so eine Sache, denn sie werden von der Nationalbank hergestellt, die darauf zu achten hat, dass immer genügend – und wenn möglich auch nicht zu viele – davon vorhanden sind, sodass es sich beim Geld um ein geteiltes Eigentum handelt: Das, was den Tauschwert repräsentiert, gehört seinem individuellen Eigner, der Nationalbank aber verbleibt die Banknote als materieller Wert.

In einem seiner berühmtesten Philosophensätze hat

Blaise Pascal geschrieben, dass alles Unglück der Menschen daher rühre, dass sie nicht willens und fähig seien, ruhig in einem Zimmer zu bleiben, und stets hinaus in die Welt drängten. Der Satz wird oft und oft zitiert, als Einsicht in das menschliche Wesen und Elend, doch selbst wer sich stetig in seinem Zimmer aufhalten will, frei vom Begehren, sich in der Welt umzusehen oder sie sich gar untertan zu machen, braucht immerhin dieses eine Zimmer, und ein Haus, in dem es sich befindet. Damit er über diese verfüge, muss es da nicht andere, viele Leute gegeben haben, die nicht ruhig in ihrem Zimmer verweilten, sondern das Haus erbauten, die Werkstoffe von wer weiß wo herbrachten oder Holz geschlägert, Steine geschlichtet, Beton gemischt hatten? Wie auch der Philosoph, der es vorzieht, in seiner Wohnung auszuharren, um nicht in seinem Denken gestört und von der Welt behelligt zu werden, ein wenig Geld außer Haus erworben haben muss, um dieses zu erstehen …

Ich frage mich, was Landy, der seinen Besitztümern methodisch den Garaus bereitete und am Ende fast sechs Tonnen zerschredderten Materials aufgehäuft hatte, das auf den Recyclinghof transportiert wurde, nach seiner Kunstaktion der planmäßigen Entwertung von Werten getan hat? Hat er nackt auf dem Boden seiner Wohnung genächtigt und sich am nächsten Tag nicht mehr die Zähne geputzt, ist er seither als Schwarzfahrer oder Blinder Passagier in die Welt-Metropolen gefahren, in deren Museen seinem Projekt »Break Down« gehuldigt wurde? Um die simpelste Lebensaktivität aufrechtzuerhalten, musste er schon fünf Minuten nach dem glücklichen Ende der Kunstaktion die Hilfe von Leuten beanspruchen, die seinem Projekt der Zerstörung hingerissen applaudierten, aber selbst genügend Dinge besaßen, die sie ihm kunstbeflissen zur Verfügung stellten. Nachdem er all den demütigenden Besitz endlich los war, blieb ihm da anderes, als wieder bei null anzufangen? Dann führte seine Absage an den Konsumzwang des Kapitalismus nicht über diesen hinaus, sondern bloß vor ihn zurück in einen Zustand vermeintlicher Unschuld, in dem die Dinge und ihr Besitz selbst vom rigorosen Verneiner der Warenfülle als etwas Natürliches gerechtfertigt werden können. Und alles begänne wieder von vorne.

P. zählte nie zu meinen Freunden, aber ich habe ihn lange als originellen Kopf geschätzt. Vor zwei Jahren entdeckte er, der stets zu überraschenden Volten neigte, eine neue Lebensform, und schien er auch der Einzige zu sein, der sich strikt an seine Lehre der Leere hielt, zeigten sich doch manche Bekannte von ihr und ihm fasziniert. P. hatte sich den Minimalisten angeschlossen, die den Waren in ihrer abstoßenden, störenden, unglücklich machenden Fülle entsagen. Deren Programm setzte er, den man als wohlhabend bezeichnen konnte, mit einer eifernden Konsequenz um, der seine Adepten nicht folgen konnten, sodass sie sich daraus das ihre für den weniger fundamentalistischen Hausgebrauch nahmen, wie sich heute ja mancher als Vegetarier versteht, weil er nur zweimal in der Woche Fisch verspeist. P. aber erklärte, dass er eines Tages die Übersättigung mit Dingen satthatte und nicht länger in seiner vollgeräumten Wohnung von Dingen bedrängt werden wollte, von denen er auf die allermeisten leicht verzichten konnte, und seitdem er viel weniger habe, fühle er sich viel besser. Statt fünfzehn Sakkos genügten ihm, der in der Kreativbranche, was immer das ist, einen guten Namen hat, jetzt zwei, und in dem einzigen Kleider- und Wäschekasten, den er nicht hatte entfernen lassen, hingen statt der 38 Hemden von früher nur mehr vier.

Ich beobachtete, wie er sein neues Leben ordnete, und sah, dass er bereit war, viel Geld dafür aufzuwenden, wenig zu besitzen. Wenn zwei seiner Hemden verschwitzt oder zerknittert waren, legte er sie abends an den Platz, an dem sie morgens seine bosnische Frau für alles finden und, da keine Waschmaschine mehr im geräumigen Badezimmer stand, zu sich in ihre kleine Wohnung tragen, waschen, in den Trockner geben, bügeln und zurückbringen würde. Sie bereitete ihm auch jeden Tag ein kleines Abendessen vor, für alle Fälle, das er nur warm machen musste, das sie aber anderntags wegschmiss oder selber als Frühstück verzehrte, denn P. aß meistens auswärts, oder er deckte sich unterwegs mit ein paar Fressalien und Getränken ein und vertilgte sie in seinem Büro. Ins Gasthaus ging er nicht mehr öfter als ein-, zweimal die Woche, während man ihm früher häufig in bestimmten Restaurants, Bars, Beiseln, Cafés begegnet war, und ich fürchtete, es störte ihn mittlerweile, dass es in diesen Lokalen arg gemütlich werden konnte. Denn auch was das Gemütsleben betraf, begann er vom Verzicht auf das Überflüssige zu schwärmen. Nur wer bereit sei, auf das zu verzichten, was nicht notwendig ist, kann sich auf das konzentrieren, was er als das Unverzichtbare erkannt hat.

Nach diesem Verständnis des Lebens, das ihm die fortwährende moralische Leistung abverlangte, das Wichtige vom Überflüssigen zu scheiden, hatte er sein Leben planmäßig umgekrempelt, folgerichtig, dass er auch allen Krempel aus seiner Umgebung entfernte und die Wohnung kahl-räumte. Einmal war eine Gruppe von Bekannten bei ihm eingeladen, und wir merkten gleich, dass es ihm wichtig war, uns seine Wohnung als kahle Schönheit zu präsentieren. Er führte uns durch leere Räume, an den Wänden keine Bilder (wenn ich Bilder anschauen möchte, gehe ich ins Museum), in den nicht vorhandenen Regalen keine Bücher (wenn ich ein Buch lesen will, bietet mir mein Tablet Abertausende davon), in keinem der drei großen hellen Zimmer irgendwo der Tand der Erinnerung, getilgt sogar die Spuren seines eigenen Lebens, keine Fotos von den Eltern, von den Reisen, die er früher als Hobbyfotograf selbst dokumentierte. Als ich von der puristischen Eleganz dieser Geschichtslosigkeit überwältigt zu werden drohte, wurde mir klar, dass der Be-griff »Wegwerfgesellschaft« seine Bedeutung zu verändern begonnen hatte. P., der die maßlose Überproduktion der Wegwerfgesellschaft beredt verwarf, war ihr selbst geradezu verfallen: Er warf rundum alles weg, was er nicht unmittel-bar benötigte, was er nicht alle Tage brauchte, um die ein-fachen Bedürfnisse, die er sich noch nicht ganz auszutreiben vermochte, zu befriedigen. Er war der Mann ohne Vorurteil, aber auch ohne Achtung vor der Geschichte. Frei von Senti-mentalität hielt er Traditionen, mit denen er sich jenen ver-bunden fühlen hätte können, die vor ihm waren und ihm in ihrer Abwesenheit Zeichen ihrer Anwesenheit hinterlassen hatten, für etwas Verächtliches, und selbst seine eigene Ge-schichte schien ihn nicht mehr sonderlich zu interessieren.

Wir blieben nicht lange in seiner Wohnung, es waren zu wenige Stühle da, sich zu setzen, zu wenige Gläser, um dar-aus zu trinken, nach und nach verließen wir die leere Wohnung, in der nur mehr wir, die eingeladenen Gäste, die Ordnung störten, und viele von uns kehrten, ohne dass wir uns verabredet hatten, in einem Lokal ums Eck ein, das rammelvoll war, die Wände über und über mit mäßig originellen Plakaten und albernen Devotionalien tapeziert, die Bar hinter der Theke bis an die Decke vollgeräumt mit Flaschen. Rasch waren wir auf hitzige Weise berauscht, immerhin trank auch P., der als Letzter kam, mit rötlich verfärbtem Gesicht schnell und viel, obwohl man bekanntlich auch ohne Alkohol auskommen kann. Wie ich ihn an der Theke lehnen und die Gläser leeren sah, schoss es mir mit einem Mal durch den Kopf: Dieser da, den du schon so lange kennst, ist dein Feind, er hat sich den Entrümplern angeschlossen, die sich für die neuen Revolutionäre halten, aber nur die alten Vandalen sind, die zerstören, was sie stört, und sich von den wirklichen Dingen befreien, weil sie darauf bauen, in der virtuellen Welt ohnedies Zugriff auf sie zu haben. Er entleert die realen Räume, weil es für ihn ein technischer und moralischer Fortschritt ist, die virtuellen mit seinem geistigen Gerümpel vollzustopfen.

## 19

Ich will nicht so geschmacklos sein, neuerlich zu wiederholen, dass ich kein Sammler bin, der leidenschaftlich oder gar besessen hinter ausgewählten Dingen her wäre, um sie in sein Haus zu schaffen und dort in eine besondere, ihnen und ihm gemäße Ordnung zu bringen. Allerdings hege ich gegenüber einigen Dingen, die wie von selbst den Weg zu mir finden, ein Gefühl, das Ehrfurcht zu nennen mich nur die Scheu vor großen Worten hindert, sodass ich es lieber als Anhänglichkeit bezeichne. Mich von solchen Dingen zu trennen bringe ich nicht übers Herz, was eine gleichsam passive Tätigkeit, ein aktives Erdulden darstellt, das mit dem tätigen, dem nach- und aufspürenden Sammeln wenig zu tun hat.

Eine Ausnahme gibt es, zugegeben, und der Leidenschaft des Sammelns dieser einzigen Sache bin ich ausgerechnet in der wiederkehrenden Einsamkeit von Hotels verfallen. Hotels sind merkwürdige Orte, im berühmten Zeichner F. habe ich sogar einen echten Sammler von Hotels kennengelernt, ging er doch nicht auf Reisen, um einen bestimmten Ort, sondern um ein bestimmtes Hotel aufzusuchen, in dem er noch nie war und in dem er endlich einmal logieren wollte; oder er kannte und liebte es und musste alle paar Jahre Nachschau halten, ob in ihm noch alles war, wie es sein sollte. Der Literaturkritiker H. wiederum, mit dem ich einst in Graz einen gemeinsamen Auftritt hatte, gestand mir anderntags, dass er, der als Kind armer Leute aufgewachsen war, nicht anders könne, als sich in Hotels beim Frühstück regelmäßig bis zur Übelkeit zu überfressen, denn das Buffet mit den aufgereihten Köstlichkeiten, bei denen er sich so lange bedienen könne, bis er wirklich nicht mehr könne, sei für ihn eine Versuchung, der er wider eigenes Wollen und besseres Wissen nicht zu widerstehen vermöge. Auch auf mich haben Hotels eine Anziehung, die manchmal so heftig ist, dass ich das gerade bezogene Zimmer ein paar Stunden lang nicht verlassen kann, selbst wenn ich mich auf den ersten Gang durch die Stadt schon lange gefreut habe.

Ich hatte es in zahllosen Hotels nicht benutzt, nicht einmal bemerkt, bis mir im Hotel Savoy in Mariehamn zum ersten Mal auffiel, dass im Bad ein mysteriöses Accessoire darauf wartete, von mir entdeckt, gewürdigt, benutzt zu werden. Ich war mit der Fähre aus Stockholm nach Åland gefahren, weil ich einmal auf dieser Inselgruppe gewesen sein und genächtigt haben wollte, die mich aus der Ferne schon länger faszinierte. Auf Åland und in Mariehamn, dem schön symmetrisch angelegten Hauptort, leben fast nur Schweden, sie sind aber finnische Staatsbürger, was sich nach Ende des Ersten Weltkriegs zwar gegen den Willen der Bewohner so ergeben hat, aber heute von deren Nachfahren rundum für eine akzeptable Sache, wenn nicht glückliche Fügung angesehen wird. Die Sprache und vieles, was in ihr erfahren und mit ihr erlebt wird, verbindet die Åländer mit Schweden, die Staatsbürgerschaft und vieles, was damit verbunden ist, mit Finnland, und wie mir jetzt vorkam, sind die meisten der sogenannten Finnlandschweden schwedische Herzens- und finnische Staatspatrioten. Für das Savoy, einen weißen, unansehnlichen Kasten hatte ich mich des Namens wegen entschieden, der mich an ein verlorenes, zerstörtes Mitteleuropa, an Joseph Roth erinnerte, dessen in Łódź angesiedelten Roman »Hotel Savoy« ich vor langem gelesen hatte. Obwohl das skandinavische Savoy einen ganz anderen Charakter hatte als Roths Hotel, in dem nach dem Zusammenbruch der alten monarchischen Ordnung die Gewinnler und Verlierer, die zwielichtigen Gestalten und heimatlosen Melancholiker der neuen Ära aus und ein gingen, fühlte ich mich in ihm doch gleich heimisch. Die Rezeption, an der ich oft länger verweilte, weil ein altersloser Portier wie ein strenger und doch geduldiger Pastor mir jede Frage nach dem Åländischen als Ideologie und Realität beantwortete, war kühn wie ein Bartresen in den Raum gebogen und barg an der Wand zahlreiche Flaschen mit hochprozentigem Alkohol.

Im Bad dieses Hotels hielt ich, ohne zu wissen, wie es geschehen war, auf einmal jenes Accessoire in Händen, das offenbar nichts als praktisch zu sein hatte und über kein weiteres Attribut zu verfügen schien. Es war die erste Duschhaube meines Lebens, und als ich sie aus dem winzigen Kartonwürfel hervorgeholt hatte, staunte ich, wie weit sich das zusammengeknüllte Stückchen Kunststoff knisternd aufbreiten ließ. Die Duschhaube ist ein praktisches, leicht zu übersehendes Utensil, das dem Reisenden nützt, in ihm aber, wenn er es sich über das Haar stülpt, auch leisen Ekel hervorrufen mag, der mit dem Material, aber auch mit dem Fehlen jedweder Spezifik des Objekts zu tun hat. Die reguläre Duschhaube ist weiß, durchsichtig, dehnbar, wasserundurchlässig und hat einen Gummizug. Frauen und Männer verwenden sie, damit ihnen im Hotel beim Duschen die Haare nicht nass werden, sei es, dass sie sich um die Fasson ihrer Frisur sorgen oder nicht mit nassen Haaren aus dem Haus treten möchten. Der Gummizug ermöglicht es, selbst kräftige Haarschöpfe und lange Mähnen unter den sich darüber blähenden Kunststoff zu stopfen, und wer sich je, ehe er unter die Dusche trat, mit einem Blick in den Badezimmerspiegel davon überzeugen wollte, ob auch wirklich all seine Haare unter der Duschhaube Platz gefunden haben, der wird wissen, dass der Mensch zu keinem blöderen Ausdruck fähig ist, als wenn er sich nackt und einzig mit einer Duschhaube bekleidet seiner Selbstbetrachtung hingibt.

Die Duschhaube ist ein Kleidungsstück der Einsamkeit, denn selbst dem langjährigen Ehepartner kann kein zivilisiertes Tier mit einer solchen entgegentreten, man legt sie sich erst an, wenn die Badezimmertür geschlossen ist, denn die Duschhaube, die das Haupt bedeckt, bietet den Menschen in einer Blöße dar, wie keine Nacktheit sie erzeugen kann. Es war der vollkommene Ausdruck der Geistlosigkeit, den ich im Badezimmerspiegel des Hotels Savoy an mir entdeckte, diese Leere, die mein wie verwischtes Gesicht zeigte, die mich der Duschhaube als dem Geheimnis des Gewöhnlichen verfallen ließ und in mir den Sammlertrieb weckte. Seither sammle ich dieses weiße, durchsichtige, wasserundurchlässige, dehnbare Stück ausfaltbaren Kunststoffs und nehme es mit, wo immer ich in Hotels seiner habhaft werde. Natürlich übt es einen aparten Reiz aus, Dinge zu sammeln, die sich so gleichen, dass man sie gar nicht auseinanderzuhalten weiß. Aber sind nicht alle Sammlungen aus Dingen gefügt, die einander ähneln, nur eben nicht wie eine Duschhaube der anderen, sondern wie ein Gemälde dem anderen, also immerhin im substantiellen Charakter der Bildhaftigkeit, der im Einzelnen natürlich ganz verschieden verwirklicht werden kann?

Duschhauben, wie ich sie sammle, sind keine Nutzgegenstände, keine von ihnen habe ich je verwendet. Ich habe es in meinem Leben nie zu einer Frisur gebracht, und schon gar nicht zu einer, die ich gegen die Einwirkungen von Wasser schützen müsste, und ich fürchte es auch nicht, mit feuchten Haaren ins Freie zu treten. Nein, ich sammle die kleinen Kartons und Plastiksäckchen, in denen die Duschhauben verwahrt werden, beschrifte sie mit der Angabe, wann ich sie wo erstanden habe, und verstaue sie in der hölzernen, mit gelbem Stroh ausgepolsterten Schachtel, in der mir einst drei Flaschen edlen Rotweins geschenkt wurden, und die ich nur aus dem Depot mit den Hygieneartikeln und Handtüchern hervorhole, wenn ich eine neue Trophäe nach Hause gebracht habe. Es liegt ein merkwürdiger Reiz darin, diese Objekte, die bar jeder Besonderheit sind und von Produktion und Benutzung etwas unüberbietbar Ubiquitäres haben, so mit Stationen meiner persönlichen Entwicklung verbunden zu sehen. Die Duschhaube ist nichts als ihr Nutzen, und gerade diese pure Zweckhaftigkeit macht sie zu einem schreiend lächerlichen Ding. Manchmal rede ich mir auf überspannte Weise ein, dass ich ihr, indem ich sie sammle, etwas zu geben versuche, was ihr wesenhaft fehlt und fehlen muss, nämlich eine Art von Biographie, eine Geschichte. Soweit ich weiß, bin ich der einzige Sammler von Duschhauben, und das macht mich manchmal überheblich, manchmal traurig. Vielleicht findet sich unter den Lesern und Leserinnen jemand, der es ebenfalls auf eine Kollektion von Duschhauben gebracht hat und mit mir in einen Austausch treten möchte, wie Sammler ihn benötigen. Fürs Erste hätte ich eine rare Duschhaube, Jahrgang 2009, Domaine Hotel La Posta/Trieste, anzubieten gegen eine Jahrgangskollegin aus dem Baltikum, bevorzugt estnische Kreationen aus dem Raum Tartu und Tallinn.

## 20

Der Amerikaner Erik Weihenmayer stand am 25. Mai 2001 als erster, der Osttiroler Andy Holzer sechzehn Jahre später als zweiter blinder Bergsteiger auf dem Gipfel des Mount Everest. Ja, blind auf den Mount Everest! Aber durch meine Wohnung? Ich lag schläfrig auf dem Sofa im Wohnzimmer, dachte an die eisigen Hänge und ewig kahlen Felsen des Himalaya und an den Parkettboden unserer Wohnung, da fiel mir ein, dass ich mich schon lange in einer selbstgewählten Finsternis erproben wollte. Ich schaute durch die beiden Räume, die ineinander übergehen, und schloss die Augen, um herauszufinden, wie viel ich mir von dem, was ich in der äußeren Realität seit Jahren sah, als innere Wirklichkeit anzueignen gewusst hatte. Zu wenig, denn ich öffnete die Augen bald wieder, um zu überprüfen, welche Bilder dort, sechs Meter von mir entfernt, tatsächlich an der Wand hingen. Dann nahm ich die Brille ab, band mir ein Halstuch um die Augen und begab mich auf die erste Blinderkundung meiner Wohnung.

Ich tappte vorsichtig, die Arme weit ausgestreckt, touchierte zwei Stühle, stieß mit der Schulter an eine Mauer und bin doch, ohne zu straucheln, durch alle Zimmer, die Treppe hinauf und wieder hinunter gelangt. Es war nicht meine Vorstellungskraft, sondern das Gedächtnis der Füße, das mich leitete. Als ich versuchte, in Gedanken schreitend die Stufen zu zählen, kam ich jedes Mal auf eine andere Zahl. Als ich tatsächlich losging, bewältigte ich den Steig, der zwei Kehren um neunzig Grad macht, hingegen sicheren Schrittes mit verbundenen Augen, die Füße wussten, wo sie mich nach links und rechts zu führen hatten. Sie waren es auch, die sich erinnerten, wo es auf gefährliche Unebenheiten im Gelände zu achten galt, und mich sicher ins Badezimmer brachten, in dem es mir sogar gelang, die Zahnpastatube zu ertasten, ohne ein einziges Stück von hundert Fläschchen, Flacons, Cremedosen, Tiegeln, Spangen, Seifen, Pinseln, Stiften vom Tisch zu wischen. Selbst die elektrische Zahnbürste vermochte ich noch zu ergreifen und in Betrieb zu nehmen; als ich die summende Bürste zum Mund führte, habe ich diesen jedoch nicht getroffen, sondern mir in die linke Wange gestoßen. Das erschreckte mich, ist doch sonst, wenn man die Zähne putzt, kein Spiegel vonnöten, dass man die Öffnung in seinem Gesicht finde, aber die Konzentration auf den äußeren Raum hatte mir die Sicherheit für die Proportionen des eigenen Körpers geraubt, die seit frühester Kindheit zu den verlässlichen Grundtatsachen unseres Lebens gehört.

In der Küche fand ich mich ebenso gut zurecht, ich weiß, wo sich die Lade mit dem Besteck befindet, wo im Esszimmer der Kasten steht, in dem die Teller verstaut sind, ich hätte den Tisch für ein Abendessen mit sechs Personen decken können. Erst recht bei den Büchern konnte ich mir sicher sein, ich prahle ja damit, jedes Buch, das ich suche, binnen längstens einer Minute zu finden. Die Bücher, die auf den Regalen der Treppe in ihrer Ordnung stehen, erkannte ich, indem ich an ihnen mit dem Handrücken entlangstreifte. Hier ging es Schritt vor Schritt von der amerikanischen und englischen Literatur zu den nordischen Büchern hinauf bis zu denen aus der Schweiz. Als ich im skandinavischen Sektor bei einem dickleibigen Band angekommen war, nahm ich ihn heraus, es musste sich um den merkwürdigen Roman von Lars Saabye Christensen handeln, dessen Titel mir entfallen war, obwohl ich die wilde Geschichte, die auf einer norwegischen Insel beginnt und in einem amerikanischen Irrenhaus endet, vor ein paar Jahren selbst rezensiert hatte. Ich nahm das Buch, legte es oben, in der Finsternis, in die ich das Arbeitszimmer getaucht hatte, auf den Schreibtisch und freute mich darauf, später, wenn ich das Experiment beendet und die Augenbinde abgenommen haben würde, darin zu blättern und zu überprüfen, was ich mir von ihm gemerkt hatte.

Als es so weit war, staunte ich, wie weit ich abgeirrt war, denn die Bretter mit der dänischen, schwedischen, finnischen, norwegischen, isländischen, färöischen Literatur hatte ich um mehr als einen Meter verfehlt – es war, als wäre ich den Mount Everest hinaufgeklettert und an der Spitze des Dhaulagiri angekommen. Das Buch, das nun vor mir lag, war eine Sammlung von Glossen, die man früher vielleicht Kalendergeschichten genannt hätte, wie der Schweizer Peter Bichsel alle paar Jahre eine neue vorlegt, die genau das enthält, was schon die vorangegangenen Bände enthielten und die zu lesen einen doch immer neu erfreut. Diese Geschichten haben stets den gleichen Umfang, weil sie für eine Zeitung und einen fixen Platz in dieser geschrieben wurden. Es handelt sich um eine Form von Anlassprosa, deren Reiz darin besteht, dass sie diesen Anlass nicht verleugnet, sondern gewissermaßen als Sprungbrett benutzt, um energisch und elegant abzufedern. Seit bald vierzig Jahren hält Bichsel an dieser Form fest, und den vorgegebenen Umfang erreicht er längst geradezu blindlings, alles Weltgeschehen drängt sich ihm als Textgeschehen wie von selbst auf das erprobte Maß, das der Autor bereits wie inwendig trägt. Da der Roman die literarische Königsklasse der Epoche ist und allem, dem Rang zugesprochen wird, irgendetwas Romanartiges anhaften muss, behaupten manche Germanisten und Kritiker mittlerweile, dass Bichsel mit diesen Kolumnen den von ihm fehlenden Roman vorgelegt habe. Über die Jahre habe ich immer gerne in seinem fehlenden Roman gelesen, nicht so, wie man einen Roman liest, von vorne nach hinten und am besten innerhalb einiger Tage, sondern eher wie die Chronik einer Familie namens Gegenwart, die man an beliebiger Stelle aufschlagen kann und in der man sich doch stets mitten im Leben dieser weitverzweigten Familie mit all ihren wunderbaren und widerwärtigen, normalen, verrückten und normalverrückten Mitgliedern wiederfindet.

Das umfangreiche Buch, das ich aus einem glücklichen Irrtum ergriff, vereint Kolumnen aus vielen Jahren, und in mancher von ihnen thematisiert Bichsel auch die wiederkehrende Angst, dass ihm eines Tages nichts mehr einfallen könnte. Es ist die Angst des Glossisten, vor der selbst erfahrene Könner nicht sicher sind, dass ihnen nämlich, wenn sie am Donnerstag ihre Kolumne schreiben müssen, die am Freitag früh in der Redaktion zu sein hat, schlichtweg der Einfall fehlen werde; der Einfall, nicht das Thema, denn die großen Meister der kleinen Form waren wie Alfred Polgar dort am besten, wo sie gerade über kein Thema, kein Ereignis von Belang schrieben, sondern – über fast nichts.

Zu verschiedenen Zeiten habe ich selbst in verschiedenen Zeitungen meine eigene Kolumne bestritten, und es ist mir oft schwergefallen, zum vorgegebenen Termin einen Text von vorgegebener Länge zu liefern. Wiewohl es mir jedes Mal gelang, erging es mir doch wie dem Schauspieler, der das Lampenfieber auch nach Hunderten geglückten Auftritten nicht ablegen – oder es vielleicht auch nicht entbehren – kann. Den Text zu verfassen war mir die geringste Mühe, aber ein Thema, mein Thema zu finden, damit musste ich mich quälen, denn ich habe nicht die Gabe, über nichts oder fast nichts zu schreiben. Im Unterschied zu den echten Feuilletonisten, deren Texte sich gleichsam entstofflichen, bis fast nichts an nacherzählbarem Inhalt übrig geblieben ist, benötige ich einen Stoff, zu dem ich mich mit Neugier, Zuneigung oder Empörung verhalten kann. Es muss sich nicht um die großen Fragen der Epoche oder die ewigen Themen der Menschheit handeln; aber doch um mehr als die berühmte Fliege auf der Glatze des Ministers, wie der Titel eines Feuilletons von István Eörsi lautet, der das Genre ungewöhnlich kämpferisch anlegte. Ein Genie der Freundschaft, wie ich kaum ein zweites kennenlernte, war er der ungarische Meister aller literarischen Klassen, vom Drama zum Tagebuch zum Roman und Essay, und ein zuverlässiger Oppositioneller, der es sich mit jedem Regime verdarb. Seine Kolumnen versah er mit der Genrebezeichnung »Bagatellen«, doch hat er das vorgeblich Nichtige wichtig genommen und in der Fliege, die sich während einer Audienz auf der Glatze des Ministers niederlässt, die geistige und moralische Trägheit der Macht erkannt.

Auch wenn ich oft mit ihnen zu kämpfen hatte, bin ich froh, meine Glossen, Kommentare, Kolumnen geschrieben zu haben, eben weil mich die Verpflichtung, die ich eingegangen war, dazu nötigte, viele kleine Texte zu verfassen, die ich sonst nicht geschrieben haben würde. Und nur indem ich sie schrieb, habe ich über das, worüber ich schrieb, jene Klarheit gewonnen, die durch bloßes Nachdenken zu erreichen mir nicht gegeben ist. Für den Tag geschrieben, habe ich die allermeisten dieser kleinen Texte später in die größeren Zusammenhänge meiner Journale stellen können. Je länger ich bei meiner Sache bin, umso deutlicher wird mir, dass nur Bestand hat, was für den bestimmten Tag, die eine historische Stunde, diesen besonderen Augenblick geschrieben ist und nicht scheut, sich dem Tag, der Stunde, dem Augenblick preiszugeben, während rasch verweht, was sich gleich über seine Zeit erheben wollte und für die Ewigkeit gedacht war.

Wer sich ohne Augenlicht in der Welt bewegt, bewegen muss, ist zugleich vollkommene Präsenz, gesteigerte Gegenwärtigkeit und ganz Erinnerung, Gedächtnis. R., der im Alter von zwei Jahren erblindete, aber dank seiner Intelligenz, zu der seine enorme Merkfähigkeit gehört, ein Studium zu absolvieren vermochte, hat mir einmal geschildert, wie er sich gehend an seinem Gehör und auch am Geruch orientiere, denn jede Ecke der Stadt klingt und riecht anders. Die neuen öffentlichen Gebäude, sagte er, erschwerten es Blinden wie ihm, sich in ihnen zu orientieren, weil deren Glaswände, anders als die Wände aus Beton oder Holz, kein Echo geben. Um durch die Finsternis zu finden, muss er unentwegt seine Sinne schärfen und sein Gedächtnis erweitern, jeder Weg ist für ihn gesteigerte Wahrnehmung des Moments und stetige Präsenz aller seiner Erfahrungen. Wie er das erzählte, kam mir fast vor, erst der blinde wäre der ganze Mensch, aber so schön, sagte er lachend, sei es auch wieder nicht, blind zu sein.

Sie verstehen sich blind, sagt man von Leuten, die gut zusammenarbeiten, sei es auf dem Fußballfeld oder im Operationssaal, ich verstehe meine Wohnung fast blind, aber eben nur fast, und dieses Fast würde auf dem Fußballfeld oder im Operationssaal in Wahrheit vieles missraten lassen. Ich kann mich durch meine Zimmer bewegen, ohne über die Felsen, Geröllhalden, Rinnen ihrer inneren Gebirge hinunterzustürzen, aber ich kann mir mit geschlossenen Augen nicht die Ordnung vergegenwärtigen, in der auf der Wand im Esszimmer jene Bilder aufgehängt sind, die ich dort Tag für Tag sehe. Es sind zehn große und zwölf kleine Bilder, die ich nicht sehe, sobald ich die Augen schließe, doch kein einziges von ihnen möchte ich missen.

21

Die Petersburger Hängung, für die sich die Bilder fast ohne unser Zutun entschieden, bewahrte uns lange davor, Entscheidungen treffen zu müssen, die sich immer gegen uns selbst gerichtet haben würden. Wer zu viele Bilder hat, als dass er sie auf dem beschränkten Platz, über den er verfügt, großzügig platzieren könnte, dem zeigt die ehrwürdige Häufung in der Eremitage von St. Petersburg, wie er sich retten kann. Er muss sich weder von Bildern trennen, die zu seinem Leben gehören, noch sich den perversen Sammler zum Vorbild nehmen, der seine Blätter in Bettladen verstaut und nur manchmal hervorholt, um seine einsame Lust darin zu finden, sie für sich allein zu betrachten. Indem die Bilder so eng nebeneinander hängen, wie es nur geht, ersparen sie uns zudem den Zimmermaler, der alle paar Jahre die Wände streicht; seine Arbeit wäre gänzlich überflüssig, weil von den Wänden, wenn nicht ohnedies Regale vor ihnen stehen, nur die schmalen Streifen zwischen den Bilderrahmen zu sehen sind und also just durch die viele Malerei verdeckt wird, dass sie längst ausgemalt werden müssten.

Auch brauchten wir dank der Petersburger Hängung nie darüber zu grübeln, wie sich die einzelnen Bilder ästhetisch sinnvoll anordnen ließen, strebten sie doch alle nur einfach dorthin, wo sie die eine Lücke entdeckten, die sich für sie erhalten hatte. Merkwürdig genug, findet jedes neue Bild, das ins Haus kommt, immer noch irgendwo sein freies Stückchen Wand, von dem wir vorher überzeugt waren, dass es gar nicht mehr vorhanden wäre. Mit zwanzig Bildern waren wir in diese Wohnung übersiedelt, seither sind jedes Jahr zwei, drei weitere dazugestoßen. In dem nachbarlichen Respekt, den sie füreinander empfinden, haben sie nie um ihre Plätze gestritten, und wie sie sich dicht an dicht fügen, sticht keines das andere aus, indem es mit seinem berühmteren Schöpfer zu renommieren versuchte. Wenige Bilder sind darunter, die einem Dieb mehr als ein paar Hundert, nur drei oder vier, die ihm mehr als ein paar Tausend Euro eintragen würden, doch keines verfügt über so wenig Selbstvertrauen, dass es unter seinem geringen Marktwert litte.

Unsere Wohnung ist nicht vollgeräumt, doch die Wände sind fast vollständig hinter Büchern und Zeichnungen, Radierungen, Lithographien, Aquarellen, Ölbildern verborgen. Die zehn großformatigen Bilder an der Wand des Esszimmers haben nach und nach zueinandergefunden, und wenn ich das von weit her gereiste Ensemble betrachte, fallen mir zwischen seinen einzelnen Mitgliedern jedes Mal andere Beziehungen auf. Mich stört das nicht, weil ich ohnedies überzeugt bin, dass fast alles mit fast allem zusammenhängt und sich in der Welt ein jedes mit einem jeden über wenige Zwischenschritte in Verbindung setzen lässt.

Es erscheint mir unschicklich, in diesem Reisebericht zu verraten, wer unsere Malerinnen und Maler sind, einige sind bekannt, andere nicht, so viel muss genügen. Neben dem Bild eines Malers von Ruf hängt eines, das von einem Freund stammt, der nur in seiner Jugend gemalt hat und dessen Streben sich später auf anderes richtete. Unter einem Blatt, auf dem ein einst populärer, heute halb vergessener Wiener Graphiker mit kräftigen Strichen eine schwarze Vorstadt-geschichte erzählt, hängt das wundersam lichte Bild einer Landschaft im Süden; gemalt hat es in seinen jungen Jahren ein Aquarellist, der später so lange modische Großstadtsze-nen verfertigte, bis er sich davon ein Anwesen am Meer kau-fen und wieder ernsthaft zu malen beginnen konnte. Wir haben diese Bilder nicht zueinander gestellt, um just ihre Gegensätzlichkeit zu thematisieren oder aber eine geheime Verwandtschaft zwischen ihnen anschaulich werden zu las-sen, sondern weil die zur Verfügung stehende Fläche durch die verschiedenen Formate der einzelnen Bilder so am bes-ten zu nutzen war.

In der obersten der drei Reihen hängt links eine Radie-rung, auf der im Vordergrund die Türme und Kuppeln einiger Kirchen zu sehen sind, während aus der im Dunst ver-schwindenden Ferne unscharf die Kräne des Industrievier-tels hervortreten. Wohin er kam, hat dieser Maler aus dem Zentrum in die Vorstadt hinausgeblickt, um beides zu sehen und malend sichtbar zu machen, die witternden Bauten, die von alter, welk gewordener Pracht zeugen, und die stählernen Greifarme der Werften, die Maschinerie der ratternden Produktion. Als Künstler anerkannt, wegen seines zuvorkommenden Wesens allseits beliebt, hatte er etwas Verschmitztes, von dem sich jene, die ihn persönlich kannten, noch heute Anekdoten erzählen. Einmal war ich selbst dabei, als sich aus einem nichtigen Ereignis wie von selbst die Anekdote zu formen begann, in der jenes bis heute überdauert. Er war an einer großen Tafel gegenüber von einem jüngeren Mann namens L. zu sitzen gekommen, der für seine vornehme Herkunft, seinen ererbten Reichtum und seine Dummheit bekannt war. Den ganzen Abend unterhielten sich die beiden, als würden sie schon lange darauf gewartet haben, einander endlich zu begegnen, und mir, der ich die Szene beobachtete, kam vor, hier hätten sich zwei ungleiche, doch gleichermaßen freundliche Menschen gefunden. Als es Zeit dafür war, erhob sich der Maler, schüttelte dem Jüngeren lange die Hand und verabschiedete sich dann ohne jede Tücke mit der Feststellung: Es ist komisch, aber Sie sehen dem L. so ähnlich, dass Sie sein Zwillingsbruder sein könnten! Worauf dieser arglos erwiderte: Nein, nein, ich habe nur Schwestern!

Neben diesem Bild ist eine in den Tönen von Grün und Blau verschwimmende Ansicht von Venedig zu sehen, ein Aquarell, auf dem der Himmel zu fließen und der Canal Grande zu stehen scheint. Sein bildnerisches Zentrum hat es in einem langgestreckten Lagerhaus, das mir von der Giudecca ockerfarben in Erinnerung ist, auf dem Bild aber in einem überwirklich flammenden Rot leuchtet. Es ist das Werk eines gemütvollen, doch aufbrausenden Mannes, der im Gespräch rechthaberisch auf Gedanken und Thesen beharrte, von denen er selber wusste, dass sie falsch waren, was ihn umso mehr verdross. Nachsichtig denen gegenüber, die er für missachtet hielt, rasch erbost, wenn er glaubte, jemand wäre ihm hochmütig begegnet oder hätte ihn nicht ernst genommen, hat dieser hochbegabte Mann sich versoffen, bis er sein Künstlertum und seine Familie zerstört hatte. Als hätte er erreicht, was er wollte, wurde er in den wenigen Jahren, die ihm danach noch blieben, immer ruhiger und friedfertiger.

Neben seinem Aquarell betrachte ich jetzt jenes in orangen, dunkelblauen und sandig braunen Tönen gehaltene Gemälde, das von einem Schulfreund stammt, der bereits als Achtzehnjähriger in einer Salzburger Galerie Stadtansichten ausstellte, die ihm bald verdächtig wurden, weil sie so großen Anklang fanden, und der darauf einen langen Weg in die Abstraktion und einen noch längeren durch sie hindurch und aus ihr wieder heraus gegangen ist. Ein Zyklus von ihm zeigt auf rund 25 großformatigen Bildern schemenhafte, von den Gesetzen der Schwerkraft wie befreite Gestalten, die gerade dabei sind, sich aus der Erde, dem Morast, dem Bildhintergrund herauszuarbeiten. Manche von ihnen sind gleichsam noch damit beschäftigt, ihre Knochen zusammenzuklauben und ihren Körper zu ordnen. Sie befinden sich alle in einer statisch nicht korrekten Haltung, treiben in der Ursuppe oder im Weltmeer dahin, haben die Arme in den Raum, ins All, ins Nichts ausgestreckt und sind in einer Art von somnambuler Bewegung begriffen. Unser Gemälde zeigt eine hockende Gestalt, die sich in einem rätselhaften

Gleichgewicht zu halten vermag; ihr Geschlecht ist nicht zu erkennen und wohl gar nicht festgelegt, und wie ich sie so betrachte, sehe ich zum ersten Mal, dass sie gar nicht nackt ist, sondern nur keine Kleider anhat. Ihr Blick fällt auf mich, nein, geht durch mich hindurch, diese Figur hat etwas ganz Irdisches und ist der Welt zugleich entrückt, noch nicht ganz hier angekommen oder schon wieder ein Stück von ihr entfernt. Mein Schulgefährte H. K. ist ein grüblerischer Charakter, der malend etwas erkunden, entdecken, hinter ein Rätsel kommen möchte, er praktiziert die Malerei als die ihm gemäße Form, Erkenntnis zu erlangen: über den Menschen als Körper und als Idee, als fleischliche und geistige Existenz, als Bild und Entwurf.

Früher, als wir noch kaum Geld hatten, haben meine Frau und ich regelmäßig Bilder gekauft, später wurden uns viele geschenkt, von den Malerinnen und Malern, mit denen wir befreundet waren, aber auch ein Galerist stellte sich zu Geburts- und Festtagen mit Zeichnungen und graphischen Blättern bei uns ein. Und dann klettern noch jene Bilder die Wände hinauf, die ich als Freundes-Honorar erhielt, wenn ich für einen Maler oder eine Fotografin Texte verfasste, die sie in ihre Kataloge aufnehmen konnten. Mangels kunstgeschichtlicher Kenntnisse konnte ich über Bilder und Fotografien nur etwas sagen, indem ich von den Erfahrungen berichtete, die ich machte, wenn ich sie lange genug betrachtete. Schreibe ich über das Werk eines bildenden Künstlers, schreibe ich stets auch über mich. Ich kann nicht beurteilen, aus welchen Traditionen ein Bild entstanden ist, darum befrage ich es, was es mir persönlich zu erzählen hat und wie es der Maler auf seine Weise zuwege bringt, dass es zu mir spricht. Jedes Bild habe ich auf bemächtigende Weise immer betrachtet, als wäre es geschaffen worden, damit ich selbst mich in ihm entdecke, und sei es als den Abwesenden, der auf dem Bildnis ausgespart ist. Sich Bildern auf diese Weise zu nähern ist natürlich naiv, aber ich habe auch Bücher, egal wie lange vor meiner Zeit sie verfasst wurden, nie anders gelesen als im Zutrauen, dass in ihnen auch von mir die Rede sei und meine ureigene Sache verhandelt werde.

## 22

Der einzige Förderer, den ich als Schriftsteller je hatte, war ein Maler. Als ich ihn kennenlernte, war er Mitte fünfzig und stand auf der Höhe seines Ruhmes, während ich, fast dreißig Jahre jünger, außer drei, vier kleinen Texten in Zeitschriften noch nichts veröffentlicht hatte. Ab dem Tag, an dem ich ihm von meiner Freundin vorgestellt wurde, hat er mir von seiner Arbeit als Maler berichtet, wie er sich umgekehrt nach meiner Arbeit erkundigte, und dies zu einer Zeit, in der ich zwar mit dem Gedanken spielte, mein Leben dereinst als Schriftsteller zu bestreiten, aber nie auf die Idee gekommen wäre, mich als solchen zu bezeichnen. Lange kam mir das Wort, auf mich gewendet, nicht über die Lippen, während er mich jedem, den er in meiner Begleitung traf, als ebensolchen präsentierte. Jede Zeitschrift, die einen Text von mir veröffentlichte, hat er umgehend abonniert, dafür zeigte er mir, wenn wir bei ihm eingeladen waren, die Bilder, an denen er gerade arbeitete, und ohne mich zu bedrängen, hat er mich spüren lassen, dass er von mir zu hören wünschte, was ich von ihnen hielt.

Von ihm, dem Älteren, wie selbstverständlich als der anerkannt zu werden, der ich noch gar nicht war, ist mir eine Ermutigung gewesen, wie ich sie in literarischen Kreisen von niemandem erfuhr, aber damit war es nicht getan. Herbert Breiter und seine Frau Burgi kannten meine Freundin seit ihrer Kindheit, sie waren mit ihren Eltern befreundet, wohnten in derselben Gegend, in der sie aufwuchs, und brachten ihr eine Zuneigung entgegen, in die sie mich sogleich einschlossen. Großzügig über die Maßen, haben sie uns auf alle mögliche Weise unterstützt, aber am meisten dadurch, dass sie uns bestärkten, an der Lebensform, die wir gewählt hatten, unbeirrt festzuhalten, entgegen dem Rat und den Bedenken so vieler, die uns vor uns selber warnen wollten: dass nämlich meine Freundin es war, die das Geld für uns beide und bald auch für unsere zwei Kinder verdiente, und ich mich hohen Mutes dem widmete, womit kaum Geld ins Haus kam, nämlich dem Schreiben, mit dem ich Notizbuch um Notizbuch füllte, ohne einen Gedanken darauf zu verschwenden, ob daraus eines Tages Bücher werden könnten.

Als Herberts sechzigster Geburtstag nahte, frage ich ihn, wie er diesen Tag zu verbringen wünschte. Indem ich zur gewohnten Zeit aufstehe und nach dem Frühstück für drei Stunden in die Werkstatt gehe! Es war schon so, er hielt es für das größte Lebensglück, wenn jemand alle Tage tun konnte, was er am liebsten tat und am besten konnte. Was sich in mir mit den Jahren fast zu einer Religion auswuchs, war ihm bereits bekannt – dass ein erfülltes Leben nicht zu erreichen ist, indem man auf die außergewöhnlichen Ereignisse wartet oder auf das grandiose Abenteuer hofft. Der Glanz des Lebens liegt entweder über dem Alltag und wie man diesen vom Aufstehen bis zum Schlafengehen besteht – oder es gibt ihn nicht. So wurde die Malerei, die regelmäßige Arbeit des Malens, Zeichnens, Lithographierens für ihn zur täglichen Übung der Lebenskunst: ein schönes Beispiel für die Wirkungskraft der Kunst, die zuerst jenen prägt und formt, der sie schafft, damit etwas davon auch auf die überspringen könne, die später sein Buch lesen, sein Bild betrachten werden.

Von diesem Maler haben wir 34 Bilder in unseren Zimmern, 27 davon sind klein, einige nicht viel größer als Briefmarken, andere so groß wie eine Zigarettenschachtel. Er war ein Meister der Miniatur, und es ist rätselhaft, wie es ihm gelang, kompositorisch auf so engem Raum so vielfältige Landschaftsformen unterzubringen, Wiesen, Felder, Wälder, nahe Bäume und ferne Bergesrücken, die er mit Pinsel oder Stift neben-, zu- und gegeneinander setzte, fein abgestuft in wenigen Farbtönen. Es sind zwei sehr unterschiedliche Formen von Landschaften, die er auszubreiten wusste, ausgerechnet indem er sie auf ganz kleinen Bildern fasste: die südsteirische Weinstraße mit ihren steilen Hängen und Weinbergen und die griechische Mani mit ihren erhabenen Gebirgszügen. Naheliegend zu vermuten, dass beide, die Südsteiermark wegen der Kleinteiligkeit ihrer bewirtschafteten Flächen, die Mani in der Monumentalität ihrer Natur, zum kleinen Format nicht taugen, und doch ist es Breiter gelungen, gerade diese Landschaften auf immer noch kleiner werdenden Bildern zu erkunden und zu interpretieren. Wo bei anderen Malern die Rahmen bersten und Quadratmeter nicht mehr ausreichen, hat es ihn gereizt zu zeigen, dass es immer noch eine Form gibt, die eine ganze Welt zu fassen vermag: die Miniatur.

Oft war ich mit ihm zu Fuß unterwegs, nicht auf Wanderungen, aber in der Stadt, am Salzachkai, auf dem Weg zu seiner Werkstatt, in der Südsteiermark, wo er mich durch die Dörfer führte, die er jedes Jahr besuchte, in Klagenfurt, wo das Geburtshaus seiner Frau stand, in dessen Garten unsere Kinder laufen lernten. Wenn man mit ihm des Weges ging, musste man sich seinem gemächlichen Schreiten anpassen, doch seiner gesteigerten Aufmerksamkeit folgen, die den unmerklichen Erscheinungen und Vorkommnissen galt. Andauernd stupste er mich am Oberarm, zeigte auf Dinge, die ich sonst übersehen hätte, und erklärte mir mit seiner weichen, kehligen Stimme, in der von weit her noch die Kindheit in einer Bergbaustadt im Riesengebirge fortklang, um welche Vögel, Stauden, aber auch um welche Autos oder Arbeitsmaschinen es sich handelte. Er war viel auf Reisen gewesen, weniger als Urlauber, sondern als Maler, wenngleich zum Reisen für ihn nicht nur die Arbeit gehörte, sondern auch das Vergnügen, von dem ihm wiederum die Arbeit das größte war. In seinen frühen Jahren hatte er die Städte des Nordens – Oslo, Amsterdam, Kopenhagen, Hamburg – aufgesucht und gemalt, sich später geduldig im Süden, in Apulien und Dalmatien, umgesehen, bis er endlich die Mani als Lebenslandschaft fand.

Er war ein bedächtiger Reisender und kehrte jedes Jahr zum orthodoxen Osterfest nach Kardamili in der Mani zurück, wo er sich für drei Monate immer im selben Haus einquartierte und im Grunde immer dieselben Bilder malte. Nein, nicht dieselben Bilder, aber dieselben Ansichten der rauen Landschaft des Peloponnes, die er aus derselben Perspektive immer tiefer ergründete. Je besser er das karge Land kennenlernte, umso weniger Details von Landschaft und Ortschaften benötigte er, um die Mani in der Kunst gewissermaßen zu überbieten, indem er der Realität alles Zufällige, Zusätzliche, Beliebige, Überflüssige nahm und sie auf das Konzentrat ihrer selbst verdichtete. Von Lelas Taverne in Kardamili hat er wohl 25 Bilder in verschiedenen Techniken verfertigt, eines davon hängt bei uns. Es sind dieselben Dinge, die auf allen 25 Variationen zu sehen sind: ein wackeliges Tischchen, zwei, drei Stühle aus Holz, ein Krug mit Wein, einer mit Wasser, eine Schüssel Oliven, ein paar Arbeitsgeräte wie Schaufel, Eimer, Kessel, Kanne. Und viel Stein, blendend weißer Stein des Hauses, der Veranda, Stein als Gemarkung in den Feldern, die sich dahinter dem Meer zuneigen, und in der Ferne mehr die Ahnung des Meeres als dieses selbst. Je genauer er eine Gegend kannte, desto sparsamer gestaltete er sie aus, er vereinfachte das, was er vorfand und sah, bis ihm das fertige Bild die Essenz eines Ortes, einer Landschaft bot.

Hatte er diese Konzentration weit genug vorangetrieben, erhielt das Bild der Landschaft eine gleichsam philosophische Dimension. Auf unserem Bild fällt der Blick auf die einfachen Dinge von Lelas Taverne, dahinter auf die dunkelgrünen, violetten, silbernen Reihen der Olivenbäume und auf die weißen der geschichteten Steine: Was ich verspüre, wenn ich vor diesem Bild verweile, ist etwas wie der flirrende Augenblick der Ewigkeit, ein Moment der Dauer und bewegten Ruhe. Der englische Kulturphilosoph John Berger, über den wir uns manchmal unterhielten, hat angemerkt, dass dem Maler, der einen Gegenstand, eine Landschaft intensiv genug betrachtet und befragt hat, eine rätselhafte Energie entgegenzustrahlen beginnt. Was ist das für eine Energie – der Wille des Sichtbaren, tatsächlich wahrgenommen, in seinem Wesen erfasst zu werden? Darum ist es ja nicht genug, die äußere Realität nur abzubilden, sie muss überboten werden, und sei es, indem sie reduziert wird auf das, was sie ausmacht, ihren innersten Kern bildet.

Manche, die diesem Maler übelwollten, haben notorisch seinen Fleiß hervorgehoben, was für sie ein vergiftetes Lob war, hielten sie den Fleiß doch für einen Makel, den ein Mann von Genie nicht haben durfte. Breiter war tatsächlich fleißig; selbst wenn er abends kräftig dem Wein zugesprochen hatte, stand er am nächsten Vormittag an der Staffelei oder bei der Druckplatte der lithographischen Werkstatt. Er war fleißig, weil er seine Arbeit liebte, nicht weil er es durch vermehrten Fleiß zu größerem Wohlstand bringen wollte. Als wir einander kennenlernten, war er in seinem Metier geradezu populär. Es hat ihm Freude gemacht, Krimiserien wie »Derrick« oder »Der Alte« anzusehen und an den Wänden der Zimmer, in denen die Leichen lagen, eines seiner Gemälde zu entdecken.

Manches, das für meine Art zu arbeiten wichtig wurde, habe ich bei ihm aus der Nähe studieren können: etwa die Geduld, mit der er die Dinge betrachtete, bis sie irgendwann zu leuchten begannen; die Ausdauer, mit der er sich immer neu denselben Fragen stellte und bei seinen ureigenen Themen blieb; das Zutrauen, dass man sich der Welt gleich wo nur intensiv genug zuwenden muss, damit sie einem ihre Geheimnisse offenbare. Er war nicht mein Lehrer, ich nicht sein Schüler, er war der einzige Förderer, den ich je hatte, und mehr als diesen einen brauchte ich nicht.

## 23

Wann das mit den Büchern angefangen hat? Jedenfalls lange, bevor meine Frau und ich uns trafen und unsere kleinen Sammlungen zusammenführten, eine Art spiritueller Vereinigung nach der körperlichen. Als wir viel später diese Wohnung bezogen, waren wir sicher, dass wir nie wieder zu wenig Platz haben würden: die Kinder nicht, um auszuschwärmen, wohin es sie verlockte in diesen zwei Geschoßen mit ihren verborgenen Winkeln; wir nicht mit ihnen, die unserem Leben mit ihrem Drängen die Richtung wiesen, von der wir erst dank ihnen erkannten, dass es die unsere war. Und auch unsere Bücher nicht, die in der alten Wohnung die Regale zweireihig in Beschlag genommen hatten, sodass wir die Übersicht verloren und ihrer nicht mehr froh waren.

Nun lebten wir in hohen Räumen, wie geschaffen, dass wir die Regale an ihnen hinaufwachsen ließen, und auf doppelt so vielen Quadratmetern wie früher. Als wir eingezogen waren, trampelten die Kinder immerfort vom unteren in den oberen Stock und wieder hinunter, nachträglich kam uns vor, sie hätten sich die Wohnung angeeignet, indem sie wochenlang von einem Zimmer ins andere liefen, um irgendwo innezuhalten und für verschwörerische Stunden der Entdeckung keinen Laut hören zu lassen. Derweilen überlegten wir, wie sich die Wände am besten nutzen ließen, und als wir es erkannt hatten, bemerkten wir beglückt, wie viele Bücher wir besaßen, die bisher gedrängt verstaut gewesen waren, und wie herrlich es war, sie alle sehen und finden zu können. Sie wurden locker gereiht, mit viel Zwischenraum, und wenn neue dazukamen, mussten die anderen nicht gleich zusammenrücken.

Ich kannte viele kleine und größere Privatbibliotheken, deren Aufbau jenen, die sie zusammengetragen hatten, sinnvoll, mir aber abstrus erschien. H., ein Freund, der die seltene Art eines gutgelaunten Pedanten verkörperte, hatte seine Bücher nach dem ersten und einfachsten Prinzip geordnet, indem er sie, egal ob es sich um portugiesische Gedichte oder historische Studien zur Philosophie der Spätantike handelte, in die schlichte, doch abgründige Ordnung des Alphabets zwang. Aber wer kann sich all die Namen von Autoren merken, die wissenschaftliche Studien veröffentlichen, und wer erinnert sich sogleich, wie die isländische Erzählerin heißt, in deren Roman die Trunksucht in einer entlegenen, im Morast verkommenden Gemeinde den wahren Helden spielt? Z. hingegen ordnete die Bücher nach keinem anderen Motiv als dem ihrer Verstaubarkeit, wie sie es selber nannte, nämlich nach ihrer Größe und innerhalb dieses Ordnungsprinzips ironischerweise nach der Farbe ihrer Umschläge.

Am Versuch, seine Bücherwelt übersichtlich zu gestalten, kann man auf vielerlei Weise scheitern. Wir entschieden uns für eine, von der manche Freunde behaupteten, sie würde das Wesen der Literatur verfehlen, zu der ich mich aber

noch heute bekenne. Sieht man von all den Fach- und Sach-
büchern ab, die denselben Themen gewidmet sind und sich
daher auch nebeneinander befinden sollen, gleich wer sie
verfasst hat, legten wir an die Romane, Erzählungen, Gedichte, Essays ein anderes Maß. Wir teilten diese Bücher
nämlich nach der in intellektuellen Kreisen geradezu ge-
bannten Kategorie der Nationen auf, dort die französischen,
hier die italienischen, drüben die litauischen, niederländi-
schen und im nächsten Zimmer die polnischen, tschechi-
schen, rumänischen oder bulgarischen Autoren. Hielten wir
die Literatur denn für eine nationale Angelegenheit? Zeugt
diese Ordnung nicht vom Irrglauben, dass die Literatur sich
je in die nationale Enge fügen mochte? Natürlich spricht aus
der Literatur nicht der Geist einer Nation, sondern ein Individuum, das sich mit seinem Staat und seinen Landsleuten
durch nichts als heftige Abneigung verbunden fühlen kann;
oder dieses Individuum beschäftigt sich weder empört noch
abwägend oder begeistert mit Geschichte und Gegenwart
des Landes, das es sich ja nicht selber ausgesucht hat, sondern mit ihm wichtigeren Dingen.

Ich habe die Literatur dennoch stets für den schönsten
und interessantesten Weg gehalten, hinaus in die Welt zu
gelangen und diese in ihrer Vielfalt kennenzulernen; und
Bücher, wenn sie etwas taugen, liebe ich bis heute als Formen einer poetischen Landeserkundung im Nahen oder
Fernen, die mich Länder, auch das eigene, das Leben mir
unbekannter Menschen, die Zwänge, Eigenheiten, Schön-
heiten ihrer Gesellschaften lesend entdecken und erkennen
lassen. Dass die Menschen nicht überall nach dem gleichen
Rhythmus leben, sogar dies lehrte mich die Literatur, die mir

die wahre Geschichte der Menschheit erzählt. Im Sog der Globalisierung haben sich die Lebensverhältnisse vielenorts angenähert, aber die gleichen sind sie da wie dort dennoch nicht geworden. Dass sich die Welt nicht nur in globalen Strukturen, sondern auch nach dem besonderen Maß einzelner Länder, Regionen, Kulturen entwickelt, spricht für sie und zeichnet ihre Bewohner aus.

Selbstgegebene Regeln sind dazu da, dass man gegen sie verstoße, und so wichen wir häufig von unserer nationalen Ordnung der Bücher ab. Die englische und die amerikanische Literatur stellten wir vermischt zusammen, obwohl beide sich auf verschiedene historische und literarische Traditionen, politische Gegebenheiten, soziale Entwicklungen beziehen. Und den Zerfall Jugoslawiens wollte ich bibliothekarisch keineswegs nachvollziehen. Zwar möchte ich den Kroaten, Serben, Bosniern, Montenegrinern keineswegs vorschreiben, doch gefälligst bei der Sprache zu verharren, die früher »Serbokroatisch« genannt wurde. Unterschiede in Klang, Wortschatz, Satzmelodie, Nuancen des Ausdrucks, der berühmte eigene Stil – das alles macht die Literatur erst aus. Aber töricht ist es, die Unterschiede sprachpolitisch zu vergrößern und zu vergröbern, damit die zahllosen Gemeinsamkeiten zerstört und vergessen werden, in einem ethnischen Kampf, der nicht der Würde der eigenen Muttersprachen gilt, sondern dem nationalistischen Triumph. Den Sprachpolizisten, die den kleinsten Unterschied zur Frage nationaler Identität groß reden, ist es ein Gräuel: dass wir alle nicht von einer einzigen nationalen Kultur oder regionalen Identität geprägt werden; und dass die Sprache im Alltag wie in der Kunst nicht dazu da ist, Gruppen gegeneinander abzugrenzen, sondern dass die Menschen sich verständigen und im Wort des anderen die Welt und in ihr sich selbst entdecken können. Was die Literatur angeht, die Sprache, in der sie verfasst wird, die Nationen, die sich ihrer in dieser Sprache bewusst werden, haben wir es also selbstherrlich bald so, bald anders gehalten, wie es uns gerade passte.

Nach einer Weile fiel uns auf, dass sich die Regale im Wohnzimmer kleine Ableger in den anderen Zimmern zugelegt hatten und einer davon elegant die Treppe mit ihren achtzehn Stufen und zwei Kehren hinaufgewachsen war. Eine enorme Erweiterung, die aber nicht verhinderte, dass eines Tages trotzdem eintrat, was wir nicht mehr befürchten zu müssen geglaubt hatten: dass auch diese Regale zu wenig Platz boten und neu zugezogene Bücher sich zwischen die alteingesessenen quetschen mussten. Dann folgten die Jahre des Abschieds, denn die Kinder waren erwachsen geworden und zogen weg, wie es sich gehört, und wir waren traurig, wie es sich gehört, und fanden dennoch, dass alles richtig war, wie es geschah. Als sie ihre Zimmer geräumt hatten, war die Wohnung auf einmal viel größer. Aber sie ist darüber erschrocken und hat sogleich begonnen, wieder zu schrumpfen, und heute ist sie kleiner denn je.

Damals zählten wir zum ersten Mal nach, wie viele Bücher wir zusammengetragen hatten, und wir kamen auf rund zehntausend Bände. Was macht man, wenn einem noch knapp zwanzig Jahre bleiben, bis man das Alter erreicht haben könnte, in dem der statistische Österreicher stirbt? Ich begann es zu überschlagen: Wenn ich mich noch einmal durch meine ganze Bibliothek lesen wollte, müsste ich zwanzig Jahre lang jeweils 500 Bücher verzehren, eine Vorstellung, die mich nicht reizte. Denn beim Lesen mag ich nicht hetzen und daher überlegte ich, ob es nicht besser wäre, lieber 55 Jahre jeden zweiten Tag ein Buch auszuwählen? Am liebsten wäre mir die dritte Rechenvariante gewesen, mich nur jede Woche für ein anderes Buch entscheiden zu müssen und gemütlich lesend 200 Jahre damit zu verbringen.

Als wir bei dieser Rechnung angekommen waren und in den Abgrund blickten, fassten wir eine radikalen Plan: die Bibliothek zu sichten und jene Bücher aus ihr zu entfernen, von denen wir wussten, dass wir sie ohnedies niemals wieder lesen würden. Freilich, von welchem Buch kann man das mit Gewissheit voraussagen? Dennoch hatte die Idee, unsere Bibliothek zu verschlanken und so den Gedanken der existentiellen Vergeblichkeit aus der Wohnung zu verscheuchen, ihren Reiz. Wir verbrachten anregende und melancholische Wochen damit, bald hier, bald dort Bücher herauszunehmen, prüfend durchzublättern und dann auf die rasch sich türmenden Stapel zu legen, von denen wir nach und nach einige Hundert Kilo auf Flohmärkte brachten. So trennten wir uns von fast zweitausend Büchern, und wir würden mit Sichtung und Verdichtung der Bibliothek fortgefahren haben, bis wir sie auf nicht einmal die Hälfte ihres Umfangs verbessert hätten. Aber da kam etwas dazwischen, mit dem wir nicht gerechnet hatten.

Anfangs war es uns nicht aufgefallen. Wir waren es gewohnt, dass Besucher mit anerkennendem Staunen die Bücherwände von rechts nach links und hinauf und hinunter betrachteten. Die meisten von ihnen fragten, wie diese Bibliothek entstanden sei, und viele nahmen die Buchreihen in genaueren Augenschein, lasen da und dort den Titel eines

Buches vor, zogen es aus dem Regal und hielten es in den Händen, als überlegten sie, was sie damit machen sollten, um uns zu erfreuen. Die Büchersammlung war nie unser Stolz, Leser, die das glauben, habe ich, ohne es zu beabsichtigen, in die Irre geführt, aber sie war fast immer das Erste, über das die Leute, die zum ersten Mal hier waren, mit uns zu sprechen begannen. Wir waren das gewohnt, darum merkten wir anfangs nicht, dass sich ihr Verhalten zu verändern begonnen hatte. Aber es war so, und nach und nach fiel uns auf, dass den Büchern und uns nicht mehr jene Achtung entgegengebracht wurde, die man Büchern und Büchermenschen seit unserer Jugend entgegenzubringen pflegte. Den einen war diese Anhäufung von bedrucktem und gebundenem Papier offenbar gleichgültig, bei anderen entdeckten wir, dass in ihrem Lächeln eine spöttische Nachsicht lag, als würde es sich bei uns um eine Familie handeln, die es verdiente, dass man über ihre Krankheit zum Buche hinwegsehe, ja, für sie, die sich in einer zwar selbstverschuldeten, aber doch bedauernswerten Lage befand, sogar ein wenig Mitgefühl empfinde. Und dann gab es noch die Dreisten und Rohen, die bereits in eine andere Epoche übersiedelt waren als jene, die wir bewohnten. Unter ihnen schien es manche nachgerade zu stören, in unsere Bücherwelt geraten zu sein, nicht anders, als wenn sie genötigt worden wären, eine Trophäensammlung mit Hirschgeweihen zu bewundern oder in einen Partykeller mit politisch bedenklichen Devotionalien hinabzusteigen. Sie standen inmitten von Bücherwänden, die sie mit Missbehagen oder Unwillen betrachteten, als wären es die Bücher, die gegen uns sprächen und uns zu Menschen machten, die nicht ganz ernst zu nehmen waren, weil sie arrogant und dumm an totem Zeug hingen, deren Zukunft das Museum der abgelebten Kulturgüter sein würde.

Damals erzählte E., ein befreundeter Schriftsteller, der sich oft in Lateinamerika aufgehalten und in einigen seiner mit skrupulösem Fleiß recherchierten Bücher von den sozialen und politischen Kämpfen in diesen Ländern berichtet hatte, von jenem berühmten Übersetzer, der eben hundert Jahre alt geworden war und seine immense Bibliothek einer Stiftung, einer öffentlichen Bildungseinrichtung vermachen wollte. Dieser vortreffliche Mann hatte viele Jahre in Spanien und in Lateinamerika gelebt, den Boom, den die lateinamerikanische Literatur seit den späten sechziger Jahren weltweit erlebte, im deutschen Sprachraum angestoßen und es auf 30 000 Erstausgaben von zwei, drei Generationen spanischer und lateinamerikanischer Autoren und Autorinnen gebracht. Noch munter bei seiner Sache, war ihm gleichwohl nicht entgangen, dass die Tage gezählt waren, die ihm noch beschieden sein würden, und es an der Zeit sei, seiner einzigartigen Sammlung eine neue Heimstatt zu sichern. Dreißig Jahre vorher hätten sich die Bibliotheken renommierter Universitäten darum gestritten, sie zu erstehen. Jetzt aber musste der legendäre Übersetzer das Unerhörte erfahren: dass sich niemand finden ließ, der seine Sammlung haben wollte. Experten aus der Generation seiner Enkel, wenn er denn welche hatte, kamen in seine Wohnung, begutachteten jedes Buch, das er in Buenos Aires oder Bogota von später berühmt gewordenen Autoren erworben oder geschenkt bekommen hatte, erstellten Listen und erteilten dann ihren Bescheid: Die einen wollten für ihre Institutsbibliothek

900 der 30 000 Bände haben, die anderen zeigten sich großzügiger und bereit, dem Übersetzer gleich 2100 abzunehmen. Aber mit seiner ganzen Bibliothek als Lebenswerk wollte sich keiner belasten. Kein Platz in den universitären, kommunalen, staatlichen Bibliotheken, in den Instituten der Forschung oder Volksbildung. E. erzählte uns davon, als noch nicht klar war, wie die Geschichte ausging, und ich habe es auch nie erfahren, allerdings ein paar Jahre später in der Zeitung gelesen, dass der berühmte Übersetzer, der keinen fand, dem er seine Bücher schenken durfte, gestorben war.

Wir fragten uns, was es heutzutage bedeutete, nicht nur etliche Bücher, sondern eine Bibliothek zu besitzen, die sich über die Jahre als Ausdruck unserer Persönlichkeiten entwickelt hatte und in der sich unser Leben selbst spiegelte. Wir waren damals gerade erst über die Mitte unserer Jahre hinaus, aber ahnten zum ersten Mal, dass wir Kinder einer Epoche waren, die zu Ende ging, nicht gerade mit uns als den edlen Mohikanern, die stolz den eigenen Untergang einem Leben in Unfreiheit oder im Bücherschwund vorzogen. Wir begehrten nicht den Ruhm, die Letzen zu sein, aber verspürten die Bitternis vorangegangener Generationen, dass Dinge, die in ihrem Leben wichtig waren, für die Nachkommenden unbedeutend wurden. Und nach der Bitternis, der wir als Geschöpfe der Heiterkeit keine Macht über uns einräumen wollten, wuchs in uns die trotzige Lust, uns weiter zu dem zu bekennen, was wir all die Jahre als Ermutigung und Trost und Freude empfunden hatten. Die Bücher verlieren an Ansehen? Nun, bei uns werden sie darin unangefochten bleiben. Bücher, die wir nicht noch einmal lesen werden, einfach entsorgen? Nein, wir werden keines mehr wegwerfen und die neuen, die dazukommen, herzlich bei uns begrüßen. Die Leute schätzen keine Büchersammlungen mehr? Nun, wir schätzen solche Leute nicht, Eintritt wird ihnen bei uns nicht mehr gestattet. Seither herrscht in unseren Räumen keine Endzeit, hier retten wir die Zukunft vor denen, die ihr verfallen sind.

## 24

Gegenüber der Wohnungstür liegt jenes würfelartige Zimmer, das einst als Vorratskammer oder Kabinett des Hausmädchens gedient haben mag. Ab seinem elften Geburtstag hat es unser Sohn bewohnt, der den Nachteil, dass es klein war, gerne für den Vorteil in Kauf nahm, dass es gleichsam noch außerhalb der Wohnung lag und ihm schon früh jene Unbeaufsichtigtheit gewährte, die Heranwachsende als Erstes mit Freiheit identifizieren. Je höher er die Oberstufe des Gymnasiums erklomm, desto mehr genossen wir es, nicht immer zu wissen, was er trieb oder ob er schon nach Hause gekommen war, ein Glück, das die familiäre Eintracht stärkte und auf dem Privileg gründete, eine geräumige Wohnung zu besitzen.

Schon bald nach der Matura ist er ausgezogen, und als er mit Freunden sein Zimmer ausräumte, ließ er nur das eigens für diesen Raum konstruierte Hochbett, unter dem sein Schreibtisch gestanden war, und eine wackelige Kommode zurück, in deren Lade ich ein angebrochenes Päckchen Zigaretten der Marke Camel und ein billiges blaues Feuerzeug fand. Ich schaute der munteren Gruppe vom Fenster aus zu, wie sie den geliehenen Lieferwagen belud, und als mein Sohn mir zum Abschied strahlend zuwinkte, einstieg und davonfuhr, nahm ich aus dem Päckchen eine Zigarette und zündete sie mir an. An einem Tag vor neunzehn Jahren hatte ich, als er zur Welt kam, mit dem Rauchen aufgehört; jetzt war die Zeit gekommen, in der ich mich an diesen Pakt, den ich mit mir als dem guten Vater geschlossen hatte, der ich werden wollte, nicht länger halten musste. Ich rauchte, und gleich bei den ersten Zügen begannen meine Hände zu zittern, Schwindel befiel mich, und der Schweiß lief mir die Oberarme hinab. Ich stand im leeren Zimmer, kehrte auf dem zerkratzten Holzboden die Papierschnitzel, Nägel, Plastikstücke, zerbrochenen Bleistifte zusammen, verspürte die Bedeutung dieses Tages wuchtig in mir pochen, holte aus der Küche einen Stuhl, auf dem ich binnen zwei Stunden das Päckchen bis zur letzten Zigarette zum Fenster hinaus rauchte, während ich in den Kringeln des Rauchs die Schwaden der Vergänglichkeit zu sehen versuchte. Denn natürlich war mir bewusst, dass es für uns alle sprach, wenn er selbstbewusst und neugierig hinausziehen und nicht bei den Eltern picken bleiben wollte, aber natürlich machte es mich dennoch schwermütig, dass nun das Unausweichliche, das unausweichlich Richtige geschah.

Drei Wochen später war der Tischler W. bei uns, der zuerst sachkundig das Stockbett, das er vor acht Jahren errichtet hatte, zerlegte und dann gemeinsam mit mir erwog, wie man den Würfel am raffiniertesten mit Regalen bestücken konnte. Er freute sich, dass ich ihm das Nachdenken erleichterte, indem ich ihn rauchen ließ und selbst eine Zigarette von ihm schnorrte, denn in den Jahren davor hatte ich ihn zum Rauchen stets unnachgiebig in den Garten geschickt, um mich gegenüber dem Sohn, der mit einigen Gefährten das Rauchen früh auf dem Gymnasium erlernt hatte, pädagogisch als vorbildlicher Nichtraucher zu erweisen. Als das Regalsystem stand, entschied ich mich, aus dem Zimmer meine slawische Kammer zu machen, indem ich in die Mitte einen Lehnstuhl und ein Tischchen zur Ablage stellte und all die Übersetzungen polnischer und tschechischer, ukrainischer und russischer, sorbischer und mazedonischer Werke hierher übersiedelte. Großzügig schlug ich die ungarischen, albanischen, griechischen Autorinnen und Autoren den Slawen zu, eine Bemächtigung, die vielen von diesen als Frevel erschienen wäre, trachteten sie oft doch geradezu panisch danach, nur ja nicht für Slawen gehalten zu werden; wobei es nicht jeder so weit trieb wie der große, auch in seinem Dünkel große albanische Erzähler Ismail Kadare, der mitten in der Krise, die in den verheerenden Krieg um den Kosovo führte, von einer eigenen albanischen Rasse schwadronierte, deren stolzeste und vermutlich einzige Eigenschaft es war, nicht dem verdammten Slawentum zuzugehören.

Als ich die Bücher aus den verschiedenen Zimmern herbeigeschafft und sie in die mir angemessene Ordnung gebracht hatte, setzte ich mich auf den Stuhl, und weil ich nicht wusste, was ich in diesem Raum eigentlich machen sollte, außer Bücher anzuschauen, zündete ich mir eine Zigarette an, gewissermaßen aus Verlegenheit mir selbst gegenüber. Im selben Jahr war ich einem anderen ratlosen Raucher begegnet. Ich hatte ein paar Tage in Oslo verbracht und war an einem regnerischen Tag vom Bahnhof über einige arabisch anmutende Straßenzüge mit Dutzenden Frisörsalons und

Läden von Zuckerbäckern, die ihre Süßigkeiten zu kleinen Moscheen auftürmten, zum Munch-Museum gegangen. In Norwegen wurde damals heftig darüber debattiert, ob es der Nation würdig sei, ihrem größten Künstler in einem so schäbig gewordenen Kasten zu huldigen. Das Museum war mit einem ausgeklügelten System von Sicherheitsschleusen ausgerüstet, doch war man einmal durch diese gelangt, befand man sich in einem sensationell grindigen Gebäude, dessen Garderobe im Keller wie ein Treff von Junkies wirkte. Im zweiten Ausstellungsraum hing unter dem Gemälde, das Munch vom mürrischen Henrik Ibsen gemalt hatte, das Porträt eines Mannes mit ungesund bleicher Gesichtsfarbe, farblosen braunen Haaren, einem ebensolchen Vollbart, verschreckt aufgerissenen Augen und einer an der Unterlippe klebenden Zigarette.

Das Porträt faszinierte mich mehr als jenes berühmte des berühmten Ibsen, und aus dem Titel erfuhr ich zu meiner Überraschung, dass es sich bei dem Mann um den polnischen Schriftsteller Stanisław Przybyszewski handelte, von dem ich einige Jahre vorher ein faszinierendes, wiewohl überspanntes Buch rezensiert hatte. Der 1926 verstorbene Autor war, als ihn ein findiger Kleinverleger 75 Jahre später für den deutschen Sprachraum wiederentdeckte, auch in seiner Heimat fast vergessen, und vielleicht wird von ihm wenig mehr bleiben, als dass ihn der größte skandinavische Künstler gezeichnet und als dem größten skandinavischen Dichter für ebenbürtig gehalten hatte.

Ich schaute mich in der eben erst eingerichteten slawischen Kammer um und fand das rote Buch, »De profundis«, an der richtigen Stelle in der Reihe der polnischen Dichter.

Wieder einmal war ich froh, dass ich meine Bibliothek nicht als Galerie jener Meisterwerke eingerichtet hatte, denen ewige Gültigkeit zugemessen wurde, sondern dass sie auch Bücher von Autoren enthielt, die auf halbem Wege stecken geblieben oder in die Irre gegangen waren, in deren Scheitern ich aber eine Leidenschaft entdeckte, die mir manch vollendet gelungenem Werk abzugehen schien. Przybyszewski war um 1900 eine europäische Berühmtheit gewesen. Wo immer er auftrat, ob in Berlin oder Krakau, scharten sich Jünger um ihn, die in seinen kulturphilosophischen Versuchen den eigenen Drang geadelt fanden, aus dem Zwang von Konvention und Spießeralltag auszubrechen. Przybyszewskis Revolte, wie er sie als Bürgerschreck in einer Handvoll skandalträchtiger Bücher ästhetisch überhöhte, war denkbar widersprüchlich: Übermenschentum und Sozialismus, Frauenverachtung und Libertinage, Satanismus und katholisches Dogma, aristokratische Attitüde und umstürzlerisches Pathos waren ihr beigemengt und ergaben ein seltsames Gebräu. Seine Verehrer waren davon überzeugt, dies wäre der Explosivstoff, mit dem sich das festgefügte Gebäude der bürgerlichen Moral sprengen lassen werde.

Przybyszewski, den Munch mehrfach porträtierte, auch auf seinem berühmten Gemälde »Eifersucht«, schwankte von Buch zu Buch, ob er seinen historischen Auftritt als Dandy oder als Revolutionär anlegen, den Untergang der alten Welt noch ein wenig genießen oder gleich als Märtyrer der neuen tätig werden solle, und diese Unsicherheit war nicht gespielt. Munch hatte keinen Hochstapler porträtiert, sondern einen Menschen, der getrieben war von dem Verlangen, aufzubegehren, aber nirgendwo jenen Punkt fand, von dem aus ihm klar hätte werden können, wogegen er mit welchen Mitteln zu welchem Ziele aufbegehren sollte. Auch den Erzählband »De profundis«, in dem ich mich jetzt auf die Spuren meiner eigenen, mit Randnotizen, Unterstreichungen, Rufzeichen kommentierten Lektüre begab, war von diesem ausweglosen Widerspruch bestimmt: dass hier einer am liebsten der ganzen Welt den Krieg erklärt hätte, aber nicht recht wusste, warum sie das eigentlich verdiente. Der Prophet der Revolte – ratlos! Nicht weil er darüber verzweifelte, wie er seiner Revolution zum historischen Sieg verhelfen könnte, sondern weil er keine Ahnung hatte, was sie eigentlich bewirken sollte. Vehement attackierte Przybyszewski die bürgerliche Saturiertheit, doch dass er, der dafür zwei Jahrzehnte lang geradezu populär war, dies als einsamheroischen Akt inszenierte, lässt sein Aufbegehren heute abgeschmackt erscheinen.

Der ziellose Aktivismus, den er verfocht, hat sich historisch als unheilvoll erwiesen: Eine ganze Generation ist 1914 mit Hurra in das große Völkerschlachten ausgeritten, weil sie den biederen Frieden, die Mediokrität der Epoche nicht mehr ertragen zu können glaubte und ihr alles lieber war, und sei es der eigene Untergang, als das langweilige Leben in den geordneten Bahnen weiterzuführen. Und die rabiate, doch ziellose Kritik ist heute zur Domäne der Rattenfänger geworden. Wo alle anderen, die ihre politischen und ökonomischen Interessen verfechten, sich als vernünftig und selbstbeherrscht, abwägend und bescheiden auszugeben trachten, dort werden ausgerechnet die Wütenden mit ihrer unverhohlenen Lust an der Überschreitung für ehrlich gehalten. Und weil sie das Niveau der Zivilisation, das zu erreichen auch mit dem Leid der Selbstzügelung bezahlt wird, methodisch unterbieten und gegen Konventionen des Geschmacks, Gesprächs, Verhaltens verstoßen, gelten sie gar für Rebellen.

Der Begriff selbst hat in den letzten Jahren eine kuriose Wandlung erfahren. Als ich auf das Gymnasium ging, wurde denen, die sich nicht ohne Gegenwehr schurigeln ließen, von den autoritären unter den Lehrpersonen vorgehalten, Rebellen zu sein. Das Wort wurde mehr ausgespuckt als ausgesprochen, und da wir die verachteten, die das taten, nahmen wir ihre Anklage als Auszeichnung. Wir ahnten nicht, wie rasch wir im Krieg der Wörter gesiegt haben würden, und schon gar nicht, wie teuer uns dieser Sieg kam. Und doch, die gestern noch selbstherrlich als donnernde Ankläger aufgetreten waren, erwiesen sich schon bald als kümmerliche Jammerer, die noch ein wenig greinten und dann vergrämt von der Bühne abtraten. Wer folgte ihnen? Biedermänner, die keine mehr sein, sondern von der Obrigkeit als Rebellen approbiert werden wollten! So wurde dem Rebellischen das Rebellische ausgetrieben, bis sich auf den Kongressen der Konformisten lauter Rebellen tummelten. Heute ist der Rebell ein Käse, den ich im Supermarkt ums Eck einkaufe, und er heißt, wie er früher niemals hätte heißen können, nämlich »Der Alpenrebell«.

## 25

Sechs Monate in Afrika hatten meine Tochter überzeugt, dass den Afrikanern am meisten geholfen wäre, wenn sie von den Europäern in Ruhe gelassen würden; sogar von Europäerinnen, die wie sie nach Afrika gingen, um unentgeltliche Sozialarbeit zu leisten. Unmittelbar nach der Matura überraschte sie uns mit der Nachricht, dass sie in einem Monat nach Ghana fliegen werde, dort in einer Siedlung unweit der Hauptstadt Accra arbeiten wolle und wir, sofern wir ihr zum Schulabschluss etwas schenken wollten, die teuren Impfungen übernehmen durften, denen sie sich bei einem Tropenmediziner unterzog. Dann war sie weg, und ein halbes Jahr lang warteten wir unablässig auf den Klingelton, mit dem alle drei, vier Tage eine SMS von ihr eintraf, denn wir brauchen unsere Kinder ja, weil nur sie uns die Sorgen nehmen können, die wir uns um sie machen. Langte eine Nachricht von ihr ein, nahm ich die digitale Aufrüstung der Welt dankbar als humane Errungenschaft, die es den Generationen erleichterte, miteinander in Verbindung zu bleiben. Weder vorher noch nachher standen die neuen Kommunikationsmittel bei mir in so hohem Ansehen wie damals. Aus Ghana, wo es zu Weihnachten nur wenig unter dreißig Grad hatte, kehrte sie in den kältesten Winter seit langem nach Salzburg zurück, blieb aber nur zwei Wochen bei uns, dann zog sie nach Wien, um dort nicht Afrikanistik zu studieren, was sie vorher in Erwägung gezogen hatte, sondern Jus, weil ihr in Afrika klar geworden war, dass es der bei uns oft geringgeschätzte Rechtsstaat ist, der den afrikanischen Ländern am meisten fehlt. Das ist jetzt zehn Jahre her, aber ihr zitronengelb ausgemaltes Zimmer unter dem Dach, mit seiner sich spitz nach oben verjüngenden Decke, haben wir belassen, wie es war; kommt sie auf ein paar Tage nach Salzburg zurück, soll sie nicht das Gefühl haben, in einem Gästezimmer nächtigen zu müssen, sondern zu Hause zu sein.

Deswegen finden sich in ihrem Zimmer viele Dinge, die von unseren ersten Jahren in dieser Wohnung zeugen und sich sonst nirgends erhalten haben – Kassetten mit Hörspielen für Kinder, allerlei Mitbringsel von Reisen, kleine Geschenke von Gästen, die Bücher von Christine Nöstlinger oder Astrid Lindgren, von denen wir bei dem Roman »Bruder Löwenherz«, je öfter wir das erste Kapitel lasen, umso zuverlässiger mit den Tränen kämpfen mussten. Unter ihren Büchern stehen auch die Novellen und Romane, die ich ihr vorlas, wenn sie krank war und nicht zur Schule konnte. An solchen Tagen erhob sie Anspruch auf echte Lektüreexzesse, und man möge mich nicht für kaltherzig halten, wenn ich es zu den größten Vergnügungen meines Lebens als Vater rechne, der von einer Angina niedergeworfenen Tochter am ersten Fiebertag »Aquis submersus« von Theodor Storm und am zweiten »Brigitta« von Adalbert Stifter vorgelesen zu haben, bis ich selbst nur mehr krächzen konnte.

Von ihrem Zimmer im oberen Stock hat man den schönsten und hässlichsten Ausblick der Wohnung. Das Fenster schaut nach Osten, wo hinter dem Felsen des Mönchsbergs morgens die Sonne sichtbar wird; zu beobachten, wie sich die Farben der Felswand im Laufe des Tages und des Jahres ändern, wie aus dem kahlen und knöchernen Winterberg der Frühlingsberg wird, der im Mai dicht mit mehreren, im Wind sich wunderbar voneinander abhebenden Schichten aus hellem und dunklerem Baumgrün bewachsen ist, das beglückt durch die Vielfalt und die Intensität der Veränderung immer aufs Neue.

Nach rechts aber fällt der Blick auf ein Haus, das mit seiner eher modischen denn modernen Architektur vor ein paar Jahren in einem kommerziellen Frontalangriff mitten in diese Wohngegend hereingesetzt wurde, damit es mit seinen zahlreichen Airbnb-Apartments möglichst rasch möglichst hohe Rendite abwerfe. In Salzburg ist für viele Familien kein Wohnraum vorhanden, den sie sich leisten können, aber die Stadt leistet es sich, einen Wohnungsschwund zu akzeptieren, der planmäßig herbeigeführt wird, indem wohlhabende und wohlangesehene Bürger der Stadt alten Hausbestand aufkaufen und diesen, keinerlei Gesetzen verpflichtet und frei von Skrupeln, in Apartments zerlegen, die sich das ganze Jahr an Touristen vermieten lassen. Gegen diese, die es sich ein paar Tage in einer wohnungsähnlichen Unterkunft gutgehen lassen wollen, hege ich keinerlei Ressentiment, wohl aber empfinde ich eine heftige, in ihrer Heftigkeit mir selbst verdächtige Verachtung jener, die so ihre Geschäfte treiben und ihr Treiben damit rechtfertigen, dass die Stadt schließlich nicht verbiete, was sie machten. Es blieb mir nicht erspart, in den vergangenen Jahren einigen Leuten zu begegnen, die der Stadt und ihren Bewohnern Wohnraum zum Zwecke dieser einträglichen Nutzung entziehen, und sie ähnelten einander darin, dass sie sich selbst für schlau und alle, die nicht gleich ihnen im gerissenen Geldvermehren ihren höchsten Daseinszweck erblickten, für dumm hielten. Nicht, dass die Gegend vorher die reine Idylle geboten hätte, aber mit diesem zur touristischen Massenhaltung errichteten Haus stampfte das rohe Profitstreben, das bisher immerhin kein Aufhebens von sich zu machen versuchte, geradezu selbstherrlich auf, als wolle es bekräftigen, seine Herrschaft auch hier ein für alle Mal angetreten zu haben.

Wäre unsere Wohnung ein Themenhotel, würde dieses vielleicht als afrikanisches Zimmer firmieren, weil es mit vielen Erinnerungsstücken aus Afrika ausgestattet ist, mit Masken, Fotografien, Ketten, und eine kleine literarische und politische Afrika-Bibliothek enthält, die von meiner Tochter stammt. Eine Mappe, die ich einst anlegte, liegt auf ihrem verwaisten Schreibtisch, als warte sie darauf, dass wir eines Tages gemeinsam ein Projekt aufnehmen, mit dem ich mich allein längst nicht mehr beschäftige. Auf meinen Wanderungen durch den Salzburger Kommunalfriedhof war ich oft an einem auffälligen Grabmal vorbeigekommen, auf dessen hohem, einstmals weißem Stein das Relief eines jungen Mannes zu sehen war, des 1899 verstorbenen Afrikaforschers Oscar Baumann, dessen Blick sich kühn in eine ewige Ferne zu richten schien. Ich hatte mich nie gefragt, was es mit dem monumentalen Grab und diesem Mann auf sich hatte, erst als meine Tochter ihr Afrika ins Haus brachte, erwachte mein Interesse, sodass ich nach meiner Art begann, ein paar Informationen über diesen Mann mit seinem erstaunlichen Lebensweg zusammenzutragen.

Baumann war gerade neunzehn Jahre alt, als er auf den Balkan aufbrach, Montenegro und Albanien zu Fuß erkundete und einige Gebirgsgegenden erstmals kartographisch erschloss. Zwei Jahre später befand er sich bereits im Tross einer österreichischen Expedition, die von der Kongomündung bis zum Ozean führte, während der er zum ersten

Mal von einer Tropenkrankheit niedergeworfen wurde. Die Abenteurer, die auf eigene Faust ins Unbekannte zogen, haben immer schon den Geschäftemachern den Weg bereitet, und auf den Routen, die sie durch unerschlossenes Gelände schlugen, zogen wenig später schwerbewaffnete militärische Trupps, und in deren Gefolge die Plünderer. Auch Baumann stand manchmal in Diensten einer Gesellschaft, die Kartographen und Abenteurer vorausschickte, um dann mit Massakern ihre kolonialen Raubtümer zum staatlichen Wirtschaftsgebilde »Deutsch-Ostafrika« auszubauen, aber mit dieser Rolle war er offenbar nicht zufrieden. Je öfter er nach Afrika kam, wo er als erster Europäer ins Gebiet des heutigen Ruanda vorstieß, die Massai-Steppe durchquerte, die unbekannte Nilquelle entdeckt zu haben glaubte, umso mehr scheint er die Einheimischen nicht nach dem Maß der Europäer wahrgenommen zu haben. Das ging so weit, dass jene, die auf seinen Spuren in Afrika unterwegs waren, um es zu unterjochen, ihn für verrückt erklärten, weil er sein europäisches Herrentum vergessen und sich gleichsam selbst afrikanisiert hatte, ein zuerst bewunderter, dann mit Misstrauen und Missgunst betrachteter Mann, der als österreichisch-ungarischer Konsul in Sansibar mit einer afrikanisch-arabischen Frau auf eheähnliche Weise zusammenlebte und sich um feudale Etikette wie bürgerlichen Dünkel gar nicht scherte. In Sansibar lähmte eine tropische Infektionskrankheit seine Glieder, gerade noch, dass er die beschwerliche Heimreise nach Österreich überlebte, wo er mit 35 Jahren starb.

Von der gleichen Leidenschaft getrieben und einem ähnlich rätselhaften Talent geprägt war Baumanns neun Jahre jüngerer Landsmann Friedrich Julius Bieber. Niemand wusste, woher der Sohn aus einfachem Haus, der das Gymnasium nach dem frühen Tod seines Vaters verlassen musste und eine Schusterlehre begann, die Neugier und Kraft bezog, sich mit siebzehn auf eine Fußreise nach Triest zu begeben, im Jahr darauf Istanbul zu besuchen und mit neunzehn Jahren nach Eritrea aufzubrechen. Begleitet von einem befreundeten Kaufmann, war er ein Jahrzehnt später in Äthiopien unterwegs, wo er die diplomatischen Verbindungen zwischen dem Kaiserhaus in Addis Abeba und dem in Wien vorbereitete. Ohne dass er je universitäre Studien betrieben hätte, wurde der Schusterbub zum bedeutendsten Erforscher des untergegangenen Reiches der Kaffa, über das er ein zweibändiges Werk veröffentlichte, das Ethnologen noch heute rühmen, weil es die von den Kaffitscho nur mündlich überlieferte Geschichte ihres Volkes schriftlich festhielt und so nicht nur für die europäische Forschung, sondern auch für diese selber rettete. Hochangesehen bei europäischen Afrika-Forschern, in Äthiopien geradezu verehrt, hatte Bieber gleichwohl Schwierigkeiten, weitere Reisen nach Afrika zu finanzieren, er blieb deswegen in seinen letzten Jahren in Wien und widmete seine Kräfte der Ausarbeitung seiner afrikanischen Studien und dem Aufbau der sozialdemokratischen »Kinderfreunde«.

Was mich an Baumann und Bieber und einigen anderen, deren Wege aus Österreich ins Innere Afrikas führten, interessierte, das war, recht besehen, nicht Afrika, sondern – Österreich. Fasziniert war ich nicht von jener grandiosen Kultur der Kaffa, die Bieber mit Respekt und Kenntnis beschrieb, sondern von ihm, dem Österreicher aus bescheidenen Verhältnissen, der sich aus der Wiener Vorstadt auf einen Weg machte, der ihn bis an den Hof des Kaisers Melenik in Addis Abeba führte. Nicht »Usamabara und seine Nachbargebiete«, wie ein Buch von Baumann heißt, weckten meine Neugier, sondern die Persönlichkeit jenes Österreichers, der nach Afrika ging, um dort als Afrikaner zu leben, und nach Österreich zurückkehrte, um zu sterben. Mein Interesse war also nichts als euro-, nein, austrozentrisch, aber daran ist, wenn man es weiß und nicht als Afrophilie ausgibt, ja nichts zu bemäkeln und zu kritisieren.

## 26

Es ist ein allerletzter Moment des Lebens, der hier fotografisch festgehalten wurde. Das Bild zeigt einen kleingewachsenen Mann mit knabenhaften Zügen, auf dem Kopf trägt er die Kappe des Partisanen, sein Körper steckt in einem Hemd aus grobem Stoff, einer klobigen Jacke und weiten Hosen. Die beiden Arme hat er in die Luft gereckt, so weit sie nur reichen, die Hände fest zu Fäusten geballt. Er ruft etwas, mit voller Kraft der Kehle, er schreit es hinaus in die Ewigkeit dieser Sekunde vor seinem Tod. Er steht auf einer hölzernen Bank, die gleich umgestoßen werden wird, und hat einen Strick um den Hals. In seinem Gesicht zeichnen sich weder Furcht noch das resignierte Sichergeben in das Unvermeidliche ab, sondern am ehesten ein rätselhaftes wie unanfechtbares Selbstbewusstsein. Soldaten der SS und der Ustascha sind ein paar Schritte hinter dem Galgen versammelt und schauen neugierig zu dem Mann hinauf, sie grinsen nicht, wie sie es sonst oft taten, wenn Menschen vor ihnen, von ihnen ermordet wurden, sie wirken aber auch nicht abgestumpft und desinteressiert. Wer mag das Bild aufgenommen haben? Ein Fotograf der Wehrmacht, der den Kriegszug auf dem Balkan zu dokumentieren hatte, oder ein Einheimischer, der insgeheim mit den Partisanen sympathisierte und Zeugnis vom Sterben eines todesmutigen Menschen geben wollte, der sich über die Zuschauer in unerschütterlicher Zuversicht erhebt?

Der Mann auf dem Block heißt Stjepan Filipović, und er ruft: »Smrt fašizmu, sloboda narodu!« Tod dem Faschismus, Freiheit dem Volk! Er ist 26 Jahre alt, an diesem 22. Mai 1942, an dem er hingerichtet wird. Das Bild vom letzten Augenblick des jugoslawischen Partisanen, der trotz seiner Jugend eine eigene Einheit kommandierte und im Februar 1942 in deutsche Gefangenschaft geriet, zählt zu den Ikonen des 20. Jahrhunderts. Es ist in Jugoslawien tausendfach in Schulbüchern und Bildbänden reproduziert worden, denn Filipović wurde nach 1945 zu einer legendären Gestalt des Volksbefreiungskampfes. Im sozialistischen Jugoslawien waren Schulen, Lehrlingsheime, Vereine nach ihm benannt, zwei monumentale Denkmäler wurden ihm zu Ehren errichtet, auf denen er in Überlebensgröße in derselben Haltung wie auf dem Foto zu sehen ist: die Arme hochgestreckt, die Fäuste geballt, den Mund zum Schrei geöffnet. Das eine Denkmal steht in Valjevo, einer Industriestadt in Zentralserbien, wo er gehenkt wurde, das andere stand im dalmatinischen Opuzen, wo er geboren wurde, einem Städtchen am Fluss Neretva, dessen Delta sich zehn Kilometer weiter in die Adria ergießt.

Mir waren das Bild und seine Geschichte, Stjepan Filipović und sein Schicksal, unbekannt, als ich im Mai 2013 ein T-Shirt zum Geschenk erhielt, das mit diesem Bildnis bedruckt war. Eine Gruppe junger kroatischer Intellektueller hatte mich zum »Subversive Festival« nach Zagreb eingeladen, einer großen, in verschiedene Sektionen aufgeteilten Veranstaltung, bei der ich die Zeit zwischen meinen Auftritten damit zubrachte, herumzustreunen und die historischen Schichten der Stadt, in der die Straßen und Plätze mit jedem Wechsel der Regime, also alle paar Jahrzehnte, umbenannt wurden, zu studieren. Die munteren Soziologinnen, Radiomacher, Künstlerinnen, Lebenskünstler, Gelehrten, die zum Festival luden, waren mit organisatorischem Geschick und fröhlichem Aktivismus bei der Sache. Ihre rigorose Kritik galt dem Neoliberalismus gleich wie dem alten Kommunismus der Bürokraten, und sie debattierten darüber, wie sich die politischen und sozialen Dinge so entwickeln ließen, dass die Menschen ihre Ohnmacht nicht als naturgegeben akzeptierten, sondern ihre eigenen Anliegen in ihre eigenen Hände nähmen. Diese in ihrem Aufbegehren ideologisch bewanderten, aber gänzlich undogmatischen jungen Leute hatten jeden der hundert Teilnehmer des Festivals mit einem weißen T-Shirt willkommen geheißen, auf dem jenes berühmte Bild aufgedruckt war. Es handelte sich um ein Erinnerungsstück im doppelten Sinne: Es sollte an einen Mann erinnern, der für die Befreiung des Balkans mit dem Leben bezahlt hatte, und es sollte die bald wieder in alle Richtungen zerstreuten Teilnehmer des Kongresses daran erinnern, dass es in Kroatien, in Zagreb junge Leute gab, denen historisches Gedächtnis und soziale Gerechtigkeit etwas galten.

Der Kulturindustrie taugt alles zum Dekor. Auf modische Zeitgenossenschaft gestylte Damen in den besten Jahren tragen Blusen, auf denen ein güldener Totenkopf appliziert ist, ohne dass sie deswegen mitten im Leben an den Tod gemahnen wollten, junge Biedermänner gehen mit dem Porträt Che Guevaras spazieren und kämen nie auf die Idee, man könnte sie deswegen für Kommunisten halten, und ob Einstein oder Frankenstein, sie werden nicht mit Genie oder Wahnsinn identifiziert, sondern nur als beliebige bekannte Gesichter, die man auf seiner Kleidung heute eben von hier nach dort trägt. Held, Despot, Wohltäter, Dummkopf, Denker, Bösewicht – in Italien können sich die Touristen, ehe sie in den Norden zurückkehren, ein besonderes Souvenir besorgen, Weinflaschen, die wahlweise Mussolini, Stalin, Hitler, Gandhi, den Dalai Lama auf dem Etikett haben.

Ich bin gegen Kleidung allergisch, die eine besondere Gesinnung ausdrücken soll, gleich ob es sich um die Uniformen einer Religion, Klasse oder der Wellness handelt. Vor jener Kleidung aber, die für die Gesinnungslosigkeit Propaganda macht, hege ich eine regelrechte Abscheu. Die mit dem Konterfei von Massenmördern wie Heiligen, mit klugen Zitaten und dummen Sprüchen bestückten Hemden, Jacken, T-Shirts huldigen nach dem Ende der Ideologien jener letzten Ideologie, dass ohnedies alles eins sei, gleich viel gelte, nichts bedeute und nur darauf verweise, dass es nichts auf der Welt geben dürfe, das nicht zur Ware wird. Das T-Shirt, das ich in Zagreb zum Geschenk erhielt, war allerdings keine solche Ware, es wurde nicht für den Markt hergestellt, sondern in limitierter Auflage für die Teilnehmer eines Festivals, das sich mit der Frage der alltäglichen politischen Subversion beschäftigte. Dieses T-Shirt wollte etwas bedeuten, ja bewirken, und was sich die Spender dabei gedacht hatten, konnte ich nur rundweg gutheißen: Da es kroatische Parteien gibt, die die Verbrechen der Ustascha kleinreden, galt es ihnen, an einen Repräsentanten des Widerstands und die antifaschistischen Traditionen des Landes zu erinnern.

Dennoch bedrückte es mich, ein T-Shirt zu tragen, und sei es nur zu Hause, auf dem ein Mensch abgebildet ist, der kurz darauf seinen gewaltsamen Tod erleiden musste. Mir kam es als unzulässige Trivialisierung seines Leidens vor, wenn ich das fotografische Zeugnis davon in meinem privaten Alltag benutzen und darüber nach und nach abstumpfen würde. Und umgeben von Erinnerungsstücken an Gewalt und Verfolgung, würde ich doch zweifellos abstumpfen und unachtsam werden. Wer ließe sich das Foto eines Konzentrationslagers hinter Glas rahmen, um es an der Wand der guten Stube aufzuhängen? Zu meiner Studentenzeit habe ich allerdings in zahlreichen Wohngemeinschaften jenes Schreckensbild gesehen, auf dem der Polizeipräsident von Saigon einen jungen Vietcong, der vom Verhör abgeführt wird, auf der Straße wie nebenhin erschießt. Was als Mahnung an die Schrecken der Epoche gedacht war, endete als Dekoration an der Wand, politischer Kitsch, der den Mord zum Versatzstück in der Möblierung von Zimmern machte, die nach den Gesichtspunkten von »Schöner Wohnen nach sozialistischem Geschmack« ausgestattet wurden. Ich hatte ein Geschenk erhalten, durch das ich genötigt wurde, mich mit der jugoslawischen Geschichte auseinanderzusetzen, dennoch wurde ich des Geschenkes nicht froh. Ich möchte das

T-Shirt nicht tragen, aber ich will es auch nicht wegwerfen. Ich benutzte es nicht, aber hebe es auf.

## 27

Den Sommer 2007 verbrachten wir mit K. und F., einem befreundeten Paar, auf der dalmatinischen Insel Korčula. Obwohl wir vorhatten, nur zu schwimmen und uns zu erholen, stießen wir bald auf Verbindungen, die einst zwischen dieser Insel und Österreich bestanden hatten und denen wir ein wenig nachspüren mussten. Ich meine damit nicht die Pietà, die der für Salzburg so bedeutende Bildhauer und Schnitzer Georg Raphael Donner in der Allerheiligenkirche erschaffen hat, die im südlichen Teil jenes Städtchens steht, die den gleichen Namen wie die Insel trägt. Um die Mittagsstunde waren wir einmal in die kleine, einschiffige Kirche und aus dem geschäftigen, lärmenden Leben in den gedrängten Gassen der Stadt wie an einen Ort rätselhafter Ruhe geraten. Donners Figurengruppe ist aus Nussholz geschnitzt, die trauernde Madonna hat ihren Blick klagend zum Himmel gerichtet, ihr zu Füßen liegt der tote Jesus, dessen Haupt von einem Engel gestützt wird; als einziger Tribut an das Rokoko sitzt zu Jesu Füßen neckisch ein Englein, das sich am Zeh des Toten festhält und dabei sein nacktes und sehr irdisches Hinterteil den frommen Betrachtern zuwendet.

Zwischen dem Wiener Kongress 1815 und dem Ende des Ersten Weltkriegs gehörte Korčula zum habsburgischen Kronland Dalmatien. Zur Rettung zahlreicher Österreicher wurde Korčula aber im Zweiten Weltkrieg, als sich dort eine kleine österreichische Kolonie bildete, die aus lauter abgerissenen Flüchtlingen bestand, einigen Juden und einigen Kommunisten, die in ihrer Heimat nicht mehr leben konnten, und etlichen Patrioten, die in der Ostmark nicht leben wollten. Sie alle waren 1938 südwärts über eine Grenze geflüchtet, die die Flüchtlinge von heute in der Gegenrichtung zu überwinden versuchen. Die Österreicher fanden Unterschlupf in slowenischen Kleinstädten, in Belgrad oder Zagreb, doch als die Wehrmacht 1941 den Balkan eroberte, mussten sie sich von heute auf morgen neuerlich absetzen, um irgendwo eine befristete Bleibe zu suchen, die viele von ihnen auf Korčula fanden.

Die Insel war zu Beginn des Krieges von italienischen Truppen besetzt worden, die sich bald einem Widerstand gegenübersahen, der umso größer wurde, je brutaler sie ihn zu zerschlagen versuchten. Die Italiener verfolgten aber vor allem die nationalbewussten Dalmatiner und die aus deren Reihen entstehende Bewegung der Partisanen, die Flüchtlinge aus Österreich und Deutschland hingegen lebten anfangs nahezu unbehelligt. Zu ihnen gehörten die beiden befreundeten Schriftsteller Franz Theodor Csokor und Alexander Sacher-Masoch, der dort einen Roman über das Leben der einfachen Leute von Korčula schrieb. Wie die anderen österreichischen Exilanten war auch er angetan von der Gastfreundschaft der Inselbewohner. Als später die Wehrmacht die italienischen Besatzer ablöste, drohte die Insel für die Flüchtlinge zur tödlichen Falle zu werden. Die dalmatinischen Fischer und Partisanen haben die Österreicher nicht im Stich gelassen, sondern sie in einer nie gewürdigten alltäglichen Heldentat auf Booten übers Meer hinüber nach

Süditalien gebracht, das zu diesem Zeitpunkt bereits befreit war.

Wir lasen damals alle den Band, den ich jetzt zusammen mit einem weiteren Roman Sacher-Masochs vor mir auf dem Schreibtisch liegen habe, den Roman »Beppo und Pule«. Es ist ein stockfleckiges Buch aus dem Jahr 1948 mit einem rotbraunen Umschlag, das seither nie wieder neu aufgelegt wurde und wie sein Verfasser in Vergessenheit geriet. Alexander Sacher-Masoch stammte aus österreichischem Adel, war in den dreißiger Jahren zum Feind des aufkommenden Faschismus geworden und 1938 emigriert. Als ich jetzt an dem Buch schnupperte, glaubte ich den Geruch von Meersalz wahrzunehmen, von Lavendel, Rosmarin, Thymian, die auf Korčula überall wachsen, aber ich weiß, dass ich mir den Geruch nur einbilde, weil es unter allen Sinneseindrücken der Geschmack der Erinnerungen ist, der am stärksten auf mich einwirkt.

Alexander Sacher-Masoch hatte, als er an diesem Manuskript zu schreiben begann, nicht daran gedacht, den epochalen Roman seiner Zeit zu verfassen. Es ist ihm aber ein kleiner, bescheidener, menschenfreundlicher Roman gelungen, der unter bedrückenden Verhältnissen entstand und das Hohelied auf die Tagelöhner von Korčula anstimmt. Sacher-Masoch, Csokor und die anderen Emigranten hielten einen naturwüchsigen Antifaschismus, der weder politische Theorien noch Organisationen braucht, für den Grundcharakter der Inselbewohner. Als wir selbst auf der Insel ins Landesinnere fuhren, dorthin, wo es laut Reiseführer nichts zu entdecken gibt, gerieten wir in menschenverlasse Ortschaften, die wie aus der Zeit herausgefallen schienen und in denen

wir doch auf viele Zeugnisse der Geschichte stießen: auf Grä-
ber, Gedenktafeln, kleine Denkmäler, die an junge und alte
Menschen erinnerten, die von den Besatzern an die nächste
Wand gestellt und standrechtlich ermordet wurden, weil sie
zu deren Feinden zählten oder solchen ihre Hilfe nicht ver-
weigerten. Von diesen Ereignissen erzählt Sacher-Masoch
in einem weiteren Roman, der auf Korčula spielt, aber erst in
den fünfziger Jahren geschrieben und veröffentlicht wurde,
als der Autor nach Österreich zurückgekehrt war. »Wenn die
Ölgärten brennen« ist literarisch komplexer angelegt, aber
weniger gelungen als »Beppo und Pule« und gibt gleichwohl
ein beklemmendes Bild der Zeit: Wie leben die Einheimischen und die Flüchtlinge, wenn das Regiment der Besatzer
immer gewalttätiger und der Widerstand gegen sie immer
stärker wird? Auf Korčula stießen wir in jenem August 2007
aber nicht nur überall auf bescheidene Erinnerungsstätten,
die an die Opfer des Nazismus gemahnten; wohin wir auch
kamen, sahen wir überall auch die Plakate und Graffiti, die
dem neuen Nationalismus huldigten und dem serbischen
Feind von gestern den Tod versprachen.

Fast gegenüber von Korčula auf dem nahen Festland mün-
det die Neretva in die Adria. Als wir die Rückreise antraten,
fuhren wir flussaufwärts ein Stück ins Land hinein und
machten in einem Städtchen namens Opuzen Halt. Es war
gleißender Mittag im Hochsommer, auf dem Hauptplatz
strahlten die Häuser in stechendem Weiß, der Boden war
mit spiegelglatten Steinen ausgelegt. Kein Mensch war um
diese Stunde zu sehen, die Sessel vor dem Café standen ver-
waist in der prallen Sonne, nichts war zu hören als ein lei-
ses Säuseln, das vom Fluss her wehte. Wir gingen mit lang-

samen Schritten durch die engen Gassen der Stadt, in der 1916 der Arbeiterfamilie Filipović ein Bub geboren wurde, der nach dem Heiligen, dem die Stadtkirche geweiht ist, Stjepan genannt wurde. Ich wusste damals noch nichts von dem Helden der Partisanen und habe während der Wochen auf Korčula und in Dalmatien auch nichts erfahren von ihm, der in der Ära von 1945 bis 1991 als bedeutendster Sohn der Stadt verehrt wurde. Die Schule trug seinen Namen, und an einem Plätzchen an der großzügigen Uferpromenade thronte er in Stein, die Einzelheiten der Physiognomie und des Körpers auf die überwältigende Geste hin abstrahiert: die auseinander und himmelwärts gestreckten Arme. Zwei Monate nach Erklärung der Unabhängigkeit Kroatiens wurde seine Statue in einer Julinacht zertrümmert, ein paar Wochen später die Schule umbenannt.

22 Jahre später wollten meine Freunde vom »Subversiv Festival« diese krude Revision der kroatischen Geschichte revidieren. Es ging ihnen nicht darum, den Helden einer Partei zu ehren, der als Symbol für alles würde einstehen müssen, was es an Unrecht, Unterdrückung, Fehlplanung am jugoslawischen Kommunismus anzuprangern galt; es war vielmehr der soziale Revolutionär und Widerstandskämpfer, an den sie wieder erinnert, aus Gründen historischer und persönlicher Gerechtigkeit, aber auch weil sie der kroatischen Geschichte gewissermaßen die Geschichte zurückgeben wollten. Hunderttausende Kroaten waren doch militante oder zivile Gegner des faschistischen Ustascha-Staates gewesen und Hunderttausende von diesem verfolgt, entrechtet, ermordet worden! Diese Kroaten durfte die aus dem Zerfall Jugoslawiens erstandene Republik Kroatien nicht

verleugnen, so wenig wie sie ihre Souveränität nicht von jenem kroatischen Staat herleiten durfte, der einst von Hitlers Gnaden errichtet worden war. Zum Erbe eines demokratischen Kroatien gehörten sie, nicht die Mitläufer, Handlanger und Verbrecher der Ustascha. Meine Freunde empfanden es als Schande, dass der Kroate Stjepan Filipović in Kroatien gebannt, aus dem Gedächtnis der Nation getilgt wurde, während in Serbien das Angedenken an ihn immer noch gepflegt wurde, freilich auf die bemächtigende Weise, dass aus dem kroatischen Stjepan zuvor ein serbisch-orthodoxer Stevan gemacht werden musste. Den Lumpen, die sein Denkmal in Opuzen sprengten, ist das neue Kroatien nur teuer und wert, wenn es sich am alten der Ustascha-Faschisten orientiert, dessen Verbrechen verleugnet, dessen Parolen aber wieder gebrüllt werden. Tritt die kroatische Nationalmannschaft zu einem Fußballspiel an, brüllen Abertausende von den Rängen: »Für die Heimat – bereit zu sterben.« Der alte Schlachtruf der Ustasche war freilich ein Ruf der Schlächter, die gar nicht sterben, sondern töten wollten und das hunderttausendfach in den Lagern und Gefängnissen auch getan haben.

28

Am besten hat ihm in Salzburg der Regen gefallen. Es war 1992, dass ich einen Tag lang mit ihm und L.H., der ihn aus seinem zwischen Serben und Albanern umkämpften Land in das unsere eingeladen hatte, in meiner Stadt unterwegs war. Wir gingen durch den Regen, und begeistert zeigte er uns alles, was ihm auffiel, den Dom und die engen Gassen, den vor sich hin krakeelenden Betrunkenen und die erschöpften Touristen, das schmalste Haus auf dem Alten Markt und die Autos, die sich durch die Stadt schoben ... Unentwegt stellte er Fragen, und auf jede Antwort, die wir gaben, hat er sie sogleich mit seiner tiefen, weichen Stimme wiederholt, als wollte er alles, was er sah und hörte, gewissermaßen sichern, indem er es in seine eigenen Worte fasste und so seiner inneren Welt einfügte. Er war ein untersetzter Mann mit dem runden, freundlichen Gesicht eines Bauern und der dringlichen Sprache des Dichters, der jeden Augenblick bei seiner ureigenen Sache schien. Er redete unablässig, doch ein Gedicht in dem Buch, das er mir schenkte, begann mit den Worten: »mein Schweigen ist älter als ich / und stärker / als der Tod.« Zwanzig Jahre später wurde in den Kulturnotizen der besseren Zeitungen mit knappen Worten vermerkt, dass sich der kosovarische Dichter Ali Podrimja bei einem Literaturkongress in Frankreich von der Truppe entfernt habe und einige Tage später in einem Wäldchen bei Lodève im Süden des Landes tot aufgefunden worden sei.

Ich bin ihm nur drei- oder viermal begegnet, aber es waren rätselhafte Momente einer Freundschaft, die auf nichts gründete, weil wir keine gemeinsamen Erlebnisse hatten, und die einzig darauf baute, dass sein Interesse an allem, was er in meiner Welt sah, so heftig und werbend war, dass ich nicht anders konnte, als in ihm, den ich kaum kannte, den fremden Freund zu achten.

Einmal, bei einer Lesung Mitte der neunziger Jahre im Salzburger Literaturhaus, erlebte ich, was ich seither niemals wieder sah: dass nämlich seine Zuhörer, die hier im Exil lebenden Kosovaren, im dunklen Saal ihre Feuerzeuge herausholten und sie, kaum dass der Dichter seine albanischen Verse auswendig vorzutragen begann, brennend in die Höhe hielten, wie man es von Popveranstaltungen kennt. Vorne las, bald mit leiser Melancholie, bald mit deklamatorischer Gestik, ein Dichter, der etwas repräsentierte, was es in den modernen Gesellschaften nicht mehr gibt. Hier rezitierte ein Dichter seine Lyrik, die hochkompliziert und artifiziell war, sich aber dennoch nicht nur an die wenigen wandte, die sich der Kunst und gar ihrer avantgardistischen Fasson verschrieben hatten, sondern an die vielen, die kaum Bücher gelesen haben mochten und unbehaust im Exil oder ungesichert in der Heimat lebten, über die der Ausnahmezustand verhängt war. Dass künstlerische Avantgarde und soziale Wirksamkeit einander nicht ausschließen müssen, hier konnte ich es staunend erfahren. Noch Stunden nach der Lesung signierte Ali das Buch, aus dem er vorgetragen hatte, und mir kommt in der Erinnerung vor, dass es wohl ein jeder seiner Landsleute erstand und sich ruhig und ernst in die lange Reihe derer stellte, die nur langsam bis zum Lesetischchen vordrangen, ihrem Dichter die Hand reichten und ihm erzählten, wer sie seien und wie es ihnen in der Fremde ergehe. So ging das Gedicht über das Schweigen weiter: »denn mein Schweigen / hat das Gewicht eines verfluchten Steins / und die Zunge eines Menschen, an den Fels genagelt.«

Ich hegte damals, ehe der große Gegenschlag gegen die Serben im Kosovo geführt wurde und neues Unrecht schuf, eine gewisse Sympathie für die bedrängten Kosovaren, die sich gegen die serbische Verwaltung und Staatsmacht erhoben. Die ersten Kosovaren, die ich kennengelernt hatte, waren die zwei Besitzer des Eissalons im slowenischen Piran, die an der Punta, dort, wo der Ort wie mit einer Spitze ins Meer ragt, gegen dessen Wellen er sich mit großen Steinbrocken schützt, von der Früh bis spät in der Nacht arbeiteten. Die beiden waren stets guter Laune und von einer natürlichen, nicht geschäftsmäßig verschnittenen Höflichkeit, die uns imponierte, als wir in den achtziger Jahren diesen Ort jedes Jahr besuchten, um mit unseren noch nicht schulpflichtigen Kindern den Mai und den September am Meer zu verbringen. Der eine der Brüder war untersetzt wie Ali Podrimja, der andere auffallend schmal, doch beide gingen sie wieselflink und so charmant zu Werke, dass man sie sich überall in der Welt als gewinnende und begehrte junge Männer vorstellen konnte. Sie wirkten, als wären sie den Erzählungen meiner Mutter entsprungen, die in der Wojwodina an der Donau aufgewachsen war und noch im hohen Alter von den albanischen Eisverkäufern schwärmte, die mit ihren Wägelchen am Ufer entlangzogen und ihr köstliches Eis verkauften.

Einmal blieben wir im Herbst etwas länger, weil die Bora verspätet eintraf, jener Wind, der irgendwann im September wie aus dem Nichts losbrach, brausend anschwoll, die Schindeln von den Dächern wischte, die Mülltonnen umwarf und das Ende der Badesaison verordnete. Und nur dieses eine Mal sahen wir die Frauen der beiden attraktiven Männer. Sie waren gekommen, um ein paar Tage im rasch sich leerenden Badeort zu bleiben und ihre Männer abzuholen, nach Hause in den Kosovo oder, in ihrer Sprache, nach Kosova. Am Abend zogen sie wie in einer Prozession die Mole entlang, zwei große Frauen, Haupt und Haar unter einem streng gezogenen Kopftuch verborgen und den Leib von bodenlangen wallenden Kleidern verhüllt, sodass nur dessen Umrisse zu erkennen waren. Und vor ihnen und um sie herum tollte eine Schar kleiner Kinder, laut und ausgelassen.

Von L. H., der mich mit Ali Podrimja bekanntgemacht hatte und der gleich uns jedes Jahr nach Piran kam, wusste ich, dass die beiden das Geld, das sie hier verdienten, nach Hause schickten, um die Kosovarische Befreiungsbewegung UÇK in ihrem bewaffneten Kampf gegen die Serben zu unterstützen. Nun saß ich mit meiner Frau vor dem Eissalon, unsere Kinder und die kosovarischen Kinder kraxelten auf den großen Steinblöcken vor dem Meer herum, und ich fragte mich, ob die beiden zuvorkommenden Brüder – Krieger waren.

Die albanische und kosovarische Literatur nimmt nur einen knappen Regalmeter in meiner Bibliothek ein. Als ich die drei Bände von Podrimja heute in die Hand nahm, fand ich mich gleich auf der Spur meiner alten Lektüren, denn seit Jugendtagen streiche ich in jedem Buch, das ich lese, Passagen an, die mir aus welchen Gründen immer merkenswert erscheinen, und ich schreibe Kommentare an den Rand fast aller Bücher, die ich lese, vielleicht gerade deswegen, um nach Jahren, wenn ich sie wieder in die Hand nehme, mir selbst zu begegnen, dem, der ich damals war, als ich sie gelesen habe.

Mit Ali Podrimja hatte ich keinen Kontakt mehr, seit die Serben aus dem Kosovo vertrieben und die Albaner die herrschende Nationalität geworden waren, das war keine politische Entscheidung von mir oder ihm, wir gerieten uns einfach aus den Augen. Irgendwer erzählte mir einmal, der sanftmütige Ali wäre in seinem Land ein mächtiger Mann geworden – ein berühmter und von seinen Leuten geliebter war er ja schon früher gewesen – und lasse sich in einem Mercedes mit abgedunkelten Scheiben über das Land in die abgelegenen Regionen fahren, um den Bauern und Landarbeitern seine Gedichte vorzutragen. Womöglich war das ein in böser Absicht gestreutes Gerücht, mit dem ich mich nicht beschäftigen wollte, und die Wahrheit ist, dass ich ihn nach und nach vergessen habe, bis zu jenem Tag im Sommer 2012, als ich die Nachricht von seinem Tod las. Jetzt, fünf Jahre später, halte ich die drei Gedichtsammlungen, »Ich sattle das Ross den Tod«, »Mit dem Wolf wandern« und »Das Lächeln im Käfig«, in der Hand, und sofort finde ich das Gedicht, das mir damals so viel Eindruck machte: »Und der Herr sprach / Begegnest du / dem ALBANER und dem Wolf / töte den ALBANER // Und als es ihm zu Ohren kam / Lächelte der Albaner und drehte sich eine Zigarette // Tötest du mich / du Elender / Wer tötet dann / den WOLF // Arme Herde.«

War mein Freund ein Krieger? Warum ist er dann, als die Seinen gesiegt hatten, in der Fremde in den Wald gegangen, hat sich in den Schatten eines Baumes gelegt und seinem Leben ein Ende gesetzt? Und was, verdammt, ist aus dem Wolf geworden, der durch so viele seiner Gedichte streunt, und was aus der Begeisterung, mit der er nach seinem Aufenthalt in Salzburg schrieb: »Fährst du nach Salzburg / bete dass es regnet / nie wirst du es vergessen.«

## 29

Ich erwachte früh, weil es zu regnen aufgehört hatte und das Getrommel auf dem Kupferdach mich nicht mehr durch den Schlaf geleitete. Ich liebe den nächtlichen Regen, der mich nicht durchnässt, sondern drei Meter über mir aufs Dach trommelt, unter dem ich liege, ich lausche ihm beim Einschlafen und freue mich, wenn ich im Halbschlaf die Lage wechsle und ihn höre, beständig und regelmäßig, manchmal zu heftiger Kraft sich beschleunigend, sodass der Ton der Trommeln höher wird, und manchmal rede ich mir ein, dass sie es sind, die das Tempo, aber auch die innere Entwicklung meiner Träume beeinflussen. Auch wenn ich ihn als Musik der Nacht schätze, ist der Regen für mich nicht besonders wichtig; ich weiß, das ist nichts, worauf ich stolz sein könnte, aber das Wetter selbst – und es gibt ja immer irgendeines – spielt in meinem Leben nur mehr eine geringe Rolle, und ich muss mich täglich wieder ermahnen, diese erste elementare Äußerung der Natur überhaupt wahrzunehmen.

Natürlich war das früher anders, als Kind erfasste mich eine namenlose Trauer, ein beängstigendes Gefühl von Ewigkeit, wenn ich aus dem Fenster blickte und hoffte, er möge endlich aufhören, dieser dünne, wie auf Fäden rieselnde Schnürlregen, von dem die Leute geradezu stolz sprachen, als handle es sich um eine Sehenswürdigkeit, die man nur in Salzburg bestaunen konnte; oder dieser graue, fast bedächtige Regen, der in schweren Tropfen aus tiefen, im Gebirgskessel um die Stadt eingefangenen Wolken niederging und tagelang nicht aufhören wollte, ein Regen, den die Leute Landregen nannten. Diese beiden Formen des Regens waren dem Kind verhasst, denn sie hinderten es, das Liebste zu tun, nämlich nach draußen zu stürmen, bei den Freunden anzuläuten und vor dem Haus, auf der vom Hausmeister alle paar Wochen gemähten Wiese, herumzutollen; oder mit ihnen einen Wohnblock weiter zu ziehen, bis zu der mit dichtem Gestrüpp bewachsenen Gstätten, von der niemand wusste, wem sie gehörte, und auf der eines Tages ein Wohnblock gebaut wurde, der uns die schönsten, uneinsehbaren Verstecke unter stacheligen Hecken raubte.

Der Regen, den ich als Kind liebte, war der Platzregen, der nach einer raschen Verdüsterung jäh einsetzte und für einige Minuten so heftig prasselte, dass sich niemand vor ihm retten konnte, es sei denn, er flüchtete sich unter ein weit genug auf den Gehsteig herausragendes Vordach oder in das Wartehäuschen bei der Bushaltestelle. Wenn ich vom Fenster des hohen Hauses, in dem ich aufwuchs, in die späten fünfziger Jahre und die dichten Regenschauer des Platzregens hinausschaute, sah ich viele Männer, die ich sonst nur in ihrer akkuraten Kleidung kannte, wie sie nun ihre weißen Hemden ausgezogen und in ihre Aktentaschen gesteckt hatten; sie, die gestrengen Familienväter, scheuten sich damals nicht, im weißgerippten Unterhemd heimwärts zu eilen, und sie hoben das Gesicht hinauf in den Himmel, aus dem die Wasser niederschossen, und schienen es zu genießen, einmal nicht gemessenen Schrittes gehen zu müssen, sondern geradezu ausgelassen, wie befreit von der Pflicht, allezeit ernst und als Respektspersonen aufzutreten.

Bereits als Jugendlicher habe ich das Auge, ja, den Sinn für das Wetter nahezu eingebüßt, es war, als hätte ich mich, ganz ohne Vorsatz, von dieser Abhängigkeit den Wechselfällen der äußeren Welt gegenüber unabhängig zu machen versucht, um in einer anderen, meiner eigenen Welt zu leben. Aus dieser schändlichen Unachtsamkeit und Gleichgültigkeit retteten mich später erst meine eigenen Kinder. Wer mit kleinen Kindern zusammenlebt, richtet am Morgen den ersten Blick bang aus dem Fenster, um zu sehen, wozu der Tag taugen wird und welche Kleidung gewählt werden muss, wenn man ins Freie tritt. Anstrengende und glückliche Tage, wenn die Meinen nach den langen Zeremonien des Anziehens in Gummimantel und Stiefeln gebieterisch mit mir hinaus in den Regen drängten! Damals lebten wir bereits in diesem Haus, von dem ich erzähle, und manchmal gingen wir im Regen über die 181 Stufen auf den nahen Stadtberg hinauf, wo der Landregen anders zu hören war als auf den Straßen, dort, unter den Kuppeln der mächtigen Bäume, im hoch stehenden Gras, auf den unasphaltierten Wegen, auf denen der festgestampfte Lehm, die Erde bald aufgeweicht waren.

Oder wir blieben im Garten, der sich an der Rückseite unseres Hauses befindet, bis der Regen nachließ, es nur mehr nieselte und wir bemerkten, dass das Erste, was auf den Regen folgt, die Stille ist. Wir wurden uns ihrer erst bewusst, wenn die Vögel wieder zu zwitschern und zu singen begannen und die vieltönenden Geräusche des Nachregens zu hören waren, die verschiedenen Arten des Tröpfelns, das platschende von der Dachrinne, das in die Tonne mit dem Regenwasser fiel, das schwere von den dichten Zweigen des dunklen Nussbaums, dessen Stamm im Regen schwarz geworden war ...

Der Vater verdankt es den Kindern, dass er sich an Dinge

zu erinnern beginnt, die ihm längst entfallen waren, es sind die Kinder, die ihn nicht allein für immer zum Vater machen, vom ersten Blick, den sie ihm zuwerfen, bis zum letzten Atemzug, den er selber tun wird, sondern es sind ebenfalls sie, die ihn wieder zum Kind machen, sodass er sich in ihrer Gegenwart für Momente als ganzer Mensch in all seinen verschiedenen Zeiten zu ahnen vermag. Wie das Gras riecht, nach dem Regen, das hatte ich vergessen, in der Zeit, da ich den Regen selbst kaum bemerkte und wie verfangen in meinen Gedanken verharrte, und wie das Gras riecht, das gemäht, aber nicht rechtzeitig zusammengerecht wurde – jetzt erst, im Garten dieses Hauses, erfuhr ich es wieder, und damit bekam ich den Geruch meiner eigenen Kindheit zurück in mein Leben als Erwachsener.

Mittlerweile habe ich keinen Anlass mehr, morgens aus dem Fenster zu schauen, ehe ich mich an den Schreibtisch unter dem Dach setze, um mit dem Schreiben zu beginnen, oder auf das Fauteuil im unteren Stock, um mich mit dem Lesen davon abzuhalten. Ich habe kaum mehr unaufschiebbare Termine, die mich nötigten, zu einer festgelegten Zeit die Wohnung zu verlassen, sodass ich der Unbill, im Starkregen loszuziehen, fast nie ausgesetzt bin. Ich rede mir gerne ein, dass dies ein Privileg sei, weiß aber, dass ich es nur habe, indem ich mich einer Tatsache des Lebens entfremde. Einige unserer Freunde leiden am Regen dieser Stadt, sie werden trübsinnig, wenn es über Tage regnet, sie werden trübsinnig oder haben endlich wieder einen Grund für ihren Trübsinn gefunden, ich hingegen muss mich bemühen, das Empfinden für das Wetter nicht gänzlich zu verlieren.

Im anbrechenden Tag habe ich das Zimmer unter dem

Dach verlassen und stehe an einem der drei Fenster, die vom Oberdeck im unteren Stock auf den Stadtberg und die an ihm entlangführende Straße schauen. Noch fährt nur alle paar Minuten ein Wagen vorüber, der schwarze Asphalt leuchtet vor Nässe, und die Räder hinterlassen eine Spur, über die sich das auseinandergepresste Wasser bald wieder schließt. Es ist drei Viertel sieben, als in den Häusern ringsum die Lichter angehen, und eine halbe Stunde später kommen sie einer nach dem anderen heraus, setzen sich in ihre Autos und fahren los. Es wird ein schöner Tag, nach den Schauern der Nacht klart der Himmel auf, die Wolken ziehen ab, und bald werden sie wie Watte auseinandergezupft sein.

## 30

Ich stand am Fenster und geriet in einen Dämmer, als würde ich von dem Schlaf eingeholt werden, den zu finden mir liegend in der Nacht nicht gelungen war. Während es heller wurde, schaute ich in eine Zeit hinaus, als ich noch lange nicht geboren war. Aber das Haus stand bereits da, und es hat diese Fenster bereits gegeben und den Blick, der bis zum Felsen des Mönchsbergs reicht. Von drei hohen, fast schwarzen Nadelbäumen und einem flachen Neubau halb verborgen, sehe ich hinter einer schmalen Querstraße ein dreistöckiges Gebäude, das durch mehrere Umbauten fast nicht mehr als die alte Villa Ornstein zu erkennen ist. In dieser lebte bis 1938 ein Zweig der großen Familie, die in der Getreidegasse das renommierte Kaufhaus besaß, das mir nur aus ein paar Geschichten und zwei Abbildungen bekannt ist. Die eine ist eine Werbezeichnung, auf der eine lange, graphisch stilisierte Fassade zu sehen ist, über der sich wie im Winde ein Band schwingt: »Einzig in Salzburg! das alt-renommierte Kleiderhaus. Gegr. 1889«. Die zweite Abbildung, ein Foto, zeigt zwei kleine Männer in schwarzen Stiefeln und gebeulten Reiterhosen, das Hakenkreuz am linken Ärmel des Hemds aufgenäht, die Wacht halten vor dem Eingang des »Judengeschäfts«. Hinter ihnen, die in Uniform stecken, blicken zwei Schaufensterpuppen in eleganter Kleidung mit toten Augen aus der Auslage auf das Geschehen in ihrer Stadt heraus.

Das Modegeschäft wurde von Luser Nisson Ornstein geführt, und in der Firma arbeiteten auch seine zwei Halbbrüder, die aus Drohobytsch stammten, jener galizischen Stadt, in der Bruno Schulz aufwuchs, seinen Lebensunterhalt als Zeichenlehrer bestritt, mit dem Erzählzyklus »Die Zimtläden« seine Heimatstadt als Ort magischer Verzauberung zum Schauplatz der Weltliteratur machte und von einem SS-Mann, der ihn sich als Künstlersklaven hielt, von dem er pornographische Zeichnungen verlangte, als Einsatz einer verlorenen Wette auf offener Straße erschossen wurde. Max, der ältere der beiden Halbbrüder von Luser – in Salzburg änderte dieser seinen Namen auf Ludwig –, wurde 1940 nach Buchenwald deportiert, nach Dachau überstellt und dort ermordet. Er war mit einer Salzburgerin verheiratet, Henriette Engländer, die mit der gemeinsamen Tochter nach Polen verschleppt wurde und in einem Vernichtungslager ums Leben kam. Julius Isaak, dem jüngeren Halbbruder, gelang mit seiner Frau und seinen Kindern die Flucht quer durch halb

Europa bis nach Portugal, von wo sie in die USA gelangten. Im Kaufhaus Ornstein arbeitete auch die jüdische Verkäuferin Josefine Schneider, die dem kommunistischen Widerstandskämpfer Franz Riedler Unterschlupf gewährte und von der Gestapo verhaftet, deportiert und ermordet wurde. (Die Kenntnis dieser Salzburger Geschichte, die nah an meine Wohnung heranreicht, verdanke ich Gert Kerschbaumer, der es sich zur Lebensaufgabe gemacht hat, den Verfolgten, Ermordeten nachzuspüren und ihnen im Gedächtnis der Stadt wieder einen Namen und einen Ort zu geben.)

Wende ich die Augen ein wenig nach rechts, könnte ich, würden mir nicht ein paar alte und einige neue Häuser die Sicht verstellen, auf die einstige Reithalle der Dragoner in der Kaserne Riedenburg blicken, in der 1935 ein Turnier veranstaltet wurde, bei dem der junge, allseits bewunderte Richard Ornstein das Mächtigkeitsspringen mit seinem Hengst Bromhill gewann. Es war das vorletzte Reitturnier in der Halle, die während des Krieges von der Wehrmacht genutzt und später von den amerikanischen Besatzungstruppen übernommen und zur Basketballhalle umgebaut wurde. Als Vierzehnjähriger spielte ich in dieser Halle jedes Wochenende in der Jugendmannschaft des Union Handballclubs, und weil ich kleiner und wendiger war, als es mit vierzehn üblich ist, wurde ich als Kreisläufer eingesetzt, der die Aufgabe hat, zwischen den Abwehrreihen durchzutauchen und den Ball mit einem Hechtsprung ins Tor zu werfen. Ich spielte mit Ehrgeiz und Leidenschaft in dieser damals ziemlich ramponierten Halle und wusste nichts von ihrer Geschichte, ja ahnte nicht einmal, dass sie eine habe. Vor zwei Jahren ist sie gegen den Widerstand vereinzelter Anwohner, die den wenig ansehnlichen Bau wegen seiner Geschichte für schützenswert hielten, abgerissen worden, nachdem er zuvor noch ein paar Monate als Quartier für Flüchtlinge gedient hatte.

Stehe ich an den Fenstern meiner Wohnung, sehe ich im Geviert von 200 Metern, unsichtbar verborgen hinter anderen Gebäuden, mehrere Häuser, vor denen Stolpersteine darauf hinweisen, dass hier, in der Neutorstraße 20, die vierköpfige Familie Bondy lebte, die aus ihrer Wohnung geholt, bald getrennt und in verschiedenen Lagern in Polen ermordet wurde; oder dass dort, in der Reichenhaller Straße 21, mit seiner Mutter und seinem Bruder der Mechaniker Friedrich Krempler wohnte, der sieben Jahre in der Wehrmacht diente, ehe er einfach nicht mehr wollte, sechs Wochen vor der deutschen Kapitulation den Dienst verweigerte und in Virovitica hingerichtet wurde, da war er 28 Jahre alt.

Vor zehn Jahren war ich durch diese kroatische Stadt nah der Grenze zu Ungarn gekommen, müde geworden nach einer langen Reise durch Serbien und die Wojwodina, sodass mir von ihr fast nichts in Erinnerung ist als das kuriose Hotel in einer unansehnlichen Straße, die aus dem Stadtzentrum hinausführte. Es war ein protzig und zugleich billig hingestellter Kasten mit einem riesigen Speisesaal und einem unübersichtlich verwinkelten Aufbau, in dem es hinter jeder Ecke ein paar Stufen hinauf und wieder hinunter ging, als habe der Baumeister hier, in der slawonischen Tiefebene, gestalterisch an die Brücklein von Venedig erinnern wollen. Ausgerechnet in diesem Hotel tagte ein Verein für Kriegsversehrte, die im jugoslawischen Zerfallskrieg ihre Beine verloren hatten oder von Granaten verletzt worden waren und die sich, wenn sie nicht ohnehin im Rollstuhl saßen, mit

Krücken dahinschleppten. Ich war einer der wenigen Gäste des Hotels, die nicht zu ihnen gehörten, so war es unausweichlich, dass ich, kaum dass ich mein Abendessen an einem Tisch ein wenig abseits eingenommen hatte, von ein paar der ihren mit Gesten und Zurufen aufgefordert wurde, mich zu ihnen zu gesellen.

Was ich zu hören bekam, waren grausame und traurige Geschichten von Leuten, die von mir nicht bestätigt haben wollten, dass sie Helden, sondern dass sie vom Vaterland im Stich gelassene Krüppel waren. Einer, der ein Gesicht mit grobporiger Haut und im Genick eine wie mit dem Messer gezogene Falte hatte, wurde von ihnen offenbar als eine Art von Professor geschätzt, und von ihm erfuhr ich, dass in Virovitica im November 1945 ein Massaker verübt worden war, von den Partisanen, die eben den Krieg gewonnen hatten und sich nun an denen rächten, die Kollaborateure der Nazis waren oder von ihnen für solche gehalten wurden. Er erzählte, dass in der Umgebung der Stadt zwei Massengräber entdeckt worden seien, das eine, in das die SS und die Ustascha Partisanen geworfen hatten, das andere, in das die Partisanen ihre Gefangenen warfen. Als mir das erzählt wurde, von einem Versehrten des nächsten Krieges, wusste ich noch nichts von jenem Friedrich Krempler, der vor meiner Zeit fünf Häuser von dem meinen entfernt gewohnt hatte und dessen Knochen irgendwo da draußen in der slawonischen Erde um Virovitica liegen mussten. Seine Mutter, von deren beiden Söhnen der eine den Heldentod des Wehrmachtssoldaten, der andere den des Befehlsverweigerers erlitt, hat sich bis zu ihrem Tod vergebens bemüht, dass immerhin der eine als Opfer des Widerstands anerkannt werde.

## 31

Zerbrechlich ist, was überdauert. Die Fenster im unteren Stock sind doppelt verglast, eine Handbreit Abstand liegt zwischen den äußeren und inneren Scheiben. Wenn ich am Fenster die Augen von links, wo hinter dem Berg die Stadt liegt, nach rechts wandern lasse, wo es in die Vorstadt hinausgeht, erfasst mich leichter Schwindel, die Welt draußen beginnt unmerklich zu schwanken, ihre Proportionen verändern sich, ungefähr so, wie es jemandem ergeht, dem eine neue Gleitsichtbrille angepasst wurde und der sich auf die Veränderung noch nicht recht einzustellen weiß. Das Haus wurde 1896 errichtet, und in unserer oft umgebauten Wohnung ist nichts mehr, wie es damals war – außer den Fensterscheiben. Zweimal ist seither die Welt in Krieg und Zerstörung untergegangen, im Herbst 1944, als Salzburg von der Luftwaffe der Alliierten angegriffen wurde, fiel eine Bombe versehentlich sogar auf dieses Wohngebiet, keine hundert Meter von unserem Haus entfernt landete sie im Hof einer Werkstatt. Die Detonation sei so heftig gewesen, erinnert sich W., der Nachbar, der damals ein Kind war, dass manche Kästen im Haus gleichsam vor Schreck einen Sprung machten und ein Stück von ihrem Platz rückten. Unsere Fenster aber blieben unversehrt, all die 120 Jahre ist ihr Glas nicht in Bruch gegangen. Dieses Fensterglas ist erzeugt worden, noch ehe die Industrie so weit war, völlig gleichförmige Scheiben herstellen zu können. Sie alle haben Schlieren, Einschlüsse, sie werfen unmerklich sanfte Wellen, und deswegen befällt mich dieser leichte Schwindel, wenn ich den Blick durch die beiden Scheiben hinaus schweifen lasse.

Ein Freund aus der Volksschule besaß eine kleine Schildkröte, die in einem mit niederen Holzlatten abgegrenzten Revier im Garten unendlich langsam hin und her kroch und uns mit reglosen Augen wie aus der Ewigkeit anschaute, wenn wir ihren Weg mit der Hand oder einem Stückchen Holz stoppten. Wie sehr erschrak ich, als ich von den Riesenschildkröten erfuhr, die auf den Galapagos-Inseln in Freiheit lebten und uralt, viel älter als jeder Mensch wurden! Mein Großvater, der nur mühsam ging, fast nichts sprach und mich mit wässrigen Augen anschaute, von denen ich nicht wusste, ob sie mich überhaupt wahrnahmen, erschien mir uralt; aber als er geboren wurde, waren die ältesten der Schildkröten, die jetzt noch träge im Inselsand lagen oder auf ihren krummen Beinen mit den langen Zehen dahinwanderten, bereits älter, als mein Großvater jetzt war. Ich erschauerte über dem Gedanken, dass wir Menschen vergänglich waren und sterben mussten und es langsam kriechende, aus toten Augen starrende Lebewesen gab, für die unser Maß nicht galt, sondern denen dreimal, viermal so viel Zeit wie uns beschieden war. Ich empfand das als grobe Benachteiligung von uns Menschen in der Natur, als himmelschreiende Ungerechtigkeit – und als einen von Gott verschuldeten Skandal.

Bald nachdem wir hierher übersiedelt waren, wurde ich von W. darauf aufmerksam gemacht, dass das Glas der Fenster die Zeiten und deren Katastrophen überdauert hatte, und da fuhr dieser Schrecken der Kindheit neuerlich in mich. Später kippte das Erschrecken in Begeisterung, und zwischen beidem gab es keinen Übergang, denn man kann von der Tatsache, dass Welten zugrunde gehen, aber zerbrechliche

Dinge überstehen und auch uns überleben, nur entweder begeistert sein oder über sie ins Hadern geraten. Eine der anmutigsten Kirchen von Wien, die Ruprechtskirche, steht auf einem Felsstock über dem Morzinplatz, wo die Gestapo ihre Zentrale eingerichtet hatte. Sie ist sehr alt, und als ich sie zum ersten Mal betrat, hat mich der ruhige Zauber des Orts, der so nah am Hauptquartier des Verbrechens lag, bezwungen. Die alte Dame, die die wenigen Besucher betreute, wies mich auf die beiden Mittelfenster hinter der Apsis hin, die im sonnigen Tag wundersam blau, rot, gelb und braun leuchteten. Dies wären, sagte sie, die ältesten Glasfenster von ganz Wien, nirgendwo sonst haben sich Fenster aus der Zeit um 1300 bis heute erhalten. Ich erinnere mich, dass mir seltsam zumute war, als wüsste ich nicht, ob in der Erhabenheit, die ich empfand, auch ein wenig Platz für Empörung sein dürfte. Unsere Fensterscheiben haben zwei Weltkriege überstanden, die fast alles veränderten und Millionen Menschen das Leben kosteten. Die Kriege haben auch jede einzelne Biographie derer, die sie überlebten, so heftig beeinflusst, dass es noch ihre Nachkommen betraf und betrifft, und das nicht nur sozial oder politisch, sondern sogar biologisch.

Ohne den Zweiten Weltkrieg stünde unser Haus an genau dieser Stelle, und der Blick durch die Fenster auf den Stadtberg wäre fast derselbe. Nur uns selbst gäbe es nicht.

Meine Frau würde nicht leben ohne den Krieg, und ich würde nicht leben ohne ihn. Ihr Vater wäre als Kind nicht nach Österreich übersiedelt und hätte ihre Mutter niemals kennengelernt. Anzunehmen, dass er in Südtirol mit einer anderen Frau eine Familie gegründet haben würde, und Gleiches gilt natürlich auch für ihre Mutter. Beide hätten sie wohl Kinder in die Welt gesetzt, aber keines von diesen wäre jene Tochter gewesen, die sie nur gemeinsam zeugen konnten und mit der ich mich 25 Jahre später zusammentat. Ich konnte sie nur kennenlernen, weil der Krieg meine Eltern aus jener Region vertrieb, in der sie aufgewachsen waren und bereits zwei Kinder miteinander hatten. Salzburg war nicht das Ziel ihrer Flucht gewesen, sondern der zufällige Ort, an dem sie wieder vereint wurden und hängen blieben. Doch selbst wenn sie nicht aus der Wojwodina vertrieben worden wären und dort noch zwei weitere Söhne bekommen hätten, wären diese beiden nicht mit jenen identisch gewesen, die hier in Salzburg nach dem Krieg zur Welt kamen. Und ihr Jüngster in Novi Sad wäre nicht ich gewesen, der ich ihr Jüngster in Salzburg wurde.

Ohne den Krieg, dem so viele Menschen zum Opfer fielen und den unsere Fenster schadlos überstanden, wären meine Frau und ich nicht geboren worden, also würde es ohne den Krieg auch unsere beiden Kinder nicht geben, aber das ist ein Gedanke, den ich weder hier noch anderswo jemals weiterverfolgen werde.

32

Die Zeit verging zu laut. Obwohl es schön war, ihr dabei zuzuhören. Aber irgendwann haben wir die Wanduhr, die mir von einem großherzigen älteren Paar zu meinem fünfzigsten Geburtstag geschenkt wurde, nicht mehr aufgezogen. Wenn ich genug habe vom Blick aus dem Fenster hinaus in die Vergangenheit und mich zurück in den Raum wende, sehe ich an der Wand gegenüber diese Uhr hängen, die mich mit kräftigem Glockenschlag erinnerte, dass auch meine eigene Zeit verging. Ich hatte sie in der Wohnung der Freunde ungeniert so oft bestaunt, bis sie ihre Uhr dort abnahmen, sie zu uns brachten und zu der meinen erklärten. Nicht selten bin ich Menschen begegnet, die mich wie P. und R. mit ihrer generösen Freundschaft beschenkten; tapfer der Versuchung widerstehend, darüber demütig zu werden, habe ich mir das stets damit erklärt, dass es eben Menschen gibt, die es freut, mich zu erfreuen.

Es handelt sich um eine Wanduhr aus der Zeit des Biedermeier, die etwa dreißig Zentimeter hoch, etwas weniger breit und zehn Zentimeter tief ist und ein hölzernes, vorne mit einer gläsernen Tür versehenes Gehäuse besitzt. Der rechteckige Hintergrund des Ziffernblatts ist in einem tiefen Grün gehalten und mit goldenen und roten Ornamenten verziert, der Ziffernring zeigt die Stunden in römischen Ziffern an und markiert die Viertelstunden mit kräftigen schwarzen Strichen. Die zwei metallischen Zeiger, die hier ihre Runden wie für die Ewigkeit gedreht haben, sind schmal und spitz, und in das Ziffernblatt sind zwei kleine Schlüssellöcher geschnitten, deren Schlüssel auf dem Aufsatz des Kästchens liegen, denn damit die Zeiger laufen, muss das Uhrwerk täglich aufgezogen werden. Ist das geschehen, lässt die Uhr jede halbe Stunde einen Gong und jede volle so viele dunkle Schläge hören, als es Stunden zählt. Das Spielwerk tönt sonderbar laut, es durchdringt Mauern und Türen, sodass man ihr in keinem Winkel der Wohnung entrinnen kann. Wer Wand- oder Tischuhren liebt, ist auch auf ihr Glockenspiel versessen und sogar in das rasselnde Geräusch verliebt, das diesem vorausgeht, weil das Uhrwerk sich auf seine Aufgabe, die Stunde zu schlagen, mechanisch vorbereitet. Unsere Uhr aber ist so laut, dass selbst die Nachbarn in der Nacht hörten, wie spät es war, und wenn ich selber schlaflos im Stockwerk darüber lag, wartete ich unruhig, bei der nächsten vollen Stunde mitzuzählen, um über die Zeit, die mir zu schlafen blieb, orientiert zu sein. Heute ziehen wir die Uhr nur einmal in der Woche auf, damit sie ihren vollen Lauf durch einen Tag und eine Nacht nicht vergesse, denn sie soll sich nicht damit abfinden, aus der Zeit ausgetreten zu sein und niemals mehr zu verkünden, wie viel es uns geschlagen hat.

Als Kind war ich begierig, eine Armbanduhr zu besitzen, wenn möglich mit der Funktion einer Stoppuhr, wie es jedoch im Inneren des Uhrwerks zugeht, das hat mich kaum interessiert. Auch der Schulfreund, der einen alten Wecker immer wieder zerlegte und neu zusammensetzte, konnte mich nicht dafür begeistern zu ergründen, wie all die Rädchen und kleinen Schrauben ineinandergreifen. Seit der Matura, die ich gewissermaßen stündlich erwartete, habe ich keine Armbanduhr mehr getragen. Als wir aber einmal in La Chaux-de-Fonds vorbeikamen, ergriff ich doch die vielleicht letzte Gelegenheit, das in ihren Messgeräten verstehen zu lernen, was ein beständiges Thema meines Schreibens bildet, die Zeit. Das Uhrenmuseum von La Chaux-de-Fonds ist das bedeutendste seiner Art auf der Welt, und betritt man seine unterirdischen Räume, glaubt man, in das sirrende, mit Abertausenden Rädchen, Reglern, Rollen, Pendeln, Federn in unaufhörlicher Bewegung befindliche Uhrwerk der Welt selbst geraten zu sein.

Ich hatte diese Stadt schon lange besuchen wollen, weil mich jene alten Industriestädte faszinierten, in deren städtebaulicher Struktur ein soziales Ideal oder eine politische Obsession anschaulich werden. Deshalb war ich ja nach Zlín gefahren, und wenn ich in Istrien unterwegs war, machte ich oft einen Abstecher nach Raša, wo Mussolini eine Bergarbeiterstadt wie ein großes Schachbrett anlegen ließ, auf dem jede Figur, vom Arbeiter zum Vorarbeiter, vom Ingenieur zum Direktor, den ihr zugewiesenen Platz – ein besonderes Haus in einer besonderen Straße – einnehmen sollte. Die Stadt, in die ich jetzt geriet, unterschied sich von all den Planstädten, die ich schon gesehen hatte, denn in La Chaux-de-Fonds ist man nicht in einem sozialgeschichtlichen Museum unterwegs, das vom Scheitern autoritärer Wohlfahrtspläne erzählt, wie sie in Mähren die Brüder Bat'a hegten, oder von der nationalen Mobilisierung der Arbeiterschaft, wie sie den italienischen Faschisten vorschwebte. La Chaux-de-Fonds ist vielmehr eine lebendige Kleinstadt von 40 000 Einwohnern, auf die sie es schon um 1900 brachte, als die Hälfte der Weltproduktion an Uhren hier hergestellt wurde.

Durch die Stadt zieht rund zwei Kilometer schnurgerade die Avenue Léopold-Robert, die von Hunderten Ahornbäumen gesäumt ist, die vom Stadtgartenamt so geschnitten werden, dass die obersten Spitzen exakt auf einer Meereshöhe von tausend Metern enden. Denn La Chaux-de-Fonds liegt zwar tief im Tal zwischen den aufragenden Gebirgsketten des schweizerischen Hochjura, aber doch rund tausend Meter über dem Meer, und die einst reiche Stadt hält noch immer so sehr auf sich, dass sie sich den kommunalen Spleen mit der Oberkante der Bäume gerne leistet. Ich staunte, wie streng geometrisch die ganze Stadt aufgebaut ist, die breiten Straßen, die das Tal entlangziehen, werden in rechtem Winkel von schmäleren gekreuzt, die zu beiden Seiten der Avenue die Hügel hinaufführen. Dies ist das Werk eines klugen Stadtplaners aus dem frühen 19. Jahrhundert, der einen Brand im alten Dorfkern nutzte, um den neuen Ort so aufzubauen, dass seine Struktur unmittelbare soziale und ökonomische Folgen zeitigte. Denn die Avenue und ihre Parallelstraßen sind alle von Nordost nach Südwest orientiert, sodass in den langgestreckten Hallen die Feinmechaniker, die an den Werkbänken die großen, kleinen und winzigen Uhren montierten, stets das beste Tageslicht für ihre Arbeit vorfanden. Die Anordnung der Straßen symbolisierte zudem die soziale Hierarchie der Arbeiterstadt. An den Straßen im Tal standen die noch heute imponierenden Wohnblöcke der Arbeiter, hügelan darüber die geräumigeren Wohnhäuser der Angestellten und ganz oben die Villen der Eigentümer, von denen einige Le Corbusier entwarf, der in dieser Stadt aufwuchs, sie aber weniger geprägt hat, als dass er von ihr geprägt wurde.

Das Museum macht das mechanische Wunderwerk der Uhren in enormen Vergrößerungen anschaulich, sodass ich vor einem riesigen Uhrwerk stand und tatsächlich auf zwei Metern studieren konnte, was sonst nur wenige Millimeter oder Zentimeter groß ist. Zum ersten Mal begriff ich, wie das funktionierte, was Uhrmacher schon vor Jahrhunderten ersonnen hatten. Dennoch, mehr als die Mechanik der Uhren faszinierte mich die Geschichte der Zeitmessung. Mit der Sanduhr war schon früh jenes Objekt gefunden, das die

Vergänglichkeit, an die die Uhren gemahnen, auch wenn sie längst der Pünktlichkeit dienen, unüberbietbar einprägsam fasst. Unser Empfinden von Zeit wandelt sich seit jeher, und gerade jetzt wird unser altes Zeitgefühl zerstört, ist das Wesen der Digitalität doch weniger die Beschleunigung als die Zerstückelung der Zeit. Im Museum stieß ich auf den Plan, mit dem die Firma Swatz nicht nur den Markt erobern, sondern ein anderes System der Zeitmessung durchsetzen, also die Welt in ihrem Innersten verändern wollte. Ginge es nach den Ingenieuren der horologischen Welteroberung, würde unser Tag nicht mehr 24 Stunden zu sechzig Minuten zu sechzig Sekunden haben, sondern tausend »Beats«, Schläge, in deren Takt das Leben nicht mehr rauscht, sondern springt. Nicht wie von alters her der Fluss wäre weiterhin das sinnige Bild der Zeit, sondern der Klotz, von dem im Takt der Beats ein dünnes Stück nach dem anderen heruntergesäbelt wird und in den Kübel fällt.

## 33

Als er sterben musste, hat er seine Steine zu beschriften begonnen. Er war weit herumgekommen und hatte sich viele Regionen in Österreich, Tschechien, Slowenien, Kroatien zu Fuß oder mit dem Rad erwandert. Woher er auch zurückkehrte, hatte er Geschichten und Gedichte dabei und ein paar Steine, die er am Rand der Bäche und Flüsse, in den Tälern und Senken aufgelesen, in der Hand gedreht und eingesteckt hatte. Wir waren Freunde, obwohl wir nicht zusammenpassten. An einem frühwarmen Tag im Mai hatten wir das einmal für immer ausgesprochen, in einem Gastgarten am Stadtrand, und dann sehr darüber gelacht. Denn wir saßen im Schatten einer großen Kastanie, tranken Bier und freuten uns, dass alles so schön war, die Kieselsteine, die knirschten, wenn jemand auf ihnen durch den Garten schritt, die Bäume, durch die das noch weiche Licht der Frühlingssonne drang, die grünen Gartensessel, die erst ein paar Tage zuvor aus dem Schuppen geholt worden waren, die grauen Bierkrüge, die wir in der Hand hielten, unsere Kinder, die am Spielplatz lärmten, wir selbst, die wir uns einig waren, dass wir einander auf die Nerven gingen, aber nur eigentlich, nicht wirklich. Er war mir eigentlich zu pathetisch in seiner Geste der Welterrettung, zu rigoros in seinem Urteil, was gut und was falsch sei, zu bedächtig im Denken und Argumentieren, kurz, ein zu aufrechter Mann. Ich wiederum war ihm eigentlich zu ironisch, gerade wenn es um Dinge ging, die er wichtig nahm, ich wechselte zu unbekümmert die Themen und Argumente und hatte, in die Enge getrieben, zu schnell eine originelle Fluchtbemerkung zur Hand, kurz, ich war ihm ein zu schwankender Charakter. Wenn er Rad fuhr, tat er es aus Liebe zu dieser Art der Fortbewegung und aus politischer Überzeugung, wenn ich Rad fahre, tue ich es, weil es praktisch ist in der Stadt. Auf die Idee, über Land zu fahren, eine mehrtägige Radpartie zu unternehmen, bin ich nie gekommen, dafür ist mir der Sattel zu hart, in der Luft liegt zu viel Schweiß, und außerdem führen die Straßen mit ihren schotterigen Banketten immer bergauf. Bin ich mit dem Rad unterwegs, denke ich nicht an die Nachhaltigkeit meines Tuns; Joe aber bedachte immer, was ökologisch sinnvoll war und was sich, wenn es schon nicht sinnvoll war, wenigstens ausnahmsweise doch vertreten ließ. Ins Auto stieg er ungern, weil er das Auto für eine Misserfindung hielt, und da er einmal doch nach Lateinamerika musste und es zu langwierig gewesen wäre, hinüberzuschwimmen, hat er sich schlechten Gewissens in ein Flugzeug gesetzt.

Er wuchs im Mühlviertel auf, als eines von sechs Kindern eines Fabrikarbeiters und einer Kleinbäuerin, die beide unaufhörlich arbeiteten, meist stumm, wie er später geklagt hat. Aus der Sprachlosigkeit musste er, der erste Akademiker der Familie, sich mühsam herausarbeiten, er hat mir erzählt, wie schwer, aber auch befreiend es für ihn war, sich in der Sprachwelt des Gymnasiums, des Internats, der Universität zu behaupten. Er war kein Schriftsteller, aber er hat Lyrik in mehreren Sprachen gelesen und selbst Gedichte und Erzählungen verfasst, deren literarische Bedeutung er nicht zu hoch bemaß, deren existentieller Wert ihm aber unermesslich war: Er schrieb nicht, weil er empört, sondern weil er begeistert war. Das Dichten gehörte dem Sohn der schweigsamen Bauernfamilie zum guten Leben.

Drei kleine Bücher, erschienen in kleinen, leicht zu übersehenden Verlagen, besitze ich von ihm. Das erste versammelt Gedichte, die er meist auf Reisen oder später zu Hause schrieb, um die Erfahrungen des Reisens im Gedicht zu keltern; das zweite, »Voltaire hat keine Nase mehr«, vereint Prosaskizzen, darunter so schöne wie die über »Das Brot meiner Mutter«, und das dritte trägt den ihm wie angegossenen Titel »Laufender Achter. Geschichten und Träume« und handelt vor allem vom Radfahren. Joe beschwört die Freude des Buben aus dem oberösterreichischen Weiler herauf, der ein altes Waffenrad erklimmt und an einem herrlich unbeaufsichtigten Nachmittag, an dem die Erwachsenen auf dem Feld bei der Heumahd sind, ein ungeahntes Glück erfährt – das Dahingleiten auf dem unebenen Boden vor dem Bauernhof, die Entdeckung einer neuen Form von Bewegung und Balance: »Es waren zwei Zwetschkenbäume vor dem Elternhaus in Reichering. Das liegt in Oberweis, in Mitteleuropa. Einer der Zwetschkenbäume steht heute noch.« Als Lyriker und Erzähler widmete Joe seine Aufmerksamkeit den unscheinbaren Begebenheiten, ja den lästigen Dingen, dem langsamen Radfahren der alten Leute, die das Gleichgewicht dennoch zu halten wissen, den abgefahrenen Felgen des Rads, selbst den kapitalen Stürzen … Das Rad gehörte zu Joe, sogar in die Todesanzeige in der Lokalzeitung hatten seine slowenische Frau und seine Kinder gesetzt: »Liebe Salzburger, macht dem Joe eine Freude und kommt mit dem Radl.«

Joe Kemptner war einer der Pioniere der ökosozialen Bewegung Österreichs, als er starb, wurde er in den Nachrufen als »Klimarebell« gewürdigt, als »Philosoph des Klimaschutzes«. Das war er sicher, und zudem einer der Gründerväter der Fairtrade-Läden in Österreich, ein Kämpfer für eine andere Form von Entwicklungspolitik und noch vieles mehr, das in diese Richtung, hin zu einer sozialen und ökologischen Orientierung der Gesellschaft wies. Er war sieben Jahre älter als ich, aber jetzt bin ich schon sechs Jahre älter, als er wurde. Keinen habe ich gekannt, der gelassener gestorben ist als er, der über Monate immer schwächer und schwächer wurde und am Ende das Bett fast nicht mehr verlassen konnte, so ausgekargt hatte ihn der Krebs. Jeder, der ihn besuchte, hat erschüttert und erleichtert zugleich davon be-

richtet, dass er ein paar geradezu heitere Stunden am Sterbebett von Joe verbrachte, in denen dieser, dem Tod geweiht,
vom Leben erzählte und davon, wie schön es gewesen sei
und noch immer wäre. Er hat in seinen letzten Wochen viel
gesprochen und seinen Besuchern die Gunst gewährt, ihm
beim Grübeln über die ersten und die letzten Dinge zuzuse-
hen und zuzuhören, und manchmal war, was er halluzinie-
rend erzählte, reine Poesie. Er wollte der Sprachlosigkeit, in
der er aufgewachsen und aus der er herausgewachsen war,
über jene imaginäre Grenze hinaus trotzen, an der selbst die
verstummen, die beredt durch ihr Leben gegangen sind, es
war sein selbsterklärtes Ziel, bis zum letzten Atemzug in der
Sprache zu leben.

Seine späten Besucher gingen alle mit einem besonderen
Geschenk nach Hause, einem Stein, den er aus seiner Sammlung auswählte und beschriftete. Als ich ein letztes Mal bei
ihm war, hat er mir einen flachen, nicht völlig abgerundeten Kieselstein mit einem Durchmesser von vielleicht vier,
fünf Zentimetern überreicht. Der Stein ist weiß, grau, mit
rotbraunen und hellblauen Einschlüssen. Man muss ihn ins
Wasser legen, aus dem er kommt, damit man seine kom-
plexe geologische Struktur erfassen und seine Schönheit
erkennen kann. Jahrtausende hat es gebraucht, bis sich der
Stein unter dem Druck von Gletschern und mächtigen Ge-
steinsmassen aus Hunderten mineralischen Splittern zu
diesem einen Stein formte, den Joe einst aus der Soča geholt
hatte.

Im Gebiet der Soča, die in den Julischen Alpen entspringt
und zwei Drittel ihres Weges durch Slowenien fließt, ehe sie
bei Görz die Grenze nach Italien passiert und bei Monfal-

cone ins Meer strömt, ist Joe immer wieder unterwegs gewesen. Oft hat er mir von diesem tief ins Tal gekerbten Fluss vorgeschwärmt, von seinem türkisfarbenen Wasser, das so klar war, dass er bis zum Grund blicken konnte, von den schwankenden Holzbrücken, über die man auf die andere Seite gelangen konnte, von der üppigen Bewaldung der Ufer, den breiten Schotterbänken mit Millionen Kieselsteinen, von denen keiner genau wie der andere war, von der alpinen Schönheit der Landschaft, den kleinen Ortschaften und den größeren wie Tolmin mit seinem alten Stadtkern oder Kobarid …

Dort, an der Soča, die die Italiener Isonzo nennen, tobten im Ersten Weltkrieg verheerende Schlachten zwischen der k. u. k. Armee und dem italienischen Heer. Zwölf waren es insgesamt, die Hunderttausenden den Tod und den Gegnern doch kaum einen Geländegewinn brachten. Erst die letzte Schlacht wurde von der k. u. k. Truppe offensiv angelegt, sodass ihr bei Kobarid, das auf Deutsch Karfreit hieß, der Durchbruch in die Ebene bis hinunter zur Piave gelang. Das hat freilich nichts daran geändert, dass Österreich-Ungarn trotz des sogenannten »Wunders von Karfreit« den Krieg verlor. Der Stein, den Joe aus der Soča klaubte, liegt in unserem Wohnzimmer auf der schwarzen Erde eines großen Blumentopfs, die violetten Schriftzüge, die Joe in drei Kreisen vom Rand des Kiesels nach innen gezogen hat, sind nicht mehr zu entziffern, selbst dann nicht, wenn ich den Stein ins Wasser lege und sie etwas kräftiger hervortreten. Ich glaube, dass ich schon damals nicht mehr als die ersten Worte zu lesen vermochte: »Der Traum in diesem Stein …«

## 34

In der Wohnung ist Platz für viele Tote. Wir leben mit ihnen, nicht nur mit denen, an die wir uns erinnern, weil wir uns um unseretwillen an sie erinnern wollen, sondern auch mit den zahllosen, die in den Dingen, Gerätschaften, Möbeln, die sie vor zwanzig oder 150 Jahren herstellten, namenlos gegenwärtig bleiben. In unserem ungeschriebenen Totenbuch sind sie alle verzeichnet, mit Namen und Lebensdaten, mit den Orten und Zeiten, da unsere Wege sich kreuzten oder ihre Wege aus ferner Zeit in die unseren mündeten, als wäre dies ihr Ziel gewesen, mit ihren Eigenheiten, die wir kannten, und jenen, von denen wir niemals erfuhren.

Wir waren kaum übersiedelt, da sah ich – das Erlebnis war bildhaft konkret –, wie sich vor mir, dem gerade vierzig Gewordenen, der Raum jener Jahre öffnete, die zu leben mir hier vergönnt sein würden. Der Raum tat sich auf in Form von Jahren, die eines Tages die meinen gewesen sein werden, und die Zeit öffnete sich mir als Raum, den ich bis dahin durchmessen haben werde. Und doch nahm beides an jenem Novembertag des Jahres 1994 von hier, bei 47°47'58" nördlicher Länge und 13°2'2" östlicher Breite, seinen Ausgang, wo es am Ende auch wieder zusammenfallen wird. Ich rede es mir nicht nachträglich schön, sondern weiß, dass ich damals in einem Moment inniger Verbundenheit jenem von ferne grüßend zuwinkte, der dereinst von hier wird ausziehen müssen, und zwar, wie man so sagt, indem man ihn mit den Füßen voraus aus Wohnung und Haus trägt.

In der Welt draußen plädiere ich gewohnheitsmäßig für offene Grenzen, die Eingangstür zu meiner Wohnung aber ist versperrt, und die Visa zum Betreten werden nicht beliebig ausgestellt. Dennoch sind mit der Zeit viele in meine Wohnung gelangt, manche kamen von selbst, andere habe ich gerufen, eingeladen, zum Besuch überredet. Wie viele? Die Liste, auf der sie verzeichnet sind, ist imaginär wie das Buch der Toten, denn ich kann sie aus dem Gedächtnis nicht mehr erstellen. Den Moment vorzusorgen habe ich gleich im ersten Jahr versäumt, und das hatte damit zu tun, dass es wenig gab, das mich als Gast in stärkere Beklemmung versetzte, als wenn die Gastgeber vor mich ein geöffnetes Buch hinlegten, in dem ich mich der langen Reihe vorangegangener Besucher zugesellen und mich gleich ihnen mit einem Sinnspruch, einer launigen Bemerkung, einer originellen Dankesformel verewigen sollte. Das Gästebuch ist eine Zumutung, vor die keiner gerne gezwungen wird, aber was es vor aller buchhalterischen Renommisterei versucht, ist keineswegs lächerlich: der Erinnerung Namen, dem Fest sein Dokument geben – und dem schlechten Gedächtnis eine Stütze bieten. Natürlich war es respektvoll meinen künftigen Gästen gegenüber, die neue Wohnung nicht mit einem Gästebuch auszustatten, aber schade ist es doch, dass ich nicht mein eigenes Buch der Gäste und Feste geführt habe.

Auch so weiß ich, dass es der 14. Mai 1999 war, an dem mich Fritz Kohles zum letzten Mal besuchte, Fritz, mit dem ich damals seit 35 Jahren befreundet, zerstritten, befreundet war – von dem ersten Augenblick an, da ich, ein kleiner zappeliger Bub, der neugierig, aber auch ein wenig verschreckt in die erste Klasse des Gymnasiums trat, einen großen, dicklichen Knaben erblickte, der im Kreis so vieler unbekannter Kinder mit witzigen Sprüchen heimisch zu werden versuchte und mich neugierig, aber auch ein wenig verschreckt musterte. All die Jahre in der Schule wird dieser Knabe seine Kameraden blendend unterhalten, denn er ist mit dem absoluten Gehör ausgestattet, was die Nuancen des Deutschen und seiner Dialekte betrifft, und mit einer Stimme, mit der er die Erwachsenen, die im Stand von sogenannten Respektspersonen stehen, karikierend nachahmt, bis ihre Autorität ein für alle Mal in sich zusammenbricht. Der Schüler Fritz war nicht nur der beste Stimmenimitator, den ich je kennenlernte, sondern ein praktizierender Sprachphilosoph, der einem das Ohr für die kleinen sozialen und regionalen Unterschiede öffnete, die wir alle im Sprachgewirr um uns herum gar nicht wahrgenommen hatten.

Er war ein Schauspieler von Anbeginn und blieb es bis zu seinem frühen Tod, auf den er nicht geradewegs hingearbeitet, mit dem er aber missbilligend als Folge seiner Lebensweise gerechnet hat. Er war Schauspieler als Schüler und blieb diesem Metier später als Postbeamter, Gewerkschafter und Gastwirt treu: Wo immer er angestellt war, wurde ihm der Arbeitsplatz zur Bühne, auf der er die Leute blendend unterhielt. Auf dieser Bühne, die ihm der Alltag bot, hat er, uns zum Vergnügen und oft auch zum Erschrecken, nie aufgehört zu spielen, tagein, tagaus, jahrzehntelang. Und was er uns vorspielte, das waren immer wir selbst. Fritz hatte uns alle in seinem Repertoire – Sandler und Honoratioren, unglückliche Frauen und eifersüchtige Männer, kauzige Alte, die aus einer anderen Zeit überkommen waren, unaufhaltsame Erfolgsstreber, die schon die nächsten Schritte ihrer Karriere planten, schöne Seelen, eitle Gesellen, ordnungsliebende Trinker und entgleiste Zwangscharaktere: den ganzen Menschenzoo. Einen jeden hat er an seiner Sprache erkannt und in ihr zu fassen bekommen. Der Sprache war Fritz verfallen, er besaß eine untrügliche Wahrnehmung für die falschen Töne von Täuschung und Selbstbetrug, konnte sprachliche Unterschiede dort ausmachen, wo sie uns gar nicht aufgefallen waren, und sie im Gespräch so ausgestalten, dass auch wir sie auf einmal zu bemerken begannen.

Nach der Matura wurde aus Fritz, dem Stadtwanderer, der von Wirtshaus zu Wirtshaus zog, einer der bekanntesten Salzburger seiner Generation, und diesen Status hat er genossen. Obwohl ihn einige Regisseure überredeten, in kleinen Rollen auf ihrem Theater zu gastieren, ist er, der geborene Schauspieler, nie Schauspieler von Berufs wegen geworden. Ihm genügten das Postamt, auf dem er nach der Matura für ein paar Jahre arbeitete, die Straße, auf der sich häufig eine kleine Gruppe von Passanten um ihn bildete, die Beisln, deren Stammgast er war, und das Wirtshaus, das er in seinen letzten Lebensjahren pachtete.

Fritz war einer der begabtesten Menschen, die ich kennengelernt, und der gewaltigste Trinker, mit dem ich es zu tun bekommen habe. Im Alkohol hat er seit seinem sechzehnten Lebensjahr einen gefährlichen Freund gehabt, der ihm schließlich die Freundschaft aufkündigte und ihn herzlos ums Leben brachte. Es wäre falsch zu behaupten, dass er sich vorsätzlich zu Tode gesoffen habe. Jedes Jahr wieder verordnete er sich ein paar Wochen einer ihn entsetzlich langweilenden Abstinenz, nach der es freilich weiterging wie vorher. Fritz hat vom Vormittag an getrunken, langsam, geradezu bedächtig, aber unaufhörlich, er wurde in dem über Stunden anschwellenden Rausch nicht aggressiv, nicht stumpfsinnig, sondern zuerst scharfsinnig, dann nachsichtig und blieb dabei stets geistreich und ungemein komisch.

Das Trinken hatte ihn gesundheitlich so geschädigt, dass er bereits mit Mitte vierzig in Frühpension gehen musste, gehen konnte. Eine vielleicht nur im Österreich jener Jahre mögliche Wendung der Dinge, hat er am Tag, nachdem er in den Ruhestand versetzt wurde, in Salzburg ein Wirtshaus eröffnet, die am Rand der Altstadt gelegene »Klause«. Mit diesem Beisl hatte er, auch wenn er es nie so genannt hätte, vielleicht nichts anderes als ein soziales Kunstwerk im Sinn, das die Menschen einer zerfallenden Gesellschaft im Wirtshaus noch einmal zusammenführt. In der »Klause« fand sich tatsächlich jene gemischte Gesellschaft ein, um die es Fritz ging, da gab es Arbeiter und Postler, die von der Arbeit nicht gleich nach Hause gehen, sondern den Mühen des Tages noch etwas Geselliges, Undiszipliniertes entgegensetzen wollten, da trafen sich Studenten, Büroangestellte, Beamte, Künstler und Überlebenskünstler, gestrandete Existenzen und Angehörige von Sozialberufen, die sich hier nicht in der Pflicht sahen, ein achtsames Auge auf ihre möglichen Klienten von morgen zu haben. Spätabends war es in der »Klause« so dicht gedrängt, dass man das Wort des Nachbarn kaum verstehen konnte, und hinter dem Tresen amtierte Fritz, der mir dabei den Eindruck eines Menschen machte, der seinen Ort auf Erden gefunden hatte.

In jenem Mai 1999, als er mich zum letzten Mal in meiner Wohnung besuchte, brachte er mir zum 45. Geburtstag ein wohlüberlegtes Geschenk, die Handschrift eines Gedichts von Albert Ehrenstein, die er in einem Antiquariat erstan-

den hatte. Über Ehrenstein hatte ich mein erstes Buch ge-
schrieben, und er hatte sich damals zur weltweit einzigen
Vorstellung des Buches ein eigenes Programm einfallen las-
sen, das er in einem kleinen Theater im Salzburger Stadtteil
Schallmoos vor einer Handvoll Freunde gestaltete. Jetzt, da
er sich nur fünfzehn Jahre später zu meinem Geburtstag
einfand, war Fritz bereits dabei, die Farbe zu wechseln, sein
Teint wurde orange, dann immer dunkler, und das Weiß des
Augapfels war gelb geworden. Die Leber konnte die nötige
Entgiftung nicht mehr bewältigen, von seinem Äußeren
hätte er jetzt ohne weiteres als Inder durchgehen können.
Alle fünf, sechs Wochen kehrte ich bei ihm in der »Klause«
ein, in die er in seinen letzten Monaten selbst häufig auf
einem alten Fahrrad gefahren kam, denn er hatte Wasser in
den Beinen und tat sich schwer mit dem Gehen und Stehen.
Er kam und setzte sich an den Stammtisch, von dem er sich
über Stunden nicht mehr erhob. Jetzt hielt er Hof, die Leute
besuchten das Lokal, um den Wirt zu bestaunen, sie drängten in seine Nähe und warteten darauf, dass er sich aus der
Müdigkeit, die ihn umfing, erhob und zu einem seiner grüb-
lerischen, vertrackten Monologe ansetzte. Bis zum letzten
Tag hat er seine Gäste damit blendend unterhalten und sie
mitgerissen mit seinem Lachen, mit diesem großen Gelächter aus dem Abgrund.

Er war erst fünfzig, als er starb. Von seinem Tod wenige
Stunden vorher haben mir Freunde am Telefon, meinem
ersten Mobiltelefon, berichtet, da saß ich gerade im Zug von
Wien, wo mir der Manès-Sperber-Preis überreicht worden
war. Am selben Tag dem einen der beiden Buben, die sich am
ersten Schultag des Gymnasiums zugenickt hatten, die hohe

Auszeichnung, dem anderen der Tod. Ich saß im Speisewagen, trank zwei Gläser Veltliner und nahm mir vor, ihm nicht länger böse zu sein, dass er war, wie er gewesen war, und die Begabung hatte, seine Talente zu verschwenden. Aber was heißt verschwenden? Er hat sie nur nicht dafür verwendet, eine Karriere als Schauspieler oder Vorsitzender der Gewerkschaft Öffentlicher Dienst zu machen, sondern mit ihnen alle Tage die Menschen zu erfreuen. Er hatte so gelebt, dass er nicht alt werden konnte, auch das durfte ich ihm nicht nachtragen.

## 35

Exkurs über den Rausch

Es war ein Zufall, doch bin ich ein bekennender Anhänger des Zufalls und weiß, dass dieser in dem Unausrechenbaren, als das er in unser Leben tritt, oft die Kraft besitzt, eine neue Ordnung zu schaffen. Es war also nur ein Zufall, aber einer, der uns über die Jahrzehnte verband und zugleich weit voneinander entfernte, dass Fritz und ich gemeinsam in den ersten Rausch unseres Lebens fanden. Es war in der fünften Klasse des Gymnasiums, dass uns die in dieser Schulstufe vorgesehene Schullandwoche in ein kirchliches Ferienheim im steirischen Hügelland führte. Die vier uns zugeteilten Lehrpersonen beiderlei Geschlechts beschäftigten sich so erstaunlich heftig miteinander, dass sie, war die Nachtruhe erst ausgerufen, kaum ein Auge oder Ohr mehr auf uns verwendeten und wir dreißig Schüler und Schülerinnen mit der unerwarteten Freiheit nichts anderes anzufangen wussten, als die ins Quartier eingeschmuggelten Flaschen Schnaps und Wein in uns hineinzuschütten.

Erst am dritten oder vierten Abend beteiligten auch wir beide uns an dem von der Unerfahrenheit der Trinker beschleunigten Besäufnis, sodass wir inmitten der fast noch kindlichen Zecher, von denen einige schon bald in die Klomuscheln oder der Einfachheit halber gleich aus den Fenstern spien, zum ersten Mal jene Berauschung erreichten, die wir uns später von niemandem schlechtreden ließen. Nach dieser Erfahrung als ahnungsloser Messdiener des Rausches hielt ich, als zauderte ich vor einer gefährlichen Verlockung, geradezu erschreckt für mehr als zwei Jahre inne, ehe ich es wieder mit dem Alkohol versuchte und sogleich erkannte, dass ich mich nicht in ihn, sondern in die Wirkung verliebt hatte, die er hervorruft. Die Liebe habe ich mir bewahrt, aber sie hat bei mir nie jene zerstörerische Macht entfaltet, der sich Fritz weniger ergab, als dass er ihr huldigte. Die Liebe kann bekanntlich zur Besessenheit werden, die den Liebenden zugrunde gehen lässt, und tatsächlich habe ich einige gesehen, die vom Alkohol zermürbt wurden. Sie alle liebten nicht den Rausch, der die Kräfte des Lebens stärkt und die Intensität des Welt-Erlebens steigert, sondern waren dem Alkohol als jenem Gift verfallen, das die tief in ihnen glimmende Sehnsucht nach Selbstaufgabe und Auslöschung anfacht.

Viel häufiger als mit ihnen, die den Alkohol als Mittel zur Selbstaufopferung benutzten, habe ich es jedoch mit den Buchhaltern des Genusses, den Ideologen der Mäßigung zu tun bekommen. In der lächerlichen Sprache von Fachleuten des Gustierens schwadronieren sie vom Geschmack irgendwelcher Reben im Friaul, burgenländischen Seewinkel oder Burgund. Muss ich umständehalber ihren Vorträgen zuhören, bin ich immer versucht, sie zu unterbrechen und zu ermahnen, ernsthafte Trinker mit derlei Gefasel nicht von dem abzuhalten, was es zu tun gilt: Alkohol zu trinken, nicht weil er schmeckt, sondern weil er berauscht. Namentlich der Wein gilt in den Schriften der Alten seit jeher als heiliges Getränk, als eines der edelsten Göttergeschenke, und nicht etwa weil sein Geschmack den von Wasser oder anderen Getränken überträfe, sondern weil ihn seine Wirkung von diesen unterscheidet.

Mit den Jahren habe natürlich auch ich guten von schlechtem Wein zu unterscheiden und den sehr guten zu schätzen gelernt, wobei in meiner Jugend das österreichische Weinbaugesetz lautete: Abends heimischen Wein trinken heißt den ganzen nächsten Tag grimmigen Kopfschmerz erdulden. Das hat sich gründlich gebessert, wiewohl die Feier der Berauschung immer noch mit der nachfolgenden Verkaterung bezahlt werden muss, und das ist auch richtig so, denn wer nur trinkt, weil ihm das eine Gläschen Rotwein guttut, dem sollte es eigentlich verboten sein. Der Trinker würdigt den Alkohol gerade, weil er ihm dazu verhilft, das rechte Maß zu verlieren, mehr noch: sich von ebendiesem Denken nach Maß und Mäßigung befristet zu befreien. Er weiß, dass auf das Hochgefühl unweigerlich der Absturz folgt, aber er weiß auch, dass die körperliche Zerschlagenheit, das seelische Sodbrennen, die später von Fest und Feier zeugen werden, diesen im Grunde nichts anhaben können. Denn die Würde des edlen Rausches ist höher zu veranschlagen als die Depression, die er verursacht. Schließlich ist der Rausch vor allem eine Haltung, die man zum Leben einnimmt, dessen Begrenzungen dazu da sind, wiederholungsweise überschritten zu werden. Wer sie in diesem Wissen überschreitet, anerkennt sie gleichwohl in ihrer grundsätzlichen Berechtigung. Der Dauerrausch ist kein erhebender Zustand und ein Ziel nur für jene degoutanten Propheten der permanenten Grenzüberschreitung, die das kollektive Verblöden für einen rebellischen Akt wider gesellschaftlichen Zwang und staatliche Ordnung missverstehen.

Mit den einen wie den anderen, den Ideologen der Mäßigung wie des Unmaßes, hat der erfahrene und respektvolle Freund des Rausches nichts zu tun. Er trinkt keineswegs jeden Tag, oft sogar über Wochen kein einziges Glas. Er trinkt selten, aber wenn, dann immer zu viel. Dieses Zuviel ist genau das richtige Quantum für ihn, der ja nicht trinkt, um sich am nächsten Tag wohlzufühlen, sondern um heute in der langsam sich aufbauenden Berauschung wieder den ganzen und euphorischen Menschen in sich zu entdecken. Traurige Stunden machte die Berauschung mir zu romantisch-traurigen Stunden, in den ausgelassenen Momenten ließ sie mich das Glück der Sorglosigkeit ahnen, geistreiche Gespräche hat sie befeuert, alberne ins große Gelächter geführt, mit dem ich mich über die allgemeinen und meine besonderen Miseren zu erheben vermochte.

Dazu taugte mir von allen alkoholischen Getränken jedoch ausschließlich der Wein. Vom Bier muss man so große Mengen trinken, dass man den lichten Rausch nie erreicht, sondern auf dem Weg dorthin sinnlich abstumpft, geistig verkümmert und moralisch verfällt; von den Schnäpsen und anderen hochprozentigen Getränken nimmt der alkoholisch vom Wein sozialisierte Trinker hingegen zu schnell zu große Mengen auf, sodass der Weg zu kurz ist, als dass die langsame Berauschung, also der Weg genossen werden kann, sondern alles zur öden Sauferei gerät, deren Ziel der idiotische Vollrausch ist.

»Wer nur Wasser trinkt, hat etwas zu verbergen«, sagt Baudelaire, und tatsächlich lockert der Rausch nicht nur die Zunge, sondern er nimmt dem Trunkenen auch die Ängstlichkeit, sich sprechend womöglich zu verraten. Wer sich auf dem Weg in die Berauschung befindet, der kann mit jedem reden, mit dem Weisen und dem Dummen, und über den intellektuellen Dünkel, auf den er im Status der Nüchternheit achtet, wird er wie von selbst hinausgetragen. Den alten Griechen war das Gespräch die Vorstufe des Gelages, der Dialog fand seine rauschhafte Vollendung im Symposion. Wer trinkt, beginnt immer zu reden und immer in einen Dialog zu treten, und sei es, dass er mit sich selbst zu sprechen beginnt und ihm in der inneren Rede und Widerrede mit einem Mal Probleme klar werden, mit denen er sich nüchtern allzu lange herumgeschlagen hat, ohne die vor Augen stehende Lösung zu sehen. Dass er das Wissen und die Zuversicht in den Tag der Ernüchterung hinüberretten kann, ist nicht die Regel, aber auch nicht unmöglich.

Wo mir selbst der Zusammenhang meiner Dinge verlorenzugehen drohte, habe ich ihn manchmal in der Berauschung wiederzuentdecken vermocht, sie war es, die mich das Ganze, Zusammengehörende, das sinnvoll Verbundene meiner widerstreitenden Lebenstatsachen ahnen ließ. Ja, der Alkohol hat mir treue Dienste erwiesen, sogar jenen einen, dass er mir, wenn ich auf ihn verzichte, nicht abgeht. Er ist

mir der gefährliche Freund geblieben, nicht zum unverzicht-
baren Feind geworden. Ach, ihr weißen und roten Weine,
von der Jugend ins Alter konnte ich mich auf euch verlassen,
in guten wie in schlechten Stunden: Habet Dank dafür!

## 36

Eine beglückende Zeit lang tat ich nichts lieber, als traurige
Bücher zu lesen. Über ein paar Jahre, die mir im Nachhin-
ein als die stilbildenden meines Lebens erscheinen, weil sich
in ihnen meine Art, auf der Welt zu sein, zur persönlichen
Eigenart ausformte, galt ich wohl als geselliger Mensch,
begabt zur Freundschaft, zum ernsten wie zum ruchlosen
Gespräch, zum Debattieren, Trinken und Feiern. Aber am
liebsten verbrachte ich meine Tage damit, die Tür meines
Zimmers hinter mir zu schließen und mich mit düsteren
Romanen, schwermütigen Gedichten und Theaterstücken
zu beschäftigen, in denen das Glück unerbittlich als Lebens-
lüge entlarvt wurde. Ich entdeckte die große Literatur, und
von dieser war ich überzeugt, dass sie nicht anders als trost-
los sein könne, denn die wahrhaft großen Bücher waren groß,
eben weil sie keinen Trost, sondern den Blick in den Abgrund boten.

In jener zuversichtlichen Stimmung der Weltverneinung
ging ich daran, mir als Student meine literarische Bildung
zugleich systematisch und im Vertrauen darauf auszubauen,
dass mich auch der Zufall zu dem für mich Richtigen führen
werde. In der Bibliothek des Germanistischen Instituts stieß
ich, wie so oft der Neugier der Hände folgend, die mich ver-

anlasste, bald dieses, bald jenes Buch aus dem Regal zu nehmen und gewissermaßen schnuppernd ein wenig hineinzu-
lesen, auf einen Band mit ausgewählten Werken des Dichters Albert Ehrenstein, von dem ich vorher nicht einmal den
Namen gekannt hatte. Ich war vom ersten Augenblick an
fasziniert, denn hier war alles vorhanden, was mir damals
die echte Literatur bedeutete: Klage, Anklage, Empörung –
und ein scharf zugespitzter Ton der Verzweiflung. Ich traf
mich abends mit Freundinnen und Freunden, von denen ich
stets genügend hatte, auf die ich bauen konnte, aber davor
und danach las ich gerne Ehrensteins Verse über die Einsamkeit und die beständige Verlockung, sich fallenzulassen.

»Töte dich, spricht mein Messer zu mir.
Im Kote liege ich;
Hoch über mir, in Karossen befahren
Meine Feinde den Mondregenbogen.«

Ich las alles, was ich in Bibliotheken und Antiquariaten von
diesem Autor bekommen konnte, der 1886 in einer armen
jüdischen Familie in Wien zur Welt kam, bereits in jungen
Jahren als expressionistischer Dichter viel bewundert wurde,
später den Nationalsozialisten mit knapper Not ins Exil
entrann und in New York, völlig vergessen, 1950 im Armen-
hospital von Welfare Island starb. Schon während ich seine
Bücher zum ersten Mal las, wusste ich, dass ich über diesen
Mann, dessen Leben nichts mit dem meinen verband, der
über ein persönliches Unglück klagte, das ich so nie verspürt
hatte, und der als Jude ums Überleben aus seiner Heimat
flüchten musste, in der ich wohlbehütet aufwachsen konnte,

mein erstes Buch schreiben würde. Ich ging abends durch das raschelnde Laub der Allee vom Germanistischen Institut nach Hause und formte bereits die düsteren, bitteren Sätze, die ich bilden würde, wenn ich nur erst mein Buch über ihn zu schreiben begänne. Ein paar Semester später schrieb ich es tatsächlich, und es vergingen noch einmal Jahre, dass ich das Manuskript aus der Lade holte, überarbeitete und es, als Ehrensteins 100. Geburtstag im Jahr 1986 nahte, an alle möglichen Verlage schickte. Es erschien in einem kleinen Züricher Verlag, der von meinem ersten Buch 272 Exemplare verkaufte, nach diesem Erfolg sein literarisches Programm einstellte und nur mehr Comics veröffentlichte.

Immerhin war mein Buch einige Male rezensiert worden, und die interessanteste Besprechung, verspätet in einer germanistischen Fachzeitschrift veröffentlicht, stammte von einem Mann, ein paar Jahre jünger als ich, doch bereits auf dem Wege zum Gelehrten, der alles erforschte, was es mit der jüdischen Literatur Österreichs auf sich hatte. Armin A. Wallas schrieb damals, dass die besten Kapitel meines Buches von jenen Jahren im Leben Ehrensteins handelten, die noch kaum erforscht wären und von denen ich über die wenigsten gesicherten Erkenntnisse verfügte. Das hätte mich stutzig machen und ins Grübeln darüber bringen müssen, worin meine Stärken beim Schreiben eigentlich lagen. Damals aber hielt ich mich bei der scharfsinnigen Beobachtung nicht auf, dass ich dort, wo ich mir die Dinge zusammenreimen musste, Interessanteres zuwege brachte als da, wo ich reichliches Material nur aufzuarbeiten hatte. Als ich Armin A. Wallas kennenlernte, begegnete ich einem Mann, weltfremd und sich doch seines Tuns und Strebens sicher, der in seinem Auftreten wie ein Rebbe anmutete, der aus einer im osteuropäischen Schtetl spielenden Novelle herausgetreten und in die Wirklichkeit unserer Tage übersiedelt war. Er starb viel zu früh als schwerer Asthmatiker, der ein paar Tage im Süden verbringen wollte, um am Meer von Grado Linderung seiner Beschwerden zu erlangen, und den rettenden Spray zu Hause vergessen hatte.

Zu meinem 45. Geburtstag, als er zum letzten Mal in meiner Wohnung zu Gast war, schenkte mir Fritz Kohles das gerahmte Original eines Gedichts von Ehrenstein. Damals stand ich schon länger nicht mehr im Banne dieses Autors. Je genauer ich seine Schriften las, umso klarer wurde mir, dass ich den Autor und seine Dichtung in der ersten Begeisterung missverstanden hatte, und Ehrenstein selbst war es, der mir half, mich von dem Missverständnis zu befreien, die wahre Kunst wäre eine weltverneinende Kraft. Es war die Lektüre Ehrensteins, die mich vom Kult des Scheiterns, vom Lobpreis der Verzweiflung abbrachte, denn so bitter er von seiner zerquälten Kindheit, so empört er vom Krieg und der schauerlichen Propaganda erzählte, der zahllose österreichische Dichter im Stechschritt der vaterländischen Poesie ihren Tribut entrichteten; so verzweifelt er von den Enttäuschungen des Nachkriegs, von der Misere seiner privaten Existenz und dem Elend der politischen Entwicklung dichtete: Er hat sich doch nie heimelig in der fortgesetzten Enttäuschung eingerichtet, sondern aus einer immer wieder aufblitzenden Liebe zum Leben geschrieben.

Nach und nach erkannte ich, dass nicht die Abkehr von der Welt, sondern die Hinwendung zu ihr, zu den gewöhnlichen Dingen, den sogenannten einfachen Menschen das vehemente Drängen und Stürmen seiner Dichtung ausmachte. Nein, dieser Ehrenstein hielt im weichen Bett des Griesgrams nicht sein historisches Dauerschläfchen, um gereizt erwachend ein paar sarkastische Verse zu sprechen. Seine sprachliche Schärfe hat das Ihre dazu beigetragen, dass ich mich lesend nicht als Dauermieter im Haus der Bitternis einquartierte, sondern in den Büchern auch die Welt zu entdecken begann und mich nicht länger mit deren routinierter Abwertung abfinden wollte.

Nun hatte mir Fritz das gerahmte handschriftliche Original eines Gedichts von Ehrenstein geschenkt. Es wechselte in der Wohnung ein paarmal seinen Platz, bis ich es zwei Schritt von der Wohnungstür entfernt im Vorraum aufhängte, gleichsam zur Begrüßung der Besucher, die es dort an einem schmalen Wandstück schon beim Eintreten entdecken können. Die Schrift Ehrensteins ist gut leserlich, selbst für Leute, die ungeübt darin sind, fremde Handschriften zu entziffern. Die schwarze Tinte wurde mit einer spitzen Feder auf das Papier aufgetragen, das mittlerweile gelb und stockfleckig geworden ist. Die Großbuchstaben heben mit schwungvollen Verzierungen an, aber ohne Schnörkel, das A und S, das L und W versah der Schreiber mit anlautenden Häkchen, die das rasche Erfassen erleichtern, und die Buchstaben jedes Wortes sind miteinander verbunden, was den Linienfluss leicht dahinschwingen lässt.

Das Gedicht stammt aus der Mitte der zwanziger Jahre. Ehrenstein hatte den Ersten Weltkrieg vom ersten Tag an verdammt und eine neue, radikal geänderte Gesellschaft herbeizuschreiben, herbeizuschreien gehofft, die auf Pazifismus, Gütergemeinschaft innerhalb der Nationen und

Gleichheit der Völker bauen werde. Um 1925 war die Hoffnung darauf in ihm niedergebrannt, er wandte sich dem Fernen Osten zu, übertrug chinesische Gedichte und Rebellengeschichten, setzte sich aber auch, ohne es zu esoterischem Schmus zu verrühren, mit asiatischer Philosophie und Religiosität auseinander. Wiewohl mir die Werke aus dieser Phase seines Schaffens einst wie jetzt am wenigsten zusagen, spricht mich dieses eine bilanzierende Gedicht immer noch unmittelbar an, gerade indem es die Wildheit der frühen Jahre nicht verleugnet, aber in eine andere Art, die Welt in der Sprache zu erfahren, hinüberführt.

»Ich sang die Gesänge der rot aufschlitzenden Rache
und ich sang die Stille des waldumbuchteten Sees,
aber zu mir gesellte sich niemand,
steil, einsam
wie die Zikade sich singt
sang ich mein Lied vor mich.«

Manchmal frage ich mich, was ein Roman, eine Erzählung, ein Essay oder Gedicht, was ein Buch, das ich gerade begeistert, aufgewühlt, neugierig, irritiert, ermutigt gelesen habe, in seinem Innersten mit mir, mit meinem Innersten zu tun hat. Ehrenstein klagt im Weiteren des Gedichts in expressiven Bildern, dass ihn die politischen Kämpfe, existentiellen Krisen, die Niederlagen, die er notorisch bei den Frauen erlitt, dass ihn all sein Sehnen und Bemühen, das Wandern in der Natur und der Alltag in der Stadt ermüdet hätten und ihm selbst das Dichten keine Freude mehr bereite:

»Von Birken umweht,
vom Winde überschattet,
entschlaf' ich zum Klang der Harfe
anderer,
denen sie freudig trieft.«

Dieses Weltgefühl ist mir fremd, aber lesend mache ich es mir zu eigen, ohne von ihm überschwemmt zu werden. Über die Gabe, mich so weit zu überschreiten, dass ich mit Menschen fühle, mit denen ich nichts gemein habe, verfüge ich einzig in der Literatur, wo mir Figuren aus Papier zum Leben erwachen. Was habe ich mit einem griesgrämigen Hagestolz aus der österreichischen Provinz des 19. Jahrhunderts zu tun, mit einer unglücklichen Ehebrecherin, die ihre Liebe im zaristischen Russland an einen Unwürdigen verschenkt und zugrunde geht, mit den dänischen Proletariern, die sich einst gegen ihre Ausbeuter auflehnten, mit der jungen Afrikanerin, die heute in die USA emigriert und sich dort als selbstbewusste Frau behauptet ... nichts, aber lesend, oder schreibend, doch offenbar sehr viel.

Periodisch wird von Wissenschaftlern und verschmockten Autoren die identifikatorische Form des Lesens verächtlich gemacht, jenes Lesen, in dem wir uns in das Schicksal der Romanfiguren einfühlen, Stimmungen, die lyrisch beschworen werden, zu den unseren machen und just so lesen, als wären alle Bücher aller Zeiten nur geschrieben worden, damit wir sie lesen und uns in ihnen entdecken. Man kann dieses identifikatorische Lesen über die Brüche der Epochen, Nationen, Klassen hinweg für allzu schlicht halten, aber gäbe es das einfühlende, aneignende, bemächtigende Lesen nicht, würde es auch keine Literatur geben. Wäre die Lektüre aus der kritischen Distanz die einzige, die wir erlernten, kämen wir mit jenen Büchern aus, die nichts als informativ sind und uns bloß Auskunft geben wollen über Dinge und Menschen, von denen wir zu wenig wissen und mehr zu wissen für unsere intellektuelle Pflicht halten. Albert Ehrensteins hocherregte Bitternis ist nicht die meine, aber sie gehört zu mir, sie bereichert meine Persönlichkeit, und fast hätte ich gesagt, ich zöge aus ihr meinen eigenen Nutzen. An seinen traurigen und in ihrer Trauer oft geradezu auflachenden Gedichten kann ich mich, ja, erfreuen, denn indem sie die Verzweiflung in so wunderbare, poetisch vertrackte Worte fassen, erheben sie sich über sie und stärken in mir, der sie liest, die widerständigen Kräfte:

»Wird dir sogar die Liebe zu fad,
Alpen, Wälder und das blaue Meer:
Willst du nur Ruh –
Deckt dich der alte Himmel
Mit der großen Tuchent zu
Und du bist stad.«

37

In das dunkelste Eck des Wohnzimmers hat sich ein schmales Stehregal zurückgezogen, ein altes, wackeliges Stück aus lackiertem Holz, das sich kaum mehr gerade halten kann, sondern sich ächzend nach links oder rechts neigt, wie man das Gewicht der Bücher eben auf ihm verteilt. Vielleicht stan-

den einst auf seinen drei Brettern Vasen, Keramiken, Zier-
gegenstände aus Porzellan, jetzt finden sich auf ihnen aus-
nahmslos betagte Bücher ein, zu einer Versammlung stock-
fleckiger und zerfledderter, von ihrer Wanderung durch
Zeiten und Räume beschädigter Bände. Auf welchen Floh-
märkten ich sie aufstöberte, weiß ich nicht mehr. In einem
Buch ist ein Zettel eingeklebt, der besagt, dass es sich bei ihm
um Band 10 735 der Bibliothek der k. k. Deutschen-Techni-
schen Hochschule in Brünn handelt, einer Stadt, die mir bei
einem kurzen Besuch solchen Eindruck machte, dass ich mir
vornahm, sie noch einmal aufzusuchen, in der ich aber dieses
eine Buch sicher nicht entdeckt und erstanden habe. In einen
anderen Band hatte ich auf der ersten Innenseite mit meiner schon immer krakeligen, schwer lesbaren Handschrift
notiert: Poreč, August 1990, 30 Dinar. Ich kann mich nicht
erinnern, dass ich dieses Buch in der istrischen Stadt entdeckte, aber die Tage am Meer, in einem Sommer, in dem wir
uns über die Fortschritte freuten, die unsere Kinder beim
Schwimmen zeigten, sind mir noch als flirrendes Bildnis familiären Glücks gegenwärtig, als Idylle in einem Staat, der
kurz davorstand, blutig zu zerfallen. So weit die Wege waren, auf denen sie hierher gelangten, diese Bücher mit abge-
blätterter Rückenbindung, eingerissenen Umschlägen, ver-
schossenem Einband gehören zusammen, haben sie doch
alle mit dem Gewerbe, der Flora und Fauna, den Jubiläen und
Feiern, dem Militär, der Verwaltung, dem sozialen Aufbau
und kulturellen Zusammenhalt der Donaumonarchie zu tun.
Bin ich ein wenig ermüdet, setze ich mich gerne auf das weiße
Sofa neben dem Standregal, hole ein beliebiges Buch heraus
und lasse mich auf eine kurze Reise ins Weite geleiten.

Dann suche ich im roten »Baedecker Österreich-Ungarns« aus dem Jahr 1910 nach den Hotels und Gaststätten, in denen ich etwa auf dem Weg von Aussig über Teplitz nach Komotau hätte absteigen können. In Teplitz entscheide ich mich für das Hotel Kronprinz in der Bahnhofstraße 1, ein Haus, etwas günstiger als das gleichnamige Hotel unserer Vorfahren in Meran; den Tee nehme ich nicht im Café Central, sondern im Kursalon ein, weil seine drei »Lesesalons« von acht Uhr in der Früh bis 21 Uhr geöffnet sind. Die Stadt ist überhaupt das Richtige für mich, zumal »die 26–46° warmen alkalisch-salinischen Quellen, die schon den Bojern und Markomannen bekannt waren, hauptsächlich wirksam sind gegen Rheumatismus (jährlich über 6500 Kurgäste)«. Ich schließe mich dem empfohlenen Rundgang durch die Stadt an, spaziere durch den Seumepark mit dem Grab des 1810 in Teplitz verstorbenen Wanderers, Dichters, Reiseschriftstellers Johann Gottfried Seume (»Der Spaziergang nach Syrakus«), dann vorbei am Militär-Badehaus, der kath. Elisabethkirche, der Synagoge, der evang. Kirche (Gottesd. So. 9½) zum Kurpark (Konzert tägl. 7–8 Uhr morgens und So. 4½–6½).

Als ich vor einigen Jahren dem heutigen Teplice ziemlich nahe kam, überredete ich meine Reisegefährten, keinen Halt einzulegen, ich kannte die alte Kurstadt ja bereits von zu Hause. So fuhren wir weiter nach Duchcov, in das einstige Dux, mit seinem prächtigen Schloss, dessen gelb-orange Fassade vom tagelangen Regen ausgewaschen wirkte, als wir auf dem knirschenden Kies vom Marktplatz zum Eingang gingen. Graf Josef Karl von Waldstein hatte hier 1782 den alten, von Sittenwächtern und Gläubigern gejagten Giacomo Casanova als Bibliothekar eingestellt, doch Casanova, anfangs dankbar, in Sicherheit zu sein und ein geregeltes Einkommen zu haben, verlebte seine letzten Jahre griesgrämig und in ewigem Zank mit den Bediensteten des häufig abwesenden Grafen. Dass er dieser Düsternis seine lichten Memoiren abzutrotzen wusste, schrieb er selbst der Tatsache zu, dass er sie, umgeben von gehässigen Menschen und in einer kümmerlichen Existenz gefangen, einzig deswegen verfasste, um sich in der Erinnerung an die besseren, interessanteren Zeiten vor dem Wahnsinn zu retten. Im Schloss wurden wir durch einen besonderen Trakt, den Casanova-Flügel, geführt, von einer begabten Erzählerin und klugen Historikerin, die zuerst begeistert all die Mythen referierte, die sich um Casanova in Böhmen rankten, um sie dann selbst betrübt als historische Legenden abzutun. Am Ende geleitete sie uns, erwartungsvoll glucksend, in eine schummrige Kammer, in der wir erschrocken vor einer lebensgroßen hässlichen Wachsfigur innehielten, die am Schreibtisch saß und mit einer Feder schrieb, ein in grünen Samt gekleideter Greis mit kalkweißem Gesicht, der die Abenteuer seines Lebens festhält. In der Stadt, die 3000 Einwohner weniger zählte, als laut Baedecker 1910 dort lebten, war Casanova allgegenwärtig, denn natürlich war es das Café Casanova, in dem wir uns stärkten, ehe wir auf die Übernachtung im Hotel Casanova verzichteten.

Die Führung durch das Schloss von Dux hatte uns ermüdet, sodass wir in Komotau, dem heutigen Chomutov, erst gar nicht ausstiegen. Hier wurde 1899 Ernst Fischer geboren, der in seiner Jugend und im Alter rebellische, in seinen mittleren Jahren gegen sein Wesen und Wissen linientreue österreichische Kommunist, von dem ich zusammen mit L. H. vor mehr als einem halben Leben eine achtbändige Werkausgabe herausgab, die gleich zwei Verlage in den Konkurs trieb. Während Fischer tagsüber in politischen Gremien Dinge verfocht, von deren Richtigkeit und Wichtigkeit er gar nicht mehr überzeugt war, schrieb er nächtens Gedichte und Essays, die ihm selbst nicht ganz geheuer waren. Der Widerspruch zwischen dem revoltierenden Dichter und Intellektuellen und dem der Parteiräson verpflichteten Politiker hat ihn jahrzehntelang gequält; und als Verrat an sich selbst hat er es kurz vor seinem Tod bezeichnet, diesen Widerspruch allzu lange gleichsam nur verinnerlicht, in seiner eigenen Brust verschlossen zu haben und darüber herzkrank geworden zu sein.

Und doch hatte er seine Talente und Kräfte keineswegs nur für nutzlose Dinge vergeudet, für politische Ideale, die sich als Illusionen erwiesen, für Kämpfe, die nicht dem freien Menschen galten, sondern dem Sieg einer Partei, nicht einmal einer Partei, sondern deren Zentralkomitee, nicht einmal diesem, sondern dessen doktrinärem Politbüro, wie er später selbst feststellte. Gänzlich aus dem Gedächtnis Österreichs gelöscht sind seine mit gleich viel Wissen wie Leidenschaft verfassten Versuche, den von der nationalsozialistischen Ideologie verblendeten Österreichern ein anderes Bild ihres Landes zu zeigen, auf das sie sich im Akt der Selbstbefreiung beziehen sollten, ein Österreich, durch das sich die Spur der Revolte zieht und dessen Repräsentanten nicht die Jasager jedweden Regimes sind, sondern renitente Bauern, bildungshungrige und opferbereite Proletarier und jene Citoyens, die das Erbe der Aufklärung weitertrugen.

In einer im Exil geschriebenen, 1944 veröffentlichten Flugschrift, die den heute prekär anmutenden Titel »Die Entstehung des österreichischen Volkscharakters« trägt, hat er in großen Linien aus der Geschichte abgeleitet, warum Österreich kein deutscher Staat sei und seine historische Bestimmung katastrophal verfehlte, als es zur Ostmark des Deutschen Reiches degradiert wurde. Nichts anderes schwebte ihm vor, als eine österreichische Nation just aus ihrer ethnischen und kulturellen Vielfalt zu begründen. Die österreichische Nation war ihm ein begabtes Mischwesen, dessen kultureller und materieller Reichtum sich auch aus dem beständigen Zustrom fremder, zumal slawischer und romanischer Volksgruppen speiste, und dessen bösartige Fratze sich sogleich zeigte, wenn sie ihre eigene Herkunft verleugnete oder vergaß. Freilich, Nationen werden immer entworfen, indem sie sich gegen andere abgrenzen, und für Fischer war es das angemaßte oder wie selbstverständlich vorausgesetzte Deutschtum der Österreicher, das diese daran hinderte, ihren widersprüchlichen Charakter als Nation friedlich, demokratisch, selbstbewusst zu entfalten. Was immer Österreich war, es erwies sich für ihn gerade darin, dass es nicht Deutschland war. Fischer war in sudetendeutschem Kernland, in Komotau, an dem wir vorbeifuhren, geboren, als Erstgeborener eines k. u. k. Offiziers, der kurz darauf nach Graz abkommandiert wurde und den Sohn, wenn man dessen Zeugnis glauben mag, am Sterbebett ermahnte: Hüte dich vor den Juden und den Kommunisten! Selten hat ein väterlicher Rat weniger bewirkt als dieser.

Wären wir nicht erst jetzt mit dem Auto durch das nordböhmische Industrierevier gereist, sondern hundert Jahre vorher mit der Bahn, würde es sich gewiss als sinnvoll herausgestellt haben, wenn ich mich vorher im »Almanach der k.k. österreichischen Staatsbahnen« kundig gemacht hätte. Der Wälzer mit dem schwarzen Einband und dem goldenen Prägedruck enthält außer den regionalen und überregionalen Zugverbindungen Abertausende Namen, ein jeder, der bei den k.k. Staatsbahnen angestellt war, ist mit dem Standort, an dem er tätig war, der Art der Tätigkeit, die er leistete, dem Rang, den er dabei einnahm, und der Höhe seines Lohnes angeführt. Vom Sectionschef des Ministeriums in Wien, Seiner Excellenz Ludwig Wrba, der 14000 Kronen erhielt, über den Stationsmeister Josef Koblyha von der Staatsbahndirection Pilsen, der mit 1600 Kronen entlohnt wurde, bis zum Verschieber Friedrich Alt von der Direction Triest, der es in der untersten Gehaltsklasse auf 700 Kronen brachte, sind sie alle angeführt, die dafür arbeiteten, dass die Züge pünktlich durch das Riesenreich der Monarchie fuhren. Als ich das erste Mal in dem Almanach blätterte, geriet ich in Begeisterung darüber, wie transparent die vielgescholtene habsburgische Bürokratie war, die doch so oft als alles verschlingender Moloch geschildert und zur menschenfeindlichen Gegenwelt erklärt wurde, die sich erstickend über das Leben selbst gelegt hatte.

Wenn ich auf dem weißen Sofa Platz nahm und mich in eines der beschädigten Bücher des kakanischen Huldigungsregals verlor, war ich oft nahe daran zu vergessen, dass ich hier durch Legenden und Mythen reiste, die mit der Welt von gestern zu tun hatten, aber nicht deren ganze Wahrheit, sondern eben die Wahrheit ihrer Mythen und Legenden erzählten. Wie gut, dass sich unter die vielen Bücher der Ver klärung einige geschwindelt hatten, die geschrieben wurden, um gewitzt, scharfsinnig, poetisch zu fragen, wie viel Propaganda sich in den Legenden vom schönen Völkerfrieden in der habsburgischen Abendsonne verbarg. Besonders angetan hatte es mir immer ein Buch mit weißem Umschlag, der einen Soldaten mit Bajonett und einen karikaturistisch gefassten Bürokraten zeigt, und das von einem amerikanischen Erfolgsautor österreichischer Herkunft, von einem Geistlichen, der dem Kloster sicherheitshalber gleich bis über das Meer entrann, verfasst wurde; von einem rätselhaften Mann zwischen den Welten, der seine Herkunft so konsequent zu mystifizieren wusste, dass die Leser um seine wahre Identität und die biographischen Sprünge und Kehren bis zu seinem Tod nichts wussten.

Carl Anton Postl wurde 1793 in einem mährischen Weinbauerndorf geboren, studierte in Prag und trat als Mönch in das an der Karlsbrücke gelegene Kloster der Kreuzherren ein. Als er einige Jahre später aus ihm austreten wollte, musste er flüchten, denn so einfach war es damals nicht, seine geistliche Bestimmung einfach zu widerrufen. Mit gefälschten Papieren gelangte er nach Le Havre, von wo er sich nach New Orleans einschiffte. Er wechselte den Namen, nannte sich zuerst C. Sidons, dann Charles Sealsfield und schrieb Reiseskizzen und Romane in englischer wie deutscher Sprache, von denen nicht nur das berühmte »Kajütenbuch« hohe Auflagen erreichte. Noch bevor er seine vielgelesenen Abenteuerromane schrieb, die den amerikanischen Kontinent für die europäische Literatur entdeckten, veröffentlichte er in englischer Sprache anonym ein aufsehenerregendes Buch, »Austria as it is«, das die österreichischen Zensurbehörden in helle Aufregung versetzte. Das weiße Buch, das ich in Händen und Ehren halte, ist die erste vollständige Übersetzung ins Deutsche, sie erschien fast neunzig Jahre nach der englischen Originalfassung, 45 Jahre nach dem Tod des Verfassers, unter dem Titel »Österreich, wie es ist«.

Wie ist, wie war Österreich? In sieben Kapiteln, die von einer Reise durch Österreich als dem Reich der Finsternis berichten, zeichnet der Anonymus das Bild einer festgefügten Despotie, die gleichermaßen den historischen Fortschritt verhindert und das Glück seiner Untertanen zerstört. »Die Erziehung der Jugend, die Verwaltung, die Geheimpolizei, kurz alles, vereinigt sich hier, um politische und sittliche Verwüstung anzurichten.« Kaiser Franz, der Alleinherrscher, verlangte von seinen Untertanen, ob Fürst oder Knecht, blinden Gehorsam und hat in seiner langen Regierungszeit in diesen »alles Ehrgefühl und jede bessere Regung einfach erstickt« und »Rechtschaffenheit, Moral, Religion und Rechtsbewusstsein untergraben«. Seine Herrschaft ruhte auf der Geheimpolizei, dem Militär – und dem riesigen Heer von Beamten: »800 Meilen von der Hauptstadt kann eine alte Schulbank nicht ohne Bewilligung des Kreishauptmanns hergerichtet werden. Sodann muss darüber eine Rechnung an die Landesstelle, von dort an die Hofstelle und schließlich an den Staatsrat ergehen, welcher den Akt Seiner Majestät vorlegt.«

Unerbittlich ist die Anklage, die der nach Amerika entkommene Österreicher an der Monarchie übt, aber »Austria as it is« ist nicht nur eine politische Kampfschrift, sondern auch eine kunstvoll komponierte Reiseerzählung, in der die unberührte Landschaft und der kulturell geformte städtische

Raum geradezu inszeniert werden. Auch durch Teplitz war der Reisende gekommen, die »elegante Stadt«, in der sich russische, englische, preußische, österreichische Aristokraten zum Kuren trafen, gefiel ihm sehr; doch selbst in ihr trieben sich die kaiserlichen Spione herum, sodass sich weder in den Salons noch auf den Straßen unbeschwerte Gespräche ergeben konnten.

Sealsfield schrieb nach diesem bald grimmigen, bald episch ausschwingenden Buch viele Reiseskizzen und Romane, deren verbindendes Thema das Reisen in Raum und Zeit war, das Erfahren der Zeit im Raum und des Raumes durch die Zeit. Verehrer wie Kritiker spielten lange den Publizisten gegen den Romancier aus und wussten nichts Gescheites mit der Tatsache anzufangen, dass er sich als kämpferischer Publizist erzählender Mittel bediente und als Erzähler seine Romane stets auf historischen Fakten aufbaute. Doch war der Gegensatz sowohl lebensfremd als auch kunstfern konstruiert, wie Sealsfield auch stets Fakten und Fiktionen ineinander verwob, ob er sich nun dieses oder jenes Genres bediente.

Er war in die USA geflüchtet, nach Europa zurückgekehrt, wieder in die USA gegangen, erneut nach Europa, in die Schweiz gezogen und noch ein weiteres Mal übers Meer und wieder zurückgefahren. Sein Leben hatte etwas Unstetes, als wäre er in drei Ländern nicht zu Hause gewesen, in Österreich, den USA, der Schweiz. Bis zu seinem Tod im Mai 1864 trachtete er die Identität von Carl Anton Postl und Charles Sealsfield zu verschleiern. Warum? Was die Verbreitung, Übersetzung, Honorierung seiner Werke anbelangt, handelte er kalkuliert und äußerst professionell, doch als Mensch des 19. Jahrhunderts war er auf die Mystifikation sicher nicht gekommen, weil er auf eine ungewohnte Marketingstrategie setzen wollte. War es der lange Schatten, den die Verfolgung durch Metternichs Geheimpolizei über sein ganzes Leben warf? Wollte er seine mährische Herkunft abstreifen und nichts sein als der »Citizen of the United States«, als den er sich vor den Behörden immer ausgab? Oder liebte er auch im Privaten das Spiel der Phantasie, das Verweben von Fiktionen und Fakten? Oft habe ich mir vorgenommen, in die Schweiz zu fahren und ihn auf dem Friedhof von Solothurn zu besuchen. Warum? Sein Grabmal wird mir das Geheimnis nicht verraten, an dem er wie an seinem Lebenskunstwerk baute.

## 38

Nachdem ich in Gedanken häufig zu dem Text zurückgekehrt war, für den ich schon den Titel gefunden, aber noch keine Zeile geschrieben hatte, drohte ich in jene Erschöpfung zu geraten, die mich bei ausdauerndem Nichtstun in meinem umgekippten Schiff zu befallen pflegte. Also hieß es endlich aufbrechen: Was wollte ich nicht alles erkunden, um später davon zu berichten! Zur Beratung mit mir zog ich mich in die slawische Kammer zurück, wo ich rauchend an Danilo Kiš dachte, dem das exzessive Rauchen den vorzeitigen Tod gebracht hatte und dessen Romane und Erzählungen stets umfangreiche Listen enthielten. Meine eigenen Listen von Dingen, Menschen, Ereignissen, von den Gerüchen und Geräuschen waren länger und länger geworden, es ist ihr Wesen, niemals abgeschlossen werden zu können.

Durfte ich auf die Reise durch meine Zimmer gehen, ohne davon zu berichten, was es für eine Bewandtnis mit dem Brotmesser hat, einem Familienstück (Firma Šlomski & Strauss, Subotica), dessen Holzgriff schon seit Jahrzehnten so locker ist, dass man es nicht mehr verwenden kann, und das mich doch bei jeder Übersiedlung begleitet hat? Oder ohne die Geschichte des Tabakkästchens zu erzählen, das von einem Vorfahren meiner Frau stammt, der Haus und Handwerksbetrieb verspielte, und dem, wenn man es öffnet, noch immer der würzige Geruch von Pfeifen und Zigarren entströmt, obwohl wir selbst in ihm niemals Rauchwaren aufbewahrten? Oder ohne unseren Hausaltar zu würdigen, eine Nische unter der Treppe, die ins Unterdeck hinaufführt, auf dem wir Dutzende Fotos von Verwandten und Freunden zum großen Bildnis eines weitverzweigten Clans der Verblichenen, einer imaginären Familie vereinen … Und erst die Brillen meines Onkels Nándor!

Er war der ältere Bruder meines Vaters, und durch die Legenden der Familie flaniert er heute noch als einsamer Lebemann und melancholischer Frauenheld. In der von vielen Völkern besiedelten Batschka hielt er es von Jugend auf mit der ungarischen Nationalität, er änderte seinen Namen daher von Ferdinand auf Nándor, hatte mit allerlei Geschäften glänzenden Misserfolg und strandete 1945 in Wien. Er starb dreizehn Jahre später, noch keine fünfzig Jahre alt, an der Tuberkulose, und es ist eine meiner frühesten Erinnerungen, dass mein Vater als fremder Mann im Trenchcoat, die Zigarette in der einen, einen kleinen schwarzen Koffer in der anderen Hand, ins Zimmer trat und sich von uns Kindern mit der Erklärung verabschiedete, er müsse in die Hauptstadt zum Begräbnis seines Bruder fahren.

Als meine Mutter fast ein halbes Jahrhundert später starb, entdeckte ich in ihren Schränken eine Schachtel mit Briefen, Dokumenten, ein paar Habseligkeiten und der Brille des Onkels, den ich nie gesehen hatte und mit dem der Tod in mein Leben getreten war. Der Brille fehlte der linke Bügel, die Gläser waren auffällig dick, für einen Menschen mit starker Fehlsichtigkeit in der Nähe gemacht. In der Schachtel befanden sich zudem ein Röhrchen mit weißen Tabletten der Arznei Cofedrina, fünf in braunrotes Papier eingewickelte Rasierklingen der »Hausmarke Extra fein« und rund achtzig Ansichtskarten, die ihm von Frauen, die mit Deine Anni, Deine Hedy, Deine Dich vermissende Toni unterzeichneten, aus verschiedenen Fremdenverkehrsorten an seine Adresse in der Wattmanngasse in Wien, später in die Lungenheilstätte in Hirschenstein und schließlich ins Krankenhaus Lainz, Pavillon 8, geschickt wurden.

Auf den vielen kleinen Fotos mit den scharfgezackten weißen Rändern, die in der Schachtel verstaut waren und darin für Jahrzehnte vergessen wurden, ist er als Bergwanderer, Besucher von Gaststätten, Sommerfrischler zu sehen und meist in Begleitung schick gekleideter Damen. Er war ein auffallendes Stück kleiner als die meisten von ihnen, sein schwarzer, dichter Schnauzer gab ihm etwas Verwegenes, doch hinter den Gläsern der Brille schaute er aus vergrößerten Augen müde in die Kamera, ohne zu lächeln. Die meisten Fotos zeigen eine ausgelassene Runde, die Damen und ihre Begleiter strahlen, nur einer nicht: Der Mann in der

Bildmitte, im Zentrum des Geschehens, ist der Einzige, der die ernste Miene nicht verzieht. Die ärztlichen Atteste, die ich mit der Schachtel in einem Kasten des Wohnzimmers aufbewahre, verraten den Verfall eines Menschen, dem außer seiner Lungenerkrankung ein depressiver Charakter bescheinigt wurde und dem ein Arzt vier Jahre vor seinem Tod ohne jede moralische Belehrung empfahl, den Alkohol- und Nikotinkonsum einzuschränken, und zwar auf nicht mehr als eine Flasche Wein und ein Päckchen Zigaretten täglich.

Ach, so viele Dinge galt es zu würdigen, an so viele Menschen zu erinnern, so vielen Schicksalen nachzuspüren! Ich wollte durch meine Zimmer reisen, und doch hatte ich das Gefühl, vor einer Weltreise zu stehen. Ich war nahe daran, den Plan aufzugeben, die Notizen in der Mappe in meinem Schreibtisch zu verstauen und die »Abenteuerliche Reise durch meine Zimmer« dem imaginären Lebensprojekt »Alle meine Bücher, die ich nicht mehr schreiben werde« einzugliedern.

In dieser Stimmung reiste ich nach Italien, nicht um Kraft oder Zuversicht im Süden zu suchen, sondern um den Termin für eine literarische Tagung einzuhalten, zu der ich mein Kommen mehrfach zugesagt hatte. Als ich in M. brav meine Lesung gehalten und mein launiges Gespräch mit Studenten hinter mich gebracht hatte, fuhr ich mit dem Bus in eine nahe Kleinstadt am Po, in der ich bis zum Abend im Nebel herumstreifte. Schöne Städte sind mir in Italien immer noch ein bisschen schöner vorgekommen, hässliche noch hässlicher, und langweilige wirken dort auf mich, als wären sie der Extrakt der Langeweile selbst, Standbilder des Schreckens, auf denen alles Leben wie auf einem stillgelegten Bahnhof in der namenlosen Provinz erstorben ist. Noch hängen im Wartesaal die Tafeln mit der Ankunft und Abfahrt der Züge, die längst nicht mehr fahren, der Schalter, an dem keine Karten verkauft werden, ist vergittert, die Auslagen des Kiosks sind leergeräumt, eine Jalousie klappert im Wind auf und zu, auf und zu. Vor dem Bahnhof stehen keine Leute mehr zusammen, auch nicht die Entgleisten, die Trinker und gezählten Rumtreiber der kleinen Stadt, und auf der Straße, die ins Zentrum führt, haben nur zwei, drei Geschäfte und Stehbars geöffnet.

Am Hauptplatz fahren ein paar Jugendliche mit dem Skateboard scheppernd hinüber zur Kirche und herüber zum Rathaus, und die es am lautesten tun und sich an den wildesten Sprüngen erproben, werden am längsten in diesem Ort bleiben, in dem zu leben sie als Verdammnis empfinden. Tagelang hatte ich nicht mehr an das Buch gedacht, das ich zu schreiben wünschte, doch plötzlich stand mir gerade hier so klar vor Augen, was zu tun war, dass ich es kaum mehr erwarten konnte, heimzukommen.

Am Abend gab es in M. noch ein Abschiedsfest, bei dem die Teilnehmer der Tagung viele Adressen, Bücher, Komplimente austauschten, und anderntags saß ich im Zug nach Salzburg. In dieser kleinen Welt war in mir die Sehnsucht nach der großen erwacht, die auf mich wartete. Wenige Tage später begann ich von ihr und der abenteuerlichen Reise durch mein Zimmer zu schreiben.

KARL-MARKUS GAUẞ *Zwanzig Lewa oder tot*

»*Wir begegnen Karl-Markus Gauß einmal mehr als aufmerksamem Beobachter, der stilistisch brillant persönliche Geschichten und Erlebnisse mit historischen Fakten verwebt.*«
Kristina Pfoser, *Ö1*

Karl-Markus Gauß ist wieder auf Reisen gegangen, in Osteuropa und auf dem Balkan. In Moldawien, dem ärmsten Staat des Kontinents, hat er sich mit der »moldawischen Sehnsucht« infiziert, der Sympathie für Land und Leute. In Bulgarien erkundet er ein anderes Land als jenes, von dem uns immer wieder schlechte politische Nachrichten erreichen. Und in Zagreb entdeckt er das Wechselspiel von Erinnern und Vergessen, das die nationale Kultur von Kroatien prägt. In der Vojvodina schließlich, einst ein Europa im Kleinen, begibt er sich auf die Spur seiner donauschwäbischen Mutter. Kenntnisreich vereint Gauß Reportage, Geschichte und Autobiografie zu Reiseliteratur, wie sie kein anderer zu schreiben weiß.

*www.zsolnay.at*